劍橋狂想曲

王 申 培 著

文 學 叢 刊
文史哲出版社印行

國家圖書館出版品預行編目資料

劍橋狂想曲 / 王申培著. --初版 -- 臺北市 ：文史哲, 民 104.06
頁；　公分（文學叢刊；349）
ISBN 978-986-314-259-1（平裝）

855　　　　104009211

文 學 叢 刊　349

劍 橋 狂 想 曲

著　　者：王　申　培
出 版 者：文 史 哲 出 版 社
http:// www.lapen.com.tw
e-mail：lapen@ms74.hinet.net
登記證字號：行政院新聞局版臺業字五三三七號
發 行 人：彭　正　雄
發 行 所：文 史 哲 出 版 社
印 刷 者：文 史 哲 出 版 社
臺北市羅斯福路一段七十二巷四號
郵政劃撥帳號：一六一八〇一七五
電話886-2-23511028 · 傳真886-2-23965656

定價新臺幣五二〇元

中華民國一〇四年（2015）六月初版

ISBN 978-986-314-259-1　09349

劍橋狂想曲

目　　次

趙淑俠序

上世紀八九十年代，海外華文文壇十分熱鬧。寫作人甚喜開會，要麼演講，要麼研討，名目可想出不少，而且並不需要預先熟識。那時代電腦還不像今天這樣流行，書信聯絡，就請來了某某作家。在這種方式下，我到過許多地方。1991年的深秋，紐英倫華文作家協會邀我去波士頓演講。我從歐洲來美國旅程不是很近，動身前便把節目搞定：在波士頓演講之外，另個任務是把長篇歷史小說〈賽金花〉的手稿，捐給哈佛大學的燕京圖書館。接著到洛杉磯出席海外華文女作家二屆年會，再下一站是紐約，將在那兒作協演講後返回瑞士。

按照計劃行事，其實在我內心，跑這一趟的主要願望是認識文友，遠居歐洲，美國方面接觸不多，那時我並沒想到有天到紐約扎根。

波士頓文化氣氛濃，學術，文學，藝術，各方面的華裔人物眾多，立刻認識了一些新朋友，其中有王申培教授。只知他是個科學人，喜歡音樂，參加合唱團，對文學有興趣，常動筆為文。他看上去總是笑口常開，很「陽光」。在波士頓交談並不多，倒是後來在台灣，西班牙開會時又得相見。大概是 1997 年，我應「紐英倫中華專業人員協會」之邀，做文學演講，又去了波士頓，一到就聽說他的家庭出了變故，他本人後來也跟我提到此事。記得是在會後的旅遊巴士上，一登車就見他很落寞的靠窗坐著。「大姐，請坐」他指旁邊的空位子。一聲大姐使我感動，便坐下了。他主動的說了些心中的悲憤，聲調悶悶的，完全不是那個笑嘻嘻的陽光人了。我聽得很沉重，卻也說不出甚麼，只能勸他「往前看」「人生有時是殘酷的」。

2012 北美作協在紐約開年會，王申培也來參加，十幾年未見，只見他又是春風滿面的。我因近幾年健康出了問題，去開會已屬勉強，大家去溜山，賞月等等都未跟隨，和文友們，包括王申培在內亦未多交談。週前突接他寄來《劍橋狂想曲》的資料，希望我給寫一篇序言。

這些年來文友出書，新人初登文壇，甚至是經人介紹的間接相識者，要我給寫點推介的話，語切意誠，容不得我說個不字。從歐洲到美國，已不知給人寫過多少篇序。直到 2008 年健康出了問題，才學會說「不」。原已決定封筆，「金盆洗手」了，但要退下來也不容易，常有文友相求，難以拒絕。把全部文稿流覽一遍，附來的像片也看了，感到現今的王教授一切圓滿，很為他高興。說不出拒絕的話。

《劍橋狂想曲》的 46 篇文章中，有 12 篇專談音樂給他的感動，頓悟，和唯美的悲愴以至流下忘情之淚。這就正合我的胃口。我是美國的新移民，前三十餘年在歐洲的歲月裡，交了許多知心好友，箇中最能解我心意，深入靈犀的，當推音樂。音樂是一種發自天籟的語言。那種美得令人心魂迴蕩的樂聲，是天神用諧美的調子對人間古往今來歷史的白描。

會讓人聽着聽着，悠悠然與天地之間沒了籓籬，無屋無牆無瓦，竚立在蒼茫人海間，四顧茫然，淚眼對着無垠宇宙。那種感覺很深刻，很美。

從《劍橋狂想曲》的文章中，我看到這個科學人有很高的音樂修養，對莫扎特、舒伯特、巴哈、貝多芬，布拉姆斯等匡世大家的作品，甚至他們的家世生平，都下過功夫研究。有句話說「愛音樂的孩子不會學壞」。我也想說：「愛音樂的人多是性情中人」。

作者自己推薦〈媽媽我愛妳〉和〈踏尋孔聖曲阜行〉，說這兩篇文章是《劍橋狂想曲》這本書的中心。我仔細的將內文讀過。〈媽媽我愛妳〉中敘述他們母子間的互動，母親給他的人格教育和無盡的母愛。特別是在他最傷心的時刻，給他的扶慰與力量，他還引用樂聖貝多芬讚美母親的話：「當我能叫出母親這甜蜜的名詞，而她又能聽見的時候，誰又比我更幸福？」。其實天下大多數母親扮演的是同一角色：她是當你被整個世界拋棄，或受了重傷歸來，會跟你一起痛，恨不得把你變成她最初的那個嬰孩，抱在懷裡呵護的人。

「人類要在二十一世紀生存下去，必須回到二千五百年前，從孔子那兒重新尋找智慧。」，1988 年諾貝爾稪獎者曾在巴黎共同做此宣言。中國的孔子受到舉世欽敬。王申培的祖籍山東，早有心願到孔子故鄉曲阜瞻仰勝跡，他終於去了。孔廟、孔府、孔林，孔子墓，儒家文化的博大精深，溫恭蘊藉，令他敬畏。回來寫了「踏尋孔聖曲阜行」一文，而且發揮了獨特見解，認為「孔子是教誨如何『做人』的道理」，耶穌則是傳揚如何「救世」，「獲得永生，戰勝死亡。」，並試假設「如果孔子晚生五百年，或耶穌早生五百年，倆人碰在一起，那將會發出何等樣智慧的火花！該多有意思！」。

他顯然樂於撰寫有關親情的篇章。其〈親愛的大文〉中描寫的父子情深，在嚴冬的雪天，天尚未亮的清晨，爸爸陪著兒子鏟雪、刮車雪，然後挨家挨戶送報紙，父子倆人滑跤摔倒在雪地上，爬起來緊緊的擁抱在一起彼此安慰，互相砥礪。然後繼續送報的一段極為感人。這篇文章是寫給他兒子大文的信：「爸知道你工作壓力大，不管多忙碌，一定要保持正常飲食、休息、充足睡眠和運動。切記，在任何情況下，絕不抽煙、喝酒、賭博、吸毒。」。溫馨的叮囑，無盡的關懷。今天的大文，已是知名的創作歌手，電台節目主持人。他的慈父為之感到驕傲，安慰。

歲月不息的靜靜流轉，人生離不開喜怒哀樂，生活終將回到恆長的軌道。國家文化藝術基金會引介文史哲出版《劍橋狂想曲》，對王申培教授是件可喜可賀的大事，朋友們當然為他高興。僅以此序言，送上衷心的祝福。

趙淑俠簡介：

趙淑俠祖籍黑龍江，生於北平。1949 年隨父母到台灣，赴歐後自 1970 年代開始專業寫作。以《我們的歌》一書成名。其他長短篇小說有《落第》、《春江》、《賽納河畔》、《賽金花》等和散文集《異鄉情懷》、《海內存知己》、《雪峰雲影》、

《天涯長青》、《情困與解脫》、《文學女人的情關》等作品四十種。其中長篇小說《賽金花》及《落第》並拍成電視連續劇。曾獲台灣中國文藝協會小說創作獎，中山文藝小說創作獎及世界華文作家協會「終身成就獎」。

近年德語國家的大學中文系研究生，頻頻以「趙淑俠及其作品」做為博士論文的題目，瑞士蘇黎士大學有趙淑俠館藏資料。1986 中國大陸全國作協邀請做三週訪問，曹禺，蕭軍，端木蕻良，駱賓基，王蒙，鄧友梅等作家在文聯舉行茶會歡迎。也見到沈從文和冰心。冰心女士在回憶錄中提到此事。為人民大學、浙江大學、華中師範大學、南昌大學，黑龍江大學，鄭州大學等院校的客座教授。

大陸上八零年代就有學者專門研究趙氏著作，中國社學院文學研究所，與華中師大，聯合舉辦「趙淑俠作品國際研討會」。研究學者們認為趙淑俠的文風自成一格。在陳賢茂教授主編的《海外華文文學史》上，曾分析趙淑俠的作品：既不同於一般的「留學生文藝」，也不是「無根的一代」的「浪子悲歌」。他的結論是：「《我們的歌》的出現，標誌著舊的留學生文學的終結，也標誌著新的留學生文學的形成」。趙淑俠於旅居歐洲三十餘年後移民美國。

前排從左：趙淑俠，夏志清，馬克任夫人劉晴，白先勇，施淑青，後排左徐新漢，趙淑敏，作者

張系國序

王申培請我為他的新書《劍橋狂想曲》寫序推薦，我欣然同意。不說別的，就以我們對音樂共同的愛好，就可以大書特書。但是我們其實還有許多別的什麼，他不提倒也不會去想，一提便都回到眼前來。

第一次和申培見面是在華盛頓一家旅館的走廊裡。那年馬裡蘭大學的朱耀漢教授傳檄給散佈學術界的眾好漢，發起成立中文電腦學會。朱教授的綠林檄一出，果然驚動江湖，對中文電腦有興趣的英雄好漢都趕來參加，順利成立中文電腦學會不在話下，我也擔任發起人之一。不料事隔多年，才收到老友劉兆寧的伊媚兒，說中文電腦學會久已沒有活動，卻留下一筆基金，問我如何處理？我說朱耀漢教授已經走了，當初對中文電腦有貢獻的人都走得差不多，中文不僅在電腦或手機上都大量使用，中文電腦學會也該功成身退了！

現在盡幹這種事，就像啞弦說的，已經到了名列治喪委員會的年紀。如果嫌治喪委員會不好聽，也是痖弦說的，就說已經到了慈祥的年紀。你看詩人用語就和一般人不一樣。言歸正傳，話說那年在華盛頓一家旅館裡，我到得稍遲些，從旅館外面急急忙忙趕來，老遠就聽到走廊裡的嘈雜談話聲音量驚人，比在飯館裡還吵。中國人一兩個人成不了氣候，只要超過臨界人數，那講話的聲音就大得驚人、大得可怕，絕對可以嚇死老外。我在人堆裡擠，突然有人把我攔腰抱住說：「你來了！」那人就是申培。

你看我這故事說得有點奇怪。既然是第一次見面，申培怎麼可能把我攔腰抱住，我怎麼可能一眼就認出是他？所以這之前別處應該見過的，只是當時已惘然。這是我所記得和申培見面的第一次。如果是拍電影，再倒敘 fast back 和跳敘 fast forward 一番。

後來呢？後來當然就熟了。我們同樣在新竹長大，同樣念電機工程，同樣當「叫獸」（顏元叔語），同樣喜好寫作和音樂，共同點真不少。我到處演講，很少住別人家，即使主辦人堅邀也不肯住，因為我嫌住別人家不自由，晚上不能叫外賣的披薩，也不能看 A 片，搞不好還可能聽人家夫妻相罵，第二天早上起來見面尷尬。但是申培在波士頓的舊家我倒是住過的。我還記得他兩個孩子還小，被申培哄出來見面後就逃之夭夭。這次讀申培的《劍橋狂想曲》發現裡面有張照片，他和小兒子長的一模一樣，或者說小兒子和他長的一模一樣，而且都有音樂天份，真是虎父無犬子！

有一陣子申培常打電話來聊天。他知道我睡的晚，往往三更半夜打來，一聊就聊許久。一方面那時還不太流行婉君表娟，一方面也因為他家裡有事，心情特別苦悶。我們那時最熟，後來就慢慢淡了，他也少打電話來。有次我去台北，剛走出科技大樓捷運站，突然聽到有人大聲喚我，心想這人聲音很像一個人，回頭一看，果然是申培。他和他的新婚妻子兩人全副勁裝，正要去爬指南宮。我們多年不見，快樂聊了幾分鐘，保證回去以後多多聯繫，當下也就別過了。

再後來呢？就到了去年還是前年，我再度去波士頓演講。這次演講人是白先勇、神探李昌鈺和我，可惜我有事必須提早回匹茲堡，沒能聽先勇演講。李昌鈺的演講倒沒錯過。他講完，主辦單位要我們一起照相。突然聽到有人大聲喚我，回頭一看，果然是申培。

申培請我寫序，因此勾起了回憶。回憶有時就像放幻燈片，幾張影像就把一生串了起來，對你而言是不連續的片段回憶，但對於對方而言就是一生的歲月。當然反過來說也是一樣，就看你是主角還是配角。

申培的新書《劍橋狂想曲》非常有趣，他對音樂的熱忱和豐富知識，我自嘆不如。他對中文文字本身也極有興趣，有許多獨到的見解。例如把「愛」字和米開蘭基羅的名畫聯想到一塊，真是匠心獨運！如果要我選擇幾篇推薦，我最喜歡輯一詩文感言裡的〈王爾德的安魂曲〉、輯二音樂感言裡的〈茉莉花與杜蘭朵〉和輯四中西文化有感裡有關中文正體字的那篇。說是劍橋狂想，誠然誠然！申培和梁任公一樣，筆鋒常帶感情，有時濃得化不開。讀了《劍橋狂想曲》，對他的為人處世也能有一定的認識。

下次再見到申培不知會在何處？多半又在什麼奇怪地方被人攔腰抱住說：「你來了！」人生就是這樣科幻。

張系國簡介：

江西南昌人，計算機和電機專家、著名台灣作家、中文科幻小說作家，創辦幻象科幻雜誌。為新竹中學校友，深受辛志平校長堅持通識教育之惠，打下了文學寫作的基礎。1965台灣大學電機系畢業，1966 年入美國加州柏克萊大學，分別於 1967 與 1969 取得該校碩士與博士學位，現任美國匹茲堡大學（University 匹茲堡）電腦科學系教授。是在芝加哥市的知識系統工程學院的創辦人。除了在計算機和電機方面著作等身外，也很活躍於文學界，小說創作揚名四海，包括星雲組曲、〈城〉三部曲：五玉碟、龍城飛將、一羽毛，昨日之怒，遊子魂組曲：香蕉船、不朽者等。其中棋王還被改編成舞台劇。

從左起：資策會III執行長林逢慶、張系國、作者

李家同序

我很高興好友王申培教授又出了一本新書《劍橋狂想曲》。申培是我在台大電機系所低我很多屆的學弟。我們後來都在美國繼續深造，專攻計算機科學。然後又都在教育界服務教學做研究多年。雖然我在台灣，他在美國，分隔太平洋兩地，因為都是研究「人工智慧」，所以偶爾會在國際會議裏碰面。我在清華大學「管理決策研究所」時，還曾請他到清華來講過學。其實他的足跡遍及國內外各大學，交大、台大、中央、中山、成大、歐美到處都有他講學的蹤跡。他在波士頓的「紐英倫中華專業人員協會」任會長及董事多年，曾多次請我去演講，結識了不少當地的熱心學術界人仕，有很好的交流。

此外，我們都很喜愛藝文，寫作，都是信仰上帝的基督徒。我經常在國內外各大報章雜誌上拜讀他的大作。申培很喜歡音樂、唱歌，並常把聽音樂的感想、信仰心得、和對社會國家、世界的關懷訴諸文字，引起不少的反響。他的這本新書收集了近五十篇散文、詩，不僅是他個人心路歷程，也是基於他對音樂、信仰、社會、國家和整個世界人類的關愛有感而發。他的文筆優雅、流利、真摯、感人。詩樂藝文能淨化人的心靈，信仰上帝能幫助人的靈命。他的文章往往能觸摸到讀者內心的深處，引起巨大的共鳴。譬如「媽媽我愛妳」講述他家變痛苦的經歷和偉大的母愛和神的愛。有血有淚，但卻憂而不傷，哀而不怨。文章中敘說陪伴母親回到家鄉四川成都，在杜甫、李白的故居，有古詩陪同，「別淚遙添錦水波」，「悠遊生死別經年，魂魄不曾來如夢」，懷念已故雙親和弟妹，痛感人物全非。在這段中國近代戰亂史上，反映出天災人禍的大動亂時代，不正是無數家庭妻離子散家破人亡悲劇的縮影嗎？參加交大百週年慶典到西安。感覺到唐詩歌聲繚繞地陪伴著。他本人深受孟郊的「遊子吟」和布拉姆斯的交響樂「大學慶典序曲」影響，當學妹們獻上鮮花到胸前時，申培竟然下意識地還想轉身獻給那早已棄家離他遠去的前妻。這種癡情的「憨」和「愛」心已不多見，在現代功利主義氣息濃厚人情淡薄如紙的社會風氣下，尤其難能可貴。**「孟郊故居遊子吟，曲罷不僅淚盈盈，熱情學妹鮮花獻，轉與嬌妻何處尋？」**。道出內心極深的感概與無奈，令凡是有感覺的人鼻酸落淚。全文好像一首散文詩，若能寫成小說的形式，一定能更加感人肺復。申培很關心國事，常請總統府資政和顧問轉達電郵表達意見。他雖然人在海外，心卻從來沒有離開過心愛的祖國。

我很欽佩申培對中國文字的熱衷，在「金字塔與十字架」一文裏，發現中文竟然跟十字架的奧秘有著密切的關聯！僅僅一刀就能剪出有十二邊的十字架已屬驚奇不已。更令人驚訝的是，表面上看起來雜亂無章的碎紙片，居然還能排列出斗大的中國字來：「死」、「灭」、「亡」、「永生」。這不正是約翰福音三章十六節的精華嗎？「天神愛世人，獨子賜蒼生；凡信基督者，不亡得永生」。原來基督教與咱們中國文化有著這麼密切不可分割的骨肉關聯！令人驚嘆。哈利路亞。讚美上主。

祝福申培，盼望他能再接再厲繼續寫出更多好文章與世人分享。在此，僅將聖經中詩篇 19:14 神的話語，與申培互勉之。「天神我的磐石，我的救贖主啊，願我口中的言語、心裡的意念在你面前蒙悅納」。李家同，新竹清華大學

李家同教授簡介：

李家同（Richard C.T. Lee）出生於上海市，是台灣資訊學者與作家。其父李國瑊為經濟學家，為李鴻章長兄李瀚章之孫。台大電機系畢業，美國柏克萊加大電腦哲學博士。著作等身發表論文無數。其中有一本書「Symbolic Logic and Mechanical Theorem Proving and Logic」被翻成多國語文包括俄文。俄國學術界的評語是「本書填補了蘇聯電腦人工智能（Artificial Intelligence）界的空白」。可見其重要性和影響力之大。李教授也出版過很多文學巨著，其中《讓高牆倒下吧》，（1995 年，聯經出版公司）最為暢銷。曾任國立清華大學代理校長、靜宜大學與國立暨南國際大學校長、暨大資訊工程學系及資訊管理學系教授。於 2008 年 5 月 31 日卸下暨南大學教授職務退休。2009 年獲中華民國總統府聘為無給職資政。目前在國立清華大學擔任教職，並熱衷於慈善事業，創辦博幼社會福利基金會，協助貧苦家庭子女教育，堅持「老吾老以及人之老，幼吾幼以及人之幼」的信念。曾獲中華民國教育部頒予一等教育文化獎章。李家同先生為虔誠天主教徒。

李昌鈺序

我和王申培教授認識有好多年了。我們倆有很多共同興趣。我從台灣警察大學畢業後，到美國留學，繼續專研刑事鑑定，專門用鐵證抓壞人，為無辜者辯護。後來有一次參加國際會議，我們倆都擔當主題演講人。發現他研究用電腦，人工智慧（大陸上稱人工智「能」，果真一國兩「字」）和模式識別的方法運用在與人體有關的 Biometrics，包括人臉、手寫文字、簽名、語音、指紋、眼睛瞳孔、身體姿態，甚至臉孔變化和各種情緒的分析和識別，不也是與我們警察用來探案的取證 Forensics 很有密切的關聯嗎？

從此，我們倆就常在國內外會議裏碰頭。有一次我們應邀在上海華東政法大學和華東師大講學，由申培介紹我上場時，他簡明扼要地闡述了我人生三次戀愛的哲理和經驗：外貌彼此吸引的戀愛期、婚後的柴米油鹽共同奮鬥期和步入現在的「少年夫妻老年伴」期。由於剛度過與內人妙娟 50 週年金婚，所以特別感動。申培在美國麻州波士頓紐英倫中華專業人員協會任會長和董事多年。期間我受邀從康州新海文城的「李昌鈺鑒證科技學院」去演講多次。他介紹我時，特別提到我的「把不可能變為可能的」經驗，包括我的學生和屬下所受到的影響。我的一個純美國白人屬下，特別想做中國人。大家都笑他說不可能。但他去北京教英文。與中國女朋友結婚，喜獲一男兒，到處逢人就歡歡嘻嘻地說：「囉，你瞧，這不正是道道地地的中國人嗎」？

最有意思的是那年，申培剛從洛陽科技大學講完學，就給了我一個電郵，說洛陽多好多好，有悠久珍貴的歷史陳跡，文化學術氣氛濃厚，有中國最古老的博物館，一定要去。我非常詫異地回信道:「你真是神探，怎麼知道我要去洛陽的？」我差點還以為連 CIA 和 FBI 都不知道我在中國高度保密的行程，怎麼會外洩了哩？。還好，原來純屬巧合，只是一場虛驚而已，心有靈犀一點通，真是有緣啊！

申培業餘喜歡音樂、乒乓和寫作。平常把生活感言發表在各大報章雜誌上，還得過母親節徵文比賽獎、旅遊文學獎。他的這本《劍橋狂想曲》收集了四十多篇文章和詩篇，紀錄了他的心路歷程。文筆流暢、自然、親切、動人和充滿了趣味和知識性。他們合唱團在哈佛和 MIT 的演唱感言，細膩生動，好像把我們帶到了現場，身歷其聲。他的「媽媽我愛❤妳」一文，把偉大的母愛描寫得極為深刻。母子聯心❤何其感人，申培不僅是一位孝子，受母親的影像，他更關懷國家、社會和世界。並且以論語中孔子大弟子子夏所說的，來自禮運大同篇裏的理想：「四海之內皆兄弟也」為目標。令人欽佩。我常想，如果全世界的人類都能以「四海之內皆兄弟也」的崇高理想來互相尊重，彼此愛戴。而不是動則以強大軍事武力來「恫嚇」、「教訓」別國，那該有多好啊！否則「以眼還眼，以牙還牙」必然兩敗俱傷，終至萬劫不復，同歸於盡，世界毀滅。希望不會這樣。

在這資訊爆炸的電子計算幾時代，很高興能看到有關人工智慧之父明斯基教授的文章。申培不但在 MIT 與明斯基教授有密切的合作，還熱心地把他介紹到台灣去講學。提升台灣高科技的境界、層次，與世界先進國家接軌。令人佩服。雖然人工智慧、機器人給了我們很多便利，但也有很多危機。但願人類能事先洞悉並防範機器人的過度快速發展所帶來的致命的災害。

申培的文章大約有一半都附有詩。其中我最喜歡的是〈又見杜蘭朵〉的那首長詩，唸起來好像一首詩歌。還有〈禮讚「歡樂頌」〉，把他對樂聖貝多芬的景仰和人類「世界大同」的理想與中華文化結合在一起，描繪的盡致淋漓。「四海之內皆兄弟，五洲天下本一家，東西文明同此心，中華文化真偉大」。「無論東西南北，不分男女老少，天賜最佳禮物，人間共享至寶」，「可敬的詩人與樂聖，親愛的席勒貝多芬，偉大心靈天上來，延綿不斷感世人」。多麼有意思多可愛的詩句。反應作者內心的純潔、憧憬和海闊的胸襟。

讀申培的散文，好像詩，又好像讀小說一般，有內容，趣味，激情，思想深刻，而且文筆樸實、優美。身為電腦科學家，有很高的人文素養。這也是目前社會上比較欠缺的。他的文章雖然不趕時髦，不見得會迎合一般人泛泛之輩的胃口。但有見地，有深度，耐人尋味，而且會越讀越覺有意思，百讀不厭，發人深省，可從中獲益良多。是心靈和精神的上好糧食。他是難能可貴的橫跨科技和人文兩個領域的才子。在此，恭賀，祝福他。希望他能百尺桿頭更進一步，更上一層樓。繼續努力，創作出更多天風海雨的詩篇，與眾讀者們分享。

李昌鈺（Henry Chang-Yu Lee）簡介：

華裔美國人，刑事鑑識學專家，生於江蘇如皋，臺灣中央警官學校畢業，美國紐約大學生物化學碩士、博士，曾任康乃狄克州警政廳長、現任康州紐海文大學終身教授。創辦「李昌鈺鑑證科技學院」。李教授與美國政界高層關係良好，曾參與調查萊溫斯基事件，以及九一一恐怖襲擊事件後的鑑識工作。李也數度回台灣協助幾個重大刑案的鑑識，包括桃園縣縣長劉邦友血案、彭婉如命案、白曉燕命案件。並且經常應邀到世界各地周遊列國講學，和協助當地偵探很棘手、難破的案件。由於他非常的傑出成就，和對社會的貢獻，榮獲「李昌鈺神探」的美譽。子女兒孫成群。目前與結婚多年的妻子宋妙娟住在美國康乃狄克州。

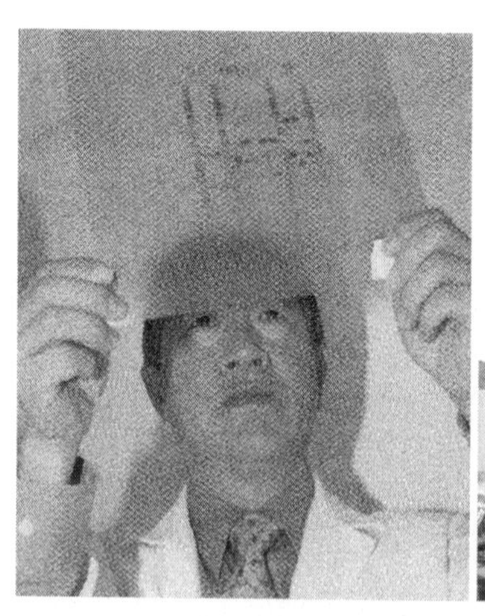

作者夫婦與李昌鈺神探夫婦

作者夫婦（右一、二）神探李昌鈺教授夫妻（左一、二）50周年金婚喜慶（波士頓）

作者（右）與李昌鈺（中）在上海華東政法大學

從左起：ECNU呂岳所長、李昌鈺、作者夫婦在李昌鈺學院

施振榮序

一位理工人的人文經驗　帶來嶄新的觀點與啓發

本書作者王申培先生是我交大的大學同學，他在大學時期就已展現在藝術與音樂領域的才華，後來他到美國留學及工作也有傑出的成就，我有時出差到美國也會與他碰面，有時他回到台灣，我們也會一起參加一些藝文活動。

此次他將多年來所累積的音樂、文學等領域的作品，以及他在世界各地講學及遊歷的心得與經歷，以其生動的文筆娓娓道來，希望能與更多讀者分享。

為此，我也請國家文化藝術基金會陳錦誠執行長居間搓合，代為尋找對此題材民間有意願出版的出版社，最終促成這件美事，也讓王兄的心血結晶得以付梓。

作者在上海出生，台灣長大，又在美國深造和就業，長年浸淫在美國的文化和歷史，也經常能接觸到最新最現代化的知識。加上他科技人的背景，科技界的變遷也帶給他很大的啟發，這些人生經歷都成為他豐富的靈感創作來源。

作者在本書中，將作品分為四大部分，第一部分是「詩文感言」，第二部分是「音樂感言」，第三部分是「心靈遊感」，第四部分則為「中西文化有感」。雖然作者是一個理工人，由他獨特的學經歷所引導出的人文經驗，也與一般藝文創作者有極大的不同，他作品多元、感觸細膩、觀點創新，十分值得參考。

對於他的成就，身為同學我也與有榮焉，在此特別將本書推薦給大家，希望大家都能從中獲得啟發及收穫。

施振榮簡介：

施振榮，宏碁集團創辦人（ACER）／智榮基金會董事長兼宏碁自建雲（BYOC）首席建構師，他以成為社會企業家為職志，目前並擔任國家文化藝術基金會董事長。

施先生目前也是他所創立的ABW 家族－宏碁、明基、緯創公司董事，同時並擔任台積電、南山人壽董事；在社會服務方面，並擔任亞洲公司治理協會理事及公共電視董事。

此外，他在 1976 年獲選全國十大傑出青年，1981 年獲選全國青年創業楷模，1983 年更獲選第一屆世界十大傑出青年，同時也是前亞洲企業領袖協會會長、亞洲管理學院董事、臺灣精品品牌協會名譽理事長，以及中歐國際工商學院國際諮詢委員會會委員。

1996 年美國商業周刊評選他為「全球 25 位最傑出的企業管理者」之一，2006 年獲美國時代雜誌（Time）選為 60 週年「亞洲英雄」，表彰他對全球 IT 產業的貢獻。2007 施先生並代表總統赴澳洲雪黎出席第十五屆亞太經濟合作會議(APEC)之領袖會議。因其長年對國家社會的貢獻，2011 年獲總統頒發國家二等景星勳章；2012 年並獲選第一屆「工業技術研究院院士（ITRI Laureate）」。

施先生係交通大學電子工程學系學士、碩士暨交通大學名譽工學博士，同時也獲頒香港理工大學榮譽科技博士、英國威爾斯大學榮譽院士、美國桑德博管理研究所榮譽博士。

葉祖堯序

老友王申培教授這本《劍橋狂想曲》文集不但是他個人數十年來的心聲，更是他在人生旅途上經驗的總結。對個人來說申培也代表了我們這一代在台灣長大，美國求學後留在美國的中國人的聲音。對年青的朋友們，我特別要介紹申培打造的「人文與科學並重，跨領域」的人生旅途。在這快速的 21 世紀，這是一本寶貴的人生指路圖。我在此誠懇的推建給大家！

要了解申培人生的旅程，我們也許可以河流作為比喻。當人在舟上，常有很多想不到的事會發生 — 大風雨，劇轉彎，急流，等等。如果我們不想只是隨波逐流，而想要有方向的掌控時，我們必須區分水流與我們的存在。只有這樣，我們才可以掌控自己在水流中的前進。換句話說，不論是順流或逆流，掌舵者必須不斷的向已定的目標努力前進，而不退縮。這可以說是申培人生的縮寫。

在〈幼兒思母的哀愁〉一文中，申培遇到人生的大風雨。在一個大雪的清晨，父兼母職的他陪小兒送報時，兩人都跌倒在雪地上。他代表小兒無語問蒼天：「難道這是成長必經的成熟必付的代價？」但是他没有被打倒。在「媽媽我愛妳」文中，他更能了解媽媽的偉大。這過程中，他溶入河流的一個本質：即是河流能適應所有地形：平靜的在河床裏流動、急劇下降到深谷的瀑布、在不平的河床成爲泡沫急流、等等。在他的作品中如〈香港見〉對老學長傅京孫教授的懷念，或是在〈踏尋孔聖 曲阜行〉文中一再提及的「四海之內皆兄弟也！」都顯示了他能以平等心來服務身邊的人。

看完這本文集後的一個感想是申培是一位「真實，自在」的人。在〈我的迷惘〉一文中可以看到他侃侃而談，不急不徐，以理論事，無所畏的學者風度。一個真實的人必需找到了自己的聲音。當一個人没有「怕」時，他就自在了。這幾十年的功力就在此文集中點點滴滴的展現出來。

我的另外一個感想是申培是一位尋夢者。徐志摩《再別康橋》中的：

「撐一隻長蒿，向青草更青處漫溯；滿載一船星輝，在星輝斑斕裏放歌」。

不正是申培的素描嗎？他不僅在本行的理、工學科大有成就，也同時在文學，音樂，靈修有深度的造詣。在世界各地講述他的心得，教化眾生。「立足劍橋哈佛園，放眼宇宙大世界」的景界，在此文集中充分展露無餘矣！

葉祖堯博士（Dr. Raymond T. Yeh）簡介：

葉博士是美國伊利喏州立大學數學博士，國際電機電子工程師學會（IEEE）會士（Fellow），設計與流程科學協會（SDPS）會士，美國德州州立大學（Austin）IC2 研究院院士。曾任美國賓州大學、德州大學、及馬里蘭大學教授，並兼任後二者計算機系主任。連著幫助這兩所大學的計算機系進入全美前十名。曾任明尼蘇達大學講座教授，日本富士通國際研究院名譽院士。聯合國所設北京軟件研究室首席董事。電機電子工程師學會(IEEE)的軟件工程彙刊創刊主編，國際軟件工程年會創辦人，及國際軟件工程學會共同創辦人。他使軟件工程成為美國大學的正式課程。是兩個跨領域研究學術機構 —「設計與流程科學協會」及「跨領域研究院」的共同發起人。

葉博士曾幫助李國鼎博士規劃台灣資訊工業策進會。替美國國防部召開資深顧問會，該會決定成立 STARS Program 來激發國防部對軟件工程的推行。這個計劃也被英國國防部採納並實行。曾在中國主持一個全國性的軟件計劃 — 包括十三所大學，在北京大學及復旦大學培訓，並進行研究和建立了中國獨立開發的軟件工程環境。也擔任過巴西政府「國家軟件工廠」的國際顧問組主席。也擔任過數個國家:聯合國，及美、中、新加坡等，及大公司 — IBM、GTE、AT&T、Fujitsu 等的顧問。在經管公商業領域中曾創立了兩個成功的軟件公司。他與夫人是佛教團體的長期義工。葉博士在專業期刊雜誌發表過 120 餘篇論文，並出版了 8 部技術書刊，包括 4 卷《Current Trends in Programming Methodology》。企業管理著作有《Zero Time》（零時）和《The Art of Business》（商道）。葉博士曾獲 IEEE 的百年紀念獎、SDPS, ATLAS 最高榮譽的金獎、台灣的「資訊科技遠見領袖獎」等。葉博士也曾列名於美國及世界名人榜。

主辦單位：
中健康暨管

自　　序

來到美國波士頓不知不覺已逾三十多年。往回一顧，這段漫長的歲月已超過我在上海出生，台灣長大，美國喬治亞州亞特蘭大和奧立岡州幽靜城深造、就業的時間的總和。易言之，我這生一大半日子生活在這美國東北角滿山秋色的紐英倫馬薩諸塞州 波士頓地區 — 美國獨立戰爭的搖籃，文藝、科技、教育和工商業的發祥地。在這裡水秀山明人傑地靈，既有美國最古老的文化和歷史，也經常能接觸到最新最現代化的知識。長久耳濡目染、潛移默化，影響至巨。並眼見學術界、高科技界的大起大落變化，譬如我曾任職的王安公司、通用電話電子公司（GTE）、DIGITAL 的消逝，箭點公司（Arrow Point）的興起和 MIT 電腦、人工智慧合併為 CSAIL 等等，對我影響、啟發很大。不僅如此，由波士頓和僅隔查爾士河的劍橋市，兩個好像孿生姊妹的雙子城，其中蘊藏的巨大能量和潛力，由此所輻射出去到全世界各地，賦予我充沛的靈感，令我所到全球之處往往都能產生延綿不斷的思緒和聯想。

我任教的東北大學就在波士頓市區內。介於波城交響樂團和藝術博物館之間。長期受古典「聲、色」音藝薰陶，不亦樂乎。往南隔一條杭廷頓大道就是哈佛醫學院。往北隔查爾士河就是麻省理工學院 MIT。再往北一點就是哈佛大學校本部哈佛園。方圓不出幾英里之內就是我日常生活的中心。多少年來，在 MIT 當研究顧問和哈佛兼任教職，結識了不少大師。印象最深的包括人工智慧（AI）之父 MIT 航斯基教授，語言學之父航斯基教授，從斯丹佛大學來客座的可努斯教授，杜林獎得獎人現在北京清華大學的理論電腦泰斗 姚期智教授，美國軟件科學泰斗 葉祖堯教授，和來 MIT 講學的模糊科學的創始人札達教授，以及模式識別（PR）開山鼻祖故傅京孫教授等。可惜傅教授英年早逝，促成我創刊模式識別與人工智能 PR & AI 學刊，以紀念他和繼續發揚影響民生至鉅的 PR&AI 領域。這期間，我有緣任聘為華東師大紫江學者訪問客座教授，參與呂岳院長的「郵件自動化處理」的大型計劃。呂院長也兼任上海郵政研究所總工程師，專門研究用電腦識別大量信封，快速、準確、省人力、省錢。在他的團隊不懈的努力下，擊敗了把持中國郵政自動化系統多年的德國西門子公司，取代了他們的機器。中國的郵電自動化系統終於可以獨立自主而不再仰仗他人了。多麼令人歡欣鼓舞。我在 MIT 作研究顧問，主持「識別支票」計畫。經過多年努力，終在銀行自動取款機（ATM）內可以快速準確地自動識別支票。從美國銀行（Bank of America）開始做起，現已慢慢地盛行到其他各大銀行。團隊努力，略見成果，頗得欣慰。

我曾在哈佛醫學院榮獲 IEEE（國際電子電機學會）傑出貢獻獎，由 IEEE-SMC 哈爾會長特別從佛羅里達大學趕到劍橋來親自頒發。很受感動。遠赴統一後的德國馬德堡大學任 Otto-von-Guericke 傑出客座教授，以及到加拿大凱佳利大學任 ICORE（資訊菁英中心訪問講座教授），體會歐加異地文化，教學相長，獲益良多。我也深感榮幸能到以色列耶路撒冷接受 IAPR（國際模式識別協會）會士榮譽。遊歷了聖城耶路撒冷，隨著一步一步的腳印，聖經裡耶穌的故事又一頁一頁的展開在我的眼前。感觸良多。回美後寫了一篇：〈踏尋耶穌基督的蹤跡〉，發表於青年日報和我的散文集：〈哈佛冥想曲〉。引起很多人的共鳴。

還有來哈佛演講的諾貝爾文學獎得主大江健三郎和莫言等，他們的演講和風範都給了我莫大的啟發。先前的勒辛頓和後來的牛頓中文教會是我必去之地。每週的查經班和主日崇拜幫助我靈命成長。我在紐英倫中華專業人員協會任會長和董事期間主辦了多次學術會議。曾在東北大學大型視聽綜合教室辦了很多年，後來改在哈佛和 MIT 舉行。前後邀請了很多大師，包括：電腦科學家和小說家張系國教授、李家同教授、文學小說家白先勇教授、神探李昌鈺博士、哈佛講座教授王德威教授、小說家紀綱和趙淑俠、趙淑敏姊妹等。藉著回國講學的機會，我還結識了詩人余光中教授和作曲家故黃友棣教授。我從小就愛唱歌。曾參加台大合唱團。波士頓的 MIT 劍橋中文合唱團、樂音合唱團、東方之聲合唱團和愛樂合唱團也不乏我的蹤跡。每週在 MIT 音樂教室練唱，每年並在 MIT 貝殼大禮堂和哈佛培恩音樂廳輪流演出。東方之聲合唱團還曾遠征台灣、海南島各地，並榮獲維也納世界合唱比賽金獎。很受鼓舞，永誌難忘。

就在這以劍橋為中心的生活、學習、和成長的環境裏，我曾陪伴親愛的媽媽回她四十年不見的四川老家鄉。到達爸爸的山東老家和曲阜孔子的故居孔府、孔廟、孔林。遠赴國內參與了台海兩岸五市的交大百週年慶典，盛況空前。先後遊歷了新竹、上海、西安、成都（峨嵋）和北京。去過陝西遙祭皇帝陵、和河南伏羲氏陵。遊覽祖國神州大地錦繡河山，心裏受到很大的震撼，把我強烈的感受寫在“媽媽我愛妳”一文中，不僅是為了紀念我我親愛的母親，更是遙祝我親愛的祖國和同胞。此文與〈踏尋孔聖曲阜行〉兩篇文章是本書的中心。是我立足劍橋哈佛園，放眼宇宙大世界的人生觀的縮影。與我屢次遊覽樂聖貝多芬的故居維也納後的感想連成一氣。因為貝多芬不僅是個偉大的音樂家，更是一位令人尊敬的孝子，他很愛他的母親。他的不朽名諺：「哦，當我能說出「母親」這甜美的名詞，而她又能聽到的時候，還有誰比我更幸福？」不知感動了多少人。

其實，貝多芬不僅愛他的母親，更有仁慈善良的心愛世人。令人驚異的是，他的曠世傑作第九合唱交響樂“歡樂頌”，是在他貧病交加耳朵全聾時完成的。其中引用德國大詩人席勒的詩句：「四海之內皆兄弟也」，與我國論語中所闡述的，禮運大同篇中的「世界大同」崇高理想不謀而合了。可見人同此心，心同此理。英雄所見略同。果真：「不分東西南北，無論男女老少，天賜最佳禮物，人間共享至寶」。樂聖曾經非常崇敬拿破崙革命以建共和的理想。並創作第三「英雄」交響樂標題「獻給敬愛的本那巴提（拿破崙名字）」。可是當他知道拿破崙後來居然背棄民主妄想稱帝時，他非常失望，並憤怒地撕碎標題，改為一頗有報復意味的：「紀念一個偉人的遺跡」。還好沒有一氣之下，撕毀這傑作中的傑作。多麼有道德勇氣、有正義感的偉人！每思至此，都頗受激勵。會令我心中波濤澎湃，盪胸生層雲，不能自己不已。貝多芬是我人生的導師，時常指導我生命的方向。我曾作有〈踏尋樂聖貝多芬的蹤跡〉。在中央日報發表，列入我的〈哈佛冥想曲〉書中。受到眾多讀者的愛戴和鼓勵。大家都期盼我的下一本書什麼時候能出版啊？

盼望著，盼望著，透過國藝會施振榮董事長的引介,拙作《劍橋狂想曲》— 立足劍橋哈佛園，放眼宇宙大世界終於出版。我要特別感謝同窗施振榮董事長。一向熱衷發揚中華藝術文化，並創導王道精神、利他就是利己的宏碁電腦公司（ACER）創辦人振榮兄，對拙著很感興趣，也請國藝會陳錦誠執行長協助洽詢文史哲出版社發行。我的「哈佛冥想曲」雖受歡迎，但可惜完全沒有附圖。有讀者很喜歡《大衛的名畫「拿破崙加冕」》一文，但：「好可惜呀，怎麼沒有圖片呢？」「你的《踏尋耶穌基督的蹤跡》我好感動，可惜怎麼一張照片也沒有？」感謝陳執行長的遠見和宏觀，認同拙作《劍橋狂想曲》可加上附圖。彌補了〈哈佛冥想曲〉沒有附圖的遺憾。文圖並茂更能彰顯文意之美感，幫助理解文章的內涵，引起讀者的興趣，效果奇佳。果真「一圖勝千言」（A picture is worth 1000 words）。誠哉斯言也。也要特別感謝張系國、李昌鈺、李家同等教授和趙淑俠女士、施振榮董事長、葉祖堯董事長百忙之中寫序，為拙作添色不少。

寫作出書與廣大讀者分享我的心路歷程，一方面發抒胸中不吐不快的情懷，一方面主要也是為了回顧過去，策勵將來。「學無止境、學海無涯」。我感覺到好像人生才剛開始，還有好多好多事務需要不斷學習。感謝上天賜我生命和靈魂。在人生的旅途上需要感謝的人太多，尤其是我的父母，家人，和新竹省中的辛志平校長。辛校長當年堅持通識教育使我們至今收益不淺。終生難忘。「感恩報恩恩相續，飲水思源源不絕」。「數典不可忘祖，飲水切記思源」。我腦海裏不斷想起樂聖貝多芬的〈歡樂頌〉── 那歷盡苦難後的歡樂。面懷耶穌基督「神愛世人」和至聖先師孔子大弟子子夏在論語中所闡述發揚的「四海之內皆兄弟也」的崇高理想，為了一個更美好的「真、善、美」的明天，願與大家共勉之。

王申培教授，IAPR, ISIBM & WASE 會士（Fellow）簡介：

王申培（山風,海山）教授，中國山東人，母親四川人。上海出生，台灣長大。畢業於台灣省新竹中學，交大電子工程學士，台大電機工程碩士，美國喬治亞理工學院資訊與電腦科學碩士，奧立崗州立大學電腦哲學博士。

王博士為美國東北大學電腦學院終身聘正教授，麻省理工學院研究顧問,在哈佛大學兼授電腦課程。曾任職於貝爾電話公司（Southern Bell）、奧立崗大學助理教授、波士頓大學兼任教授、GTE 電話公司(GTE Labs)，王安電腦公司（WANG Labs）、加拿大 Calgary 大學 **ICORE**（Informatics Circle of Research Excellence）客座教授，並當選為德國馬德堡大學傑出客座教授（Otto-von-Guericke Distinguished Guest Professor，Magdeburg University, Germany）。並榮膺廈門大學、四川大學以及廣西師范大學等校榮譽顧問教授。現兼任上海華東師範大學資訊電腦學院紫江講座教授（Zijiang Visiting Chair Professor）、西安交大、重慶大學、同濟大學及臺灣科技大學訪問講座教授。

王教授為 IAPR, ISIBM 和 WASE 之學會院士 Fellow（Int. Asso. for Pattern Recognition and Int. Society for Intelligent Biological Medicine），及國際模式識別及人工智慧學刊（Int. J. of Pattern Recognition and Artificial Intelligence）和“機器視覺及人工智慧叢書”（Machine Perception and Artificial Intelligence）創辦人及總主編。出版專書二十六冊以及學術論文二百餘篇，並穫得美國及歐洲發明專利三件。王教授曾任 2006 年在香港舉行的第十八屆國際模大會之共同主席。王教授榮獲 IEEE 及 ISIBM 傑出貢獻成就獎。曾任紐英倫中華教授協會創辦人及首屆會長，交大同學會長及中華專業人員協會會長及董事。

除專業著作外,王教授業餘並喜歡寫作。在各大報章雜誌發表過百餘篇散文、詩篇、包括“遊耶路撒冷踏尋耶穌基督的蹤跡”、“親愛的貝多芬”、“媽媽我愛妳”、“踏尋孔聖曲阜行”、“查爾河畔憶梭羅”、“再見維也納”、“廣島與原子彈”、“美麗的清華園”、“十字架與中國字的奧秘”等和小說《臧大款》、《3D 圍棋王》等及音樂詩作感想，包括杜甫、李白、白居易等之詩，黃自、黃友棣、屈文中、趙元任之歌曲，及貝多芬、莫扎特、舒伯特、布拉姆斯、華格納、柴可夫斯基之交響樂以及維爾弟、普契尼和比才之歌劇等。曾榮穫北美華文作家協會之散文比賽獎、美國詩人協會比賽『編輯獎』、聯合文學『長榮環宇文學獎』、僑委會華文著作獎、北美四川同鄉會舉辦之徵文比賽獎，世界日報『母親節徵文比賽』獎、『孟郊』獎，及散文集《哈佛冥想曲》榮穫台灣省政府新聞處舉辦『獎勵優良作品出版』獎。其文章被北京中國作家協會選入【美國華文作家作品百人集】。任 MIT 劍橋合唱團、BEHC 和 NACA 男高音。曾任台大合唱團及波士頓附近合唱團及教會詩班團員，王安公司合唱團創辦人。嗜好運動、乒乓、游泳、籃球、網球、橋棋及攝影。https://sites.google.com/site/mozart200/

三排右二作者、左一徐新漢會長、左二趙俊邁總會長、左四主講人丘宏義、二排右四姚　嘉主編、右五施淑青，一排左五陳十美會長

作者與白先勇和夏志清夫婦（紐約）

左起：敦克、作者、哈爾會長頒發IEEE傑出貢獻獎（哈佛大學）

作者與近代語言學創始人航斯基教授（MIT）

作者夫婦與札達教授夫婦（柏克萊加大）

左起：箭點董事長吳錦城 、MIT舒維都主任、作者。（東北大學）

可努斯（斯丹佛）與作者，（MIT）

作者夫婦與呂 岳總工程司夫婦（上海）

作者於重慶大學講學留影（重慶）

與姚期智教授（清華和MIT）IAPR會長阿嘉瓦頒發會士（耶路撒冷）

作者與神探李昌鈺教授在華東政法大學演講（上海）

輯一：詩文感言

媽媽我愛妳

— 我生命中的「天使」

「噢！當我能叫出母親這甜蜜的名詞，而她又能聽見的時候，誰又比我更幸福？」

— 樂聖 貝多芬（Ludwig Beethoven）

（榮獲 北美洲世界日報及孟郊母親節徵文比賽獎）

美國 麻省 劍橋市，沿著牛津街和查爾士河邊，美麗的長春藤聯盟哈佛大學校園內，有一座歷史悠久的音樂廳 — 培恩廳（Paine Hall）。長久以來，不知演出過多少場精彩的音樂會。自然也包括了旅美華人的 MIT 劍橋合唱團在內。每一次那優揚樂耳的中外名曲，往往能激勵起中外聽眾熱烈的回響和感動。不僅宣揚了中華文化，促進了東西文化交流，更不知撫慰了多少海外遊子的鄉愁。

在培恩廳舞台的上方，刻了許多偉大音樂家的姓。包括了樂仙莫扎特、舒伯特、音樂之父巴哈、樂聖貝多芬，噢，對了，還有常被世人與巴哈和貝多芬合尊稱為三 B 的布拉姆斯。多少年來，不論是在臺上表演高唱或是在臺下聆聽欣賞，我總能覺得被一種溫馨的氛圍環繞著，能感受到這些偉大心靈的振撼。譬如一見到貝多芬的名字就會想「起第九《合唱》交響樂」〈歡樂頌〉，一想起莫扎特就會聯想到歌劇〈費加諾的婚禮〉，巴哈，則是〈佈蘭登堡協奏曲〉，舒伯特，〈鱒魚〉、〈聖母頌〉和〈野玫瑰〉。而布拉姆斯呢？噢，怎能不教人想起他的傑作《大學慶典》序曲。尤其是其中由銅管合奏出的莊嚴主題「耶拿」（Jena）大學的學生會歌「我們建造了巍峨的殿堂」（Wir hatten gebauet ein stattliche Haus）。有趣的是，此曲與我國唐朝大詩人孟郊膾炙人口的傑作《遊子吟》，無論是在意境、結奏、和韻味上都自然而然地配合得天衣無縫。至今還有很多人以為這有濃厚中國風格的歌是中國人作的曲哩。可見人同此心心同此理，古今中外英雄所見略同，文學、藝術、音樂、文化本無國界，雖有差異但更有不少相通處。多麼有趣有意思的巧合阿。

長久以來，無論是海峽兩邊和太平洋兩岸，或全世界各地凡是有中國人的地方，就能聽到這首歌曲〈遊子吟〉。尤其是每年母親節，籍著這首充滿感性的曲子，由衷傾述了普天下的慈母心和遊子情懷。更不知激發了多少人的熱淚。少小時在台灣長大，從小學到中學到台大合唱團，乃至來美後在 MIT 劍橋合唱團，這首歌一直是我的最愛。每每帶著淚水唱這首〈遊子吟〉時，又怎能不想起自己的母親來？

我從出生到母親去世，媽媽一直都是我生命中的天使。那正是中華民族近百年來歷史上最多災多難天翻地覆動盪不安的時代。腐敗的滿清政府剛被推翻，民國初年軍閥各地割據分裂的局面眼看就要被國民革命軍北伐統一成功。卻引起強鄰日本帝國主義的覬覦，發動全面侵華，掀起二次世界大戰。億萬炎黃子孫民眾倒懸，神州錦繡河山慘遭蹂躪，中華兒女生靈塗炭，龍的傳人遍地呻吟。媽媽王海倫（本名王羅淑貞）女士，1920 年 10 月 10 日生于天府之國、漁米之鄉，山明水秀，充滿文化氣息和歷史古蹟的四川省會成都市，也是詩聖杜甫和詩仙李白的故鄉。從小喜愛醫學，畢業於華西醫大。對日抗戰期間，爸爸毅然投筆從戎，從孔子老家山東離鄉背景，跋涉千山萬水隨著部隊轉戰到四川成都。在那兒認識母親，千里姻緣一線牽，結婚生下姐姐川培和哥哥蜀培。抗戰勝利後，不幸國共內戰，全家再逃難至上海生下我申培，然後到剛從日帝手中光復的寶島台灣省。在新竹空軍基地樹林頭眷村定居下來。爸爸常隨部隊調動，很少在家，學醫的媽媽一面在空軍診療所服務，一面照顧家事養兒育女倍極艱辛。母親教養子女，非常尊重我們的性向和志興。姐姐從小就喜歡音樂。小學時家裡買不起鋼琴，她就把媽媽的洗衣板抱在腿上，把板上凹凸不平的格子當作是鋼琴的黑白琴鍵，一面唱著旋律一面用雙手手指演練彈琴的動作。看得媽媽心愛、心酸又心疼。終於咬咬牙費盡心血積蓄買了架鋼琴，培養姐姐進入音樂學校。哥哥身材魁梧一副山東大漢的模樣，從小就喜歡玩飛機模型，常常看著蔚藍的天空出神，壯志雲霄。媽媽雖然捨不得覺得危險，但仍然尊重哥哥的志趣，培養他進入空軍幼校、官校。後來果然跟爸爸一樣作了飛將軍，翱翔青天白雲間。而我哩？從小喜歡數學理工，後來自然就進入交大和台大電機研究所。三個小孩能各得其所，志趣得以發揮，人格正常成長，母親相夫教子，操勞家務，愛心養育，實有莫大的影響。但影響我們更深的是爸媽的宗教信仰，帶領全家都成為基督徒，相信神是創造宇宙萬物的主宰，耶穌基督的愛可以拯救世人得永生。這信念影響我們全家至巨。支持著我們屢屢度過慘烈的遽變和危難。我交大畢業的那年，在空軍當飛行軍官的哥哥不幸為國捐軀。噩耗傳來有如晴天霹厲，家中一片愁雲慘霧。爸媽更是傷心得悲痛欲絕。親友和姐姐在新竹一女中的學生紛紛攜帶鮮花來慰問，至表哀悼。媽媽卻強忍著淚水拿出聖經要姐姐翻開約伯記和〈詩篇二十三篇〉，一句一句唸給他們聽，反而安慰大家。我當時望著房間角落哥哥心愛的吉他和聖經筆記本，想起他在信中對我說的：「小弟，記著，我們如果勇敢作戰，如同英勇的士兵，神必從天上幫助我們！切記，〈詩篇二十三篇〉：**『耶和華是我的牧者，我必不至缺乏！我雖然行過死陰的幽谷，也不怕遭害，因爲你與我同在。你的竿你的杖都安慰我』**」我一時竟悲從心來，淚如雨下泣不成聲。原本懸掛在客廳天花板上的吊燈，不知怎的忽然掉了下來。只聽見「嘩啦！」一聲，玻璃碎片砸得滿地都是。所幸無人受傷，但卻把我從極度悲痛的昏玄中，驚醒了過來。好像上帝藉著哥哥在天之靈，給我們敲了一記暮鼓晨鐘，要我們不要太傷心，要警醒振作起來！三兄弟姐妹當中，哥哥長得最像爸爸，最有愛心也最孝順。他在家時，常以身作則教導我如何作家事為爸媽分勞。爸媽的皮鞋他擦得最亮。後來他去了岡山空軍官校，有一次收到媽媽寄去的雞腿，他馬上回信說：「一隻雞只有兩隻腿，應該讓爸媽享用，寄給我實在太不敢當了」媽媽看了信，眼圈發紅。哥哥去世後，我為了安慰爸媽，討爸媽高興，常刻意把爸媽皮鞋擦得亮亮的。但爸媽卻抱著烏黑發亮的皮鞋，老淚縱橫，因為：「一看到就想起哥哥。」

我們全家都極重感情。這麼多年骨肉手足之情，更何況哥哥是三代單傳下來的長子。家中突然遭受這麼大的打擊變故，本來是很容易就被擊垮，從此一蹶不振的。好在信仰給了我們力量，聖經的話成了我們日用的靈糧，支持住我們全家於不墜。爸爸更因此進入一傳道學校，後來成為傳道人，四處宣楊福音。這一切奇異恩典若不是因著神的大能大愛又是什麼呢？

父親去世後，正值大陸從閉關自守中逐漸開放。我陪伴年邁的母親回到成都老家探親。好多親友早已在所謂的「文化大革命」中被鬥慘死，母親與四十多年不見浩劫餘生的親人相擁哭成一團，隨後更哭倒在外公外婆墳前。可憐母親早年隨從軍中的父親離鄉背井，「別淚遙添錦水波」，在亂世中顛跋流離，輾轉征戰倍極艱辛。從此海峽兩岸隔離，四十年音訊全無。如今母親「少小離家老大回，鄉音未改『白髮』衰」，不見爹娘最後面，哭倒墳前淚雨垂。在這天災人禍的大動亂時代裡，不知有多少家庭妻離子散家破人亡，相愛的人被迫分手，「悠悠生死別經年，魂魄不曾來入夢」，人世悲涼如此，情何以堪？那年春天，到碧潭空軍公墓為哥哥的墳掃墓種松。在高高的「碧血英風」紀念碑前，我一直擁著母親輕拍她老人家的背，手巾全濕了。我強忍著淚水，抬頭舉目仰望滿天的晚霞。唉，多少青年離開心愛的人，為國捐軀，埋骨在這青松翠柏的山間，精神靈魂與天地常存。想想，才二十多歲的嫩骨啊，那不正是當年推翻滿清創建民國的革命先烈，林覺民一般大的年齡嗎？不正是生命力最旺盛，充滿希望前程似錦的豆蔻年華嗎？怎不教媽媽錐心泣血慟哭愛兒？

媽媽一向很有愛心，常憑其仁心仁術治病救人。眷村裡有一小孩患哮喘病，經常半夜三更病情發作，痛哭哎嚎不能成眠。媽二話不說，拿其針筒打他一針。病童立即痛楚全消，安然入睡。後來父親去世。姐姐也於 911 紐約世貿大廈恐怖分子暴力事件，因深受刺激精神情緒不穩而回到天家。媽媽仍忍住傷慟繼續去教堂服侍，參加詩班，義務教英文。還在社區幫市政府當義務翻譯，幫救火隊宣導地震應注意事項，為新移民解決填表疑難。甚至有些阿姨開旅行社，遇到外國顧客不知如何以英文對答時，就打電話請教媽媽，媽媽也立即有求必應，「打電話服務就來！」媽就是這樣的古道熱腸樂於助人。還贏得個雅號：「王教授」。每次我跟更媽走在一起時，大夥兒就半開玩笑似地說：「海倫，妳們家一老一少，一女一男，有兩個『王教授』耶！」

來美二十多年，幸賴老天保佑，辛辛苦苦總算學有所成，成家立業，媽媽她老人家來往於東西兩岸姐弟家中含飴弄孫安享天倫晚年。然而「神未曾允許天色常藍，人生的路途花香常蔓」，萬萬想不到家中災變再起。記得那年紐英倫的冬天特別冷，創下最低溫和降雪量的最新紀錄。寒風刺骨的凌晨，天還沒亮，白色的雪花自天空中冉冉飄落。我和小兒球球睡眼惺忪地勉強起床，出門刷車鏟雪然後挨家挨戶送報。天雪路滑，寸步難行，真個是「欲渡黃河冰塞川，將登太行雪暗天」。一不小心倆人都摔了一大跤。腰腿摔得好痛，父子不禁相擁成一團，互相安慰。我緊緊的抱著小球兒，望見他被寒冷的西北風吹得鮮紅的小臉，發紫的嘴唇，頭上帽子破的洞一直沒縫補起來。唉，可憐沒娘的孩子，不知怎的忽然想起那首兒歌：「世上唯有媽媽好／沒有媽媽的孩子最煩惱／」一時激動莫名情不自禁，滿眶熱淚一滴滴落在雪地上。把大地的冰雪融化成一道道江河，好個：「無邊「熱淚潸潸」下」，「君不見黃河「淚水心中」來」。前些時候不是還與「她」在一起歡唱麼？不是還手牽著手沿著劍橋美麗的查爾士河邊，哈佛和 MIT 碧綠校園青翠的草地上散步嗎？不是還歡歡喜喜地一起參加愛兒貝貝和愛兒小球兒的音樂劇表演嗎？不是還在孤燈月影下幫她把博士論文一頁頁掃描進電腦裡，再一張張打印出來合作愉快嗎？十多年來好不容易父兼母職，幫「婦」教子，千辛萬苦幫助她來到美國，得到公民，完成她心願得到哈佛博士學位，找到她所喜歡的理想教授職位…怎麼如今轉眼義斷情絕翻臉就走？…我屢屢在電話中跟媽媽說著說著就會泣不成聲，甚至忍不住大聲哭喊道：「媽媽呀！媽媽呀！我怎麼這麼笨？這麼多年了，居然一直被瞞在鼓裡一點都不知道…」年邁白髮蒼蒼的媽媽於心不忍，從西海岸加州那兒飛過來，抱著安慰我拍我的背，說道：「乖兒子，你不笨…因為你太愛她，全心信任她，從不懷疑她，也從不懷疑自己一向尊敬的有婦之夫的爺爺輩長輩，所以才不知道…真虧老天保佑你，還好你一直都不知道，所以才能安然度過。否則萬一被你無意中撞見…那後果真不堪想像…」阿，不是嗎？想想《金瓶梅》的故事，還有發生在 D.C. 年逾古稀張 X 心老作家的「乾女兒」賀女士丈夫周君的命案，不都是因為被當事人撞見，洞悉秘情，而釀成張 X 心槍殺周君的不幸家庭大悲劇嗎？…真是感謝上帝藉著媽媽慈祥濬智的言語，一針見血，最佳良藥。使我心胸豁然開朗，不再怨天尤人。每當偶而情緒不佳陷入痛苦的回憶中無法專心作事，我就會想起媽媽引用聖經激勵我的話：「忘記背後努力面前，向著標竿直跑！」就會有一股神奇的力量從天而降，支持著我從新振作起來。

1996 年欣逢母校交大百周年校慶，大陸四個校區和台灣省校區聯合起來舉行盛大隆重慶典。我接到請柬，卻猶疑良久，不肯成行，很怕碰到同窗老友攜家帶眷妻女成群歡歡喜喜來參加，我能說些什麼呢？多尷尬阿！但媽媽不斷鼓勵我應該去：「孫兒我來帶，你就去散散心罷。」多謝慈母心，我終於參加了這次百年難得一見的，橫跨中華大地海峽兩岸五市　新竹、上海、西安、成都、和北京的歷史壯舉。到達西安交大時，經過李白、杜甫、白居易、孟郊等的故居，我籠罩在一股濃郁的唐詩氛圍中，興奮極了，感觸啟發良多。在依依不捨溫馨的惜別會上，我忽然又想起當年出國留學在機場上爸媽送行的時候，和參加哈佛大學的畢業典禮上，當春末夏初遍地油綠似海的六月哈佛園（Harvard Yard），按傳統在畢業典禮上高奏起布拉姆斯的《大學慶典》序曲時，我自然而然地唱起那首〈遊子吟〉。而此刻人就在孟郊的故居，深覺慈母祖國的溫馨感招，更是情不自禁地懷著遊子回鄉回到母校的心情高歌起孟郊作詞，布拉姆斯作曲的歌來：「**慈母手中線，遊子身上衣；臨行密密縫，意恐遲遲歸；誰言寸草心，報得三春暉**。」唱完，一群可愛的交大母校學妹抱著鮮花蜂擁而上，獻到我胸前。我接到這些各色各樣美麗的鮮花，一時驚喜莫名，下意識轉身想遞送過去給「她」，才猛然醒悟到那個人早已遠離我而去。一時觸景傷情悲從心來，鼻子一酸，眼睛一濕，淚水像秋雨般奪眶而出，沿著面頰滾滾落下。只見一顆顆豆大的熱情淚珠，轉化成一個個美麗的中國文字，串聯成一首短短的詩句：「**孟郊故居遊子吟，曲罷不禁淚盈盈；熱情學妹鮮花獻，轉與嬌妻何處尋？**」

這首短詩後來發表在交大《友聲雜誌》裡，但不知道究竟有多少人能了解其中的心酸。恐怕知我者唯有我那年邁白髮的娘罷？唉，真想不到，人進中年，早該反哺孝敬母親才對。卻反而還要母親操心，倒過來照顧安慰我，我何其不孝？

那年母親節，在模範母親表揚大會上，我站在媽後面，自然而然地輕唱起〈遊子吟〉來。唱完，只見媽和旁邊幾位老太太眼眶中都閃著淚光。媽媽很喜歡大自然，客廳和陽臺上種滿了各種各樣的花卉和番茄黃瓜等蔬菜，並經常與鄰居好友分享。媽媽也很關心國家大事。香港會歸祖國那天，媽從電視實況轉播，眼見英國八爪鱆魚烏賊旗墜落下，中國旗冉冉升起，雄姿英發地飄揚在青天百日蔚藍的天空。分離了九十九年的香港終於回歸到祖國的懷抱。媽感動的熱淚滿眶。因而激勵我的靈感作成一首中英對照的詩：「小龍回歸母親懷抱」，被入選為美國詩人協會最佳編輯獎。媽經常提醒我們要愛惜環境，不要浪費食物。帶回家的朔料袋和打包器皿，凡能再使用者，一定洗乾淨保留，絕不輕易丟棄。媽常說：「人類若再不好好保護環境，地球恐怕很快就要毀滅了！」媽愛家人，愛親友，愛國家，愛社會，愛世人，更重要的是，媽敬愛上帝，宇宙萬物的主宰。如今，媽媽離開我們，「樹欲靜而風不止，子欲養而親不待」，心中萬萬捨不得。但媽媽走得安祥寧靜，沒有痛苦，六個孫兒（我倆個兒子，姐姐四個兒子）也都長大成人，沒有遺憾，也不再有憂愁。媽媽被神接回天家，安息在主懷裡。將來我們都會歡居在天家。誠可謂「這世界非我家，我無一定住處。我積財寶在天，時刻仰望我主。天門為我大開，天使呼招迎迓。故我不再貪愛這世界為我家。」媽將永遠活在我心中。我永遠不會忘記媽的愛心和關愛鄰舍、社會、國家、和世界的胸懷。我何其有幸，能有這樣充滿愛心，全世界最美麗的媽媽。我不禁想起樂聖貝多芬在他母親去世時所說的：「噢！當我能叫出母親這甜蜜的名詞，她又能聽見的時候，誰又比我更幸福？」如今，我要向媽在天之靈再說一聲：「媽媽，我生命中的天使，我愛您！請安息罷」。

（謹將此文獻給普天下所有偉大的母親）

作者與母親攝於 LA 華文作家協會演講後

作者與母親攝於模範母親頒獎前

作者、大文（二兒）、大元（大兒）、媽媽

媽媽、作者、大文、大元於LA家

作者與媽媽合影

作者、母親與LA華文作家協會部分會員合影

媽媽、作者、兒孫合影

老媽為兒孫拍的照片

作者與媽媽合影

老媽為兒孫拍的照片

滿山秋色耀星光

每年秋天，美國東北紐英侖地區的麻州總是秋高氣爽。朵朵白雲，如遊子般地在淡藍的天空中靜幽幽地漂浮著，與地面上的「秋山紅葉、老圃黃花」的景致，形成一幅美麗的畫面。好一個「滿山秋色」（Massachusetts）之州。今年十月底，MIT 的一間梯形大演講廳內，NEACP（紐英倫中華專業人員協會）年會，邀請到三位大師主講：電腦科學家兼小說家張系國教授、神探李昌鈺博士、和名小說家白先勇教授，吸引了近五百名聽眾踴躍出席，一時人頭鑽動、整個會場擠得水泄不通，盛況空前。我曾經在国内外不同的場合聆聽過三位大師的演講。但他們連袂同台出場還是第一次。三人暢談「從文學追求理想人生：歷史、推理、想像」。內容豐富、有趣、生動、幽默，極其精彩，為熱愛文藝、關心國事的廣大民眾分享他們寶貴的人生歷程和寫作經驗。酒逢知己千杯少，心有靈犀一點通。大道理加上一些鮮為人知的轶事，拼發出智慧的火花，深受啟發。終身難忘。

首先，張系國教授主講「桃花源與烏托邦 — 從科幻小說看理想世界的追尋」，談到他的新作「多餘的世界」，其中也影射了臺灣目前的困難國際處境。張博士不但在電腦科技界享有盛名，一般人對他更熟悉的是他從大學時代即開始創作的一系列科幻小說，包括《傾城之戀》、《金縷衣》、《沙豬傳奇》、《棋王》等等。張博士一直以他長年來對於科幻小說的投入，探討如何在科幻文學當中追求人生的理想世界。其燴炙人口的代表作《棋王》，已翻成英文、德文等，並曾搬上銀幕、改編成音樂舞臺劇、電視劇。誠如俄裔名小說家納布可夫（Vladimir Nabokov）所說的「**科學離不開幻想，藝術離不開眞實**」。盡管呈現的方式不同，這兩個領域本質都在追求真、善、美。無論是科學或寫作，都需要創意和靈感，因此兩者並沒有衝突之處。其實更是一體的兩面，互相為用，可取長補短、相得益彰。張系國教授就是最好的例子。他以右手寫電腦科技論文，左手寫科幻小說。充分發揮豐富的想像力和嚴謹的邏輯思維，不斷創作出美輪美奐的作品。

這種結合「幻想」和「求真」的精神，也運用在張教授日常生活裏。嚴肅中不乏人情味。有一對研究生結婚，堅持躬請張老師做「證婚人」。但在法理上只有教堂牧師、神父或政府法定人士等才能證婚。那怎麼辦才好呢？權則變、變則通，有了。張教授不是最近買了一艘小船，還註了冊，考了駕駛執照嗎？還從密西根的家，經過俄亥俄河、密西西比河、各小運河，連接麻州查爾河，一路開到波士頓過。張教授不就是「一人船」的「船長」了嗎？於是，張教授租了套船長衣，帶了頂船長帽，就這樣以船長的身份依當地習俗，堂堂為兩位可愛的新郎、新娘學生伴侶，完成終生大事。一切合法、理、情。果真君子成人之美，助人為快樂之本。皆大歡喜。又為「想像」和「求真」精神的結合，作了美好的見證註脚。

其次，李昌鈺博士主講：「我的學思歷程 — 使不可能成為可能」。李博士在美國及世界的員警、法醫學界極富盛名，被邀約處理過的重大案件多如牛毛，包括：甘迺迪刺殺案，辛普森殺妻案，劉邦友命案，彭婉如命案和克林頓總統桃色風流案件等等。因常破解特別難辦的案子而獲「神探」榮譽。他幽默風趣，特有機智。當年與臺灣的佛教星雲大法師的一場「人生智慧對話」中，被問到如何改善臺灣日益嚴重的治安問題，暗指警察辦案不力。但李博士心平氣和淡然答道：「要解決治安問題，員警只能「治標」。欲要徹底「治本」還得靠宗教信仰，根治人們的心靈、道德」。只見法師不斷搔頭，無言以對。法師認為人命至為寶貴，所以應該廢除「死刑」。李博士問道：「請問若有一歹徒闖入佛寺廟中，蓄意放火焚燒佛堂，奸殺尼姑、和尚，該怎麼處置該歹徒呢？」法師大聲回答道：「該殺！」。說完，法師又用手搔搔頭。大智大慧、德高望眾如星雲法師，平常總是老僧入定。而當天在與李博士對談中，法師共搔頭十幾次。還有，最近在北京中央電視臺的訪問節目中，主持人出奇不意地問道：「有專家說一個人一生得談過三次戀愛，人生才會圓滿，請問李博士您呢？」李博士從容不迫地回答道：「說得不錯。我和內人戀愛時，是互相被對方的『外表吸引』期。結婚後天天得面對各种生活問題，是『同心協力』期。到現在則是「少年夫妻老來伴」，是共度安享『黃昏之戀』期。經過三次戀愛，很圓滿沒有遺憾。」與夫人宋妙娟女士剛歡慶過結婚五十周年「金婚慶」完全驗證了這一點。台下掌声如雷，無疑。

李神探認為，「使不可能成為可能」的秘訣，在於要有高尚人生目標，周詳準備，堅持理想。還要勤儉敬業、團結合作、持之以恆、節省時間、淡泊名利。他幽默地用另一例子總结道：一位美國白種人學生和同事，受到李博士巨大成就的影響，非常仰慕中國文化立志做「中國人」。所有同事都嘲笑他說：「你是白種人，白皮膚、藍眼睛、金黃頭髮的，不可能變成中國人的」。但他努力學中國話、研習中國文化、詩詞。還特別到北京住了好幾年，與中國少女談戀愛結婚、生子。並抱著兒子開心、驕傲地向所有親友炫耀道：「囉！你們瞧我的兒子，不是道地中國人嗎？」終於「使不可能」成為「可能」。有志者事盡成也。

然後，當代最重要現代中文小說家之一的白先勇教授講：「文學與歷史 — 從《臺北人》到《父親與民國》」白先勇曾出版短篇小說集，中長篇小說，劇本以及評論文章，其中最知名的是小說《臺北人》、《孽子》、《紐約客》，話劇劇本《遊園驚夢》等。近年他致力推動昆曲、昆劇復興，創作的青春版《牡丹亭》，已在全球巡演超過兩百場，獲得中國及海外劇壇的極高讚譽。白先勇的最新作品是《父親與民國：白崇禧將軍身影集》，2012 年在臺灣、香港及中國大陸同時出版，獲民國史專家戴安娜·拉裏（Diana Lary）教授稱讚內容有突破性意義。白先勇教授在紐約及舊金山以該書為題發表的演講，也場場爆滿。白教授以名將後人的角色，利用大量的珍貴史料、照片、和紀錄片段，借由他父親白崇禧將軍的一生經歷，將辛亥革命、北伐、民國初年、抗戰前後、和國共內戰的那段動盪不安的歷史寄於書中。白將軍和先總統蔣公中正兩人的亦友亦敵、時合時離、恩恩怨怨、前前後後各種極其錯綜複雜的關係，白教授口若懸河詳盡分析道來，非常精彩，聽得大家目瞪口呆。其中最扣人心玄的是，抗戰勝利後的國共內戰，當年白將軍指揮下的大軍在東北擊敗共軍之戰神林彪，把他一路趕到哈爾濱。正想趁勝追擊，將其殲滅。卻不料蔣先生下達停止命令。錯失大好良機。等後來林彪喘過氣來，重整旗鼓，獲得蘇聯大力支援，從東北打到華北、華南、直至海南。從此大勢去矣、山河變色，歷史改寫。令人扼腕歎息不已。白崇禧將軍就是民國史。

白教授回憶道，二次大戰八年抗日雖然艱辛困苦生靈塗炭，但中國從未有大量軍人叛逃投降。不像波蘭法國亡國，和英軍美軍在星、馬、菲律賓大量投降。而中國以空間換取時間的戰略，將日寇三百萬主力大軍陷在神州大地的泥沼裏動彈不得。有助於美軍才能在太平洋反攻轉敗為節節勝利，直至最後打到日寇本土，投下兩顆原子彈，也就是最後壓倒駱駝的稻草。贏得最後的勝利。日寇無條件投降。可見中華民族具有無以倫比的巨大潛力，令人自信、自尊心恢復，歡欣鼓舞。

在李昌鈺神探家鄉浙江省如臯剛揭幕的「李昌鈺博物館」中，有一大海報，報導當年美國最大的有線電視臺之一CNN，因為有侮辱中國人的言論，因而李博士毅然嚴辭拒絕再為其繼續收視率很高的專欄節目。以示抗議。令人想起最近 ABC 的吉米-科米爾節目中有云：「若美國賠不起欠華的巨额國債，則需殺死所有中國人！」引起全球華人共憤，紛紛簽名遊行示威抗議。終得 ABC 和科米爾道歉。

可見睡獅已醒，不再是東亞病夫、一盤散沙。起來，不願被羞辱、被殺戮的同胞們。團結就是力量。中華復興有望。

有幸聆聽電腦科學家兼小說家張系國教授、神探李昌鈺博士、和名小說家白先勇教授三位大師連袂的精彩演講，滿山秋色耀星光。果真「聞君一席話，勝讀十年書」。能激勵出智慧的火花，深受啟發。獲益匪淺，終身難忘。是以為誌。

作者與張系國教授

左起作者、李昌鈺、張系國

白先勇教授演講英姿
”歷史絕不能忘“

白先勇教授與作者

为美国刑事鉴定科学开宗立派的李昌钰博士，以口语化的专业能力解说案情成为CNN收视率的保证。但在2008年4月9日CNN（美国有线电视新闻网）发生主持人辱华事件后，李博士即叫秘书通知CNN，他再也不上这家的电视节目了。

李昌鈺神探抗議CNN辱華言論（如皋李昌鈺博物館）

李昌鈺神探演講雄姿

聽詩人余光中教授演講有感

— 詩中有樂，樂中有詩

今夏在台灣高雄中山大學講學時，意外趕上由教育部舉辦的「青年種子培育營」。其主題為「台灣多元文化傳承」。在一系列的名家演講大會中，第一場就是由大詩人余光中教授主講的「詩與音樂」。這也正好是我的最喜愛的話題，有幸聆聽了一場極為精彩的演講，深受啟發，至今回味無窮。

余教授提到詩、樂、畫的三角關係。「樂」是有旋律、節奏、和聲的循序時間藝術。（sequential）「畫」是不受時間限制的平行空間藝術（simultaneous or parallel）。而詩則是基於「樂」和「畫」兩個基點的三角形的頂點，凝聚了旋律、節奏，字形、字音、場景的綜合了「樂」與「畫」之間的藝術。所以常說「詩中有畫」，「詩中有樂」。最重要的是「意境」。其中最高意境則是「詩」、「樂」、與「畫」三者渾為一體。譬如柳宗元的《江雪》：千山鳥飛絕，萬徑人蹤滅。孤舟蓑笠翁，獨釣寒江雪。你可看到一付美麗的畫面，也好像聽到動人的音樂。又如中世紀文藝復興時代的巨匠米開朗基羅的傑作：《創世紀》。你可以從畫中任何部份看起，不受時間順序限制。

這使我想起在羅馬市中心的梵諦岡，聖彼德大教堂旁的西斯丁小教堂（Sistin Chapel）的整個天花板，全是米開朗吉羅所畫的《創世紀》。其中正中央，正是宇宙萬物的創造者，神的右手正在伸張出來，將生命和靈魂賜與人類的祖先亞當，正在伸出手來接受。兩隻受就快要接觸的那一剎那間，拼發出激烈的火花，其中所蘊涵的強烈的生命力，令人震撼。這上面一隻付出的手，給下面一隻接受的手的意境，也與咱們中國的「愛」字的結構和語義不謀而合了。米開朗吉羅的這副名畫，展現出人類壯闊的史詩。也被多少音樂大師如海頓、韓德爾等譜成不朽的樂章。果真畫中有詩，畫中有樂。

余教授也提到中國傳統中詩與音樂有著極其密切的關聯。例子很多。我印象最深的是李叔同的《送別》。「長亭外，古道邊，芳草碧連天。晚風拂柳笛聲殘，夕陽山外山。天之涯，地之角，知交半零落；一瓢濁酒盡餘歡，今宵別夢寒。」綜合了「詩」和「詞」的特徵，韻味十足。有「長亭」、「古道」,「碧草」「夕陽」別離的場景，有「晚風」、「拂柳」、「殘餘笛声」的離情。感嘆天涯海角，一半的知交先後離我而去。如今只能借酒澆愁，希望在寒冷的夜夢中再會面。

〈送別〉曲調取自約翰・奧德威作曲的美國歌曲〈夢見家和母親〉。這首「藝人歌曲」，19 世紀後期盛行於美國，由塗黑了臉扮演黑人的白人演員領唱，音樂也仿照黑人歌曲的格調創作而成。李叔同留日期間聽後大為感動，於 1914 年作〈送別〉，其旋律就取調于此曲。此歌不涉教化，意蘊悠長，音樂與文學的結合堪稱完美。如今〈送別〉在中國則已成驪歌中的不二經典。充滿了中國風格和味道。不知感動了多少人熱淚盈眶。很多人都一直以為這是一首到到地地中國曲子呢。可見心有靈犀一點通，英雄所見略同。詩人、音樂家、畫家、藝術家雖有國藉，但詩、音樂、畫、藝術實無國界，可融入任何人的心中。

余教授詳細地闡述了西方傳統中詩與音樂的關係、以詩入樂、以詩壯樂、以樂理入詩和詩本身的音樂性。例子很多，譬如：曹雪芹的〈紅豆詞〉「滴不盡相思血淚拋紅豆」，趙元任的〈教我如何不想她〉，李白的〈清平調〉，Burns 的〈Auld Lang Syne〉，百繚士（Berlioz）的〈Herald in Italy〉，王維的〈渭城曲》，百居易的〈琵琶行〉，李白的〈聽蜀僧濬彈琴〉，T.S.Eliot 的「Four Quartets」，和古詩〈公無渡河〉等等。

總之，余教授認為境界越高，詩與樂就越是融為一體。其實，我覺得不僅在中國和歐美各自是如此，更進一步，打破東西文化的藩籬，進入世界文化的細胞，我們更可感受到橫跨國界超過語言的詩與樂水乳交融渾然為一體之美。譬如，當我們引頸高歌世界名曲 Bedoich Smetana 的「La Moldau」：「可愛的莫爾道河我懷念妳，波西米亞生長在妳懷抱裡…」和 Giuseppe Verdi〈阿伊達〉中的「Triumphant March」：「聽我們同唱大中華，大中華，大中華，…」時，不也滿懷激情熱血，好像在唱中國歌曲一樣嗎？通俗歌曲如：〈祝你生日快樂〉、〈平安夜、聖善夜〉、〈一閃一閃亮晶晶，滿天都是小星星〉、〈當我們同在一起，其快樂無比〉，情感自然流露，平易近人，誰會想到是外國歌曲呢？每當讀到孟浩然的〈春曉〉，怎不會教人想起黃自的〈本事〉，和舒伯特的〈菩提樹》？意境和生平遭遇多像阿，一東一西倆個大音樂家，又都英年早逝。令人感嘆惋惜。奧地利作大音樂家 Gustav Mahler 深受李白、王維、孟浩然等人詩篇的感動而譜寫成〈大地之歌〉不朽的傑作。意大利歌劇家 Giacomo Puccini 將他最喜愛的中國名謠〈茉莉花〉的旋律鑲進歌劇〈杜蘭朵公主〉裡，成為全劇的靈魂，前後共出現十次之多。這齣具有強烈中國風格的西洋歌劇，已超過了他的另一傑作 — 具有日本風格的〈蝴蝶夫人〉，不知感動了多少人。他還有另一齣具有波西米雅風格的〈La Boheme〉，另一位意大利歌劇家維爾弟具有法國風味兒的〈La Trviata〉（茶花女），和法國作曲家 Georges Bizet 具西班牙吉普味道的〈Carmen〉（卡門），都打了破文化語言國界的藩籬，成為永垂不朽的曠世傑作。

另外還有很多這種例子。一時美不勝收會令人感到眼花繚亂。但最使人驚奇的恐怕就是德國大音樂家 Johannes Brahams（布拉姆斯）的作品。這位被譽為音樂三「B」（貝多芬、巴赫、布拉姆斯）之一的作曲家，尤以噲炙人口的〈搖籃曲〉、〈小提琴協奏曲〉、〈一八一二年序曲〉等著名。巧的是，其〈大學慶典序曲〉中的一段主題旋律，竟然與我國 唐朝大詩人孟郊的〈遊子吟〉配合得天衣無縫：「慈母手中線，遊子身上衣。臨行密密縫,意恐遲遲歸。誰言寸草心,報得三春暉。」一字句一音符，完全契合五言詩 1 2- 3 4 5-- 的節奏格律和韻味。旋律優美自然。把母親想念子女和遊子欲盡孝道之間的彼此思念至深的親情，刻畫得十分透徹，直搗人內心靈最深處。非常感人。尤其每年母親節和畢業典禮，不知換來多少人的熱淚。

天下竟有這麼巧的事。中國詩人孟郊與德國音樂家布拉姆斯，一東一西，完全不同的種族國度和文化背景，而且相隔一千年，居然會有這麼美妙的配合。好像冥冥中造物主早就按排好一樣。天作之合，令人驚歎不已。果真詩中有樂，樂中有詩。的確是溝通人類心靈的共同語言。又一明證。

想不到聆聽詩人余光中教授的演講，會得到這麼大的啟發。

附圖說明：羅馬市中心的梵諦岡，聖彼德大教堂旁的西斯丁小教堂（Sistin Chapel）的整個天花板，全是米開朗吉羅所畫的《創世紀》。其中正中央，正是宇宙萬物的創造者，神的右手正在伸張出來，將生命和靈魂賜與人類的祖先亞當，正在伸出手來接受。兩隻受就快要接觸的那一剎那間，拼發出激烈的火花，其中所蘊涵的強烈的生命力，令人震撼。這上面一隻付出的手，給下面一隻接受的手的意境，也與咱們中國的「愛」字的結構和語義不謀而合了。米開朗吉羅的這副名畫，展現出人類壯闊的史詩。也被多少音樂大師如海頓、韓德爾等譜成不朽的樂章。果真畫中有詩，畫中有樂。

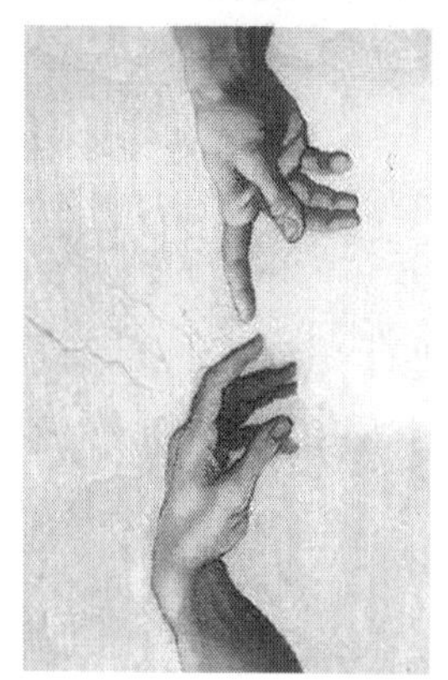

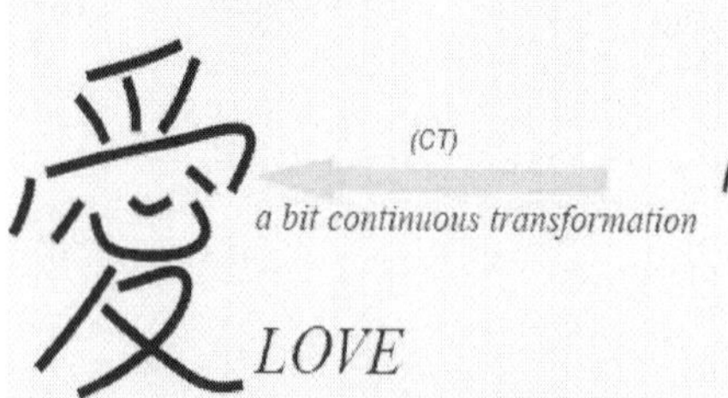

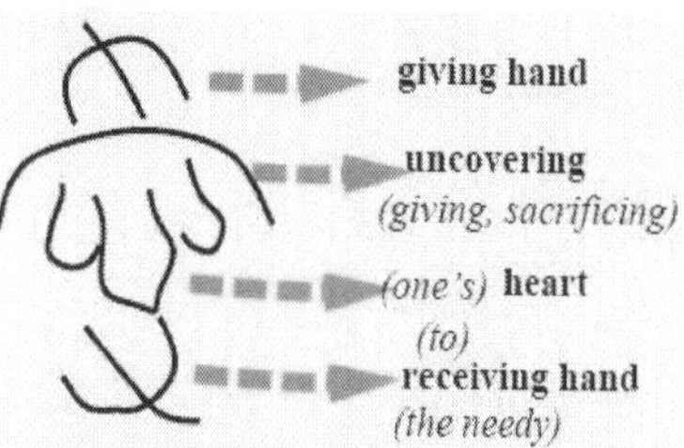

Sincerely Sacrificing One's Heart (precious thing) To the Needy => LOVE

作者與余光中教授會場合影，及余教授演講神態。

李家同 — 幼吾幼以及人之幼

今年暑假應國科會「伯樂計劃」之邀回國到各地講學。在新竹清華大學講學時，有幸再度拜訪了「鈺寶科技榮譽講座教授」李家同教授。多年不見，李大師仍然是風采不減當年。大師儒者之風，充滿生活熱忱和生命朝氣。虛懷若谷，謙卑為懷，侃侃而談，欲罷不能。一點都看不出這位總統府資政是曾經當過三校校長（靜宜大學校長、暨南大學校長、清華大學代校長）的飽學之士和教育學家。平易近人，沒有一點架子。

李大師很興奮地攤開他書桌上的一大堆論文，其中有他最近研究出來的成果，包括人體 DNA 的分析和對比的最新方法。運用了高深的模式識別（Pattern Recognition）的原理，並把他的新發現編成教材用在教學上。通常在名大學裡，獲有「榮譽講座教授」這種最高的級別的教授，都只做研究而不教課。但李大師不但專心做研究還自動自發的義務開課教學生，殷殷教化莘莘學子，委實難能可貴。

李教授，這位台大電機系畢業，美國 UC-Berkeley 的 Ph.D. 著作等身發表論文無數。其中有一本書「Symbolic Logic and Mechanical Theorem Proving」被翻成多國語文包括俄文。俄國學術界的評語是「本書填補了蘇聯電腦人工智能（Artificial

Intelligence）界的空白」。可見其重要性和影響力之大。

除了在其本行電腦人工智能和步略算法領域內有極深的造詣和威望以外,李大師更是一位名作家，和人道主義者，關心社會，很有愛心。他的散文和小說都是以關懷社會和發揮人性愛心為本。《讓高牆倒下吧》、《幕永不落下》,《癌症細胞》、《車票》、《孩子，一個都不放棄》,等都是最受讀者歡迎最暢銷的。不知道感動激勵了多少人。特別要感謝李大師百忙之中為拙著散文集《哈佛冥想曲》寫序，並為《劍橋遊子吟》推薦出版社。李教授的新作《下一站》，藉著一個出差的生意人在火車上做夢的情景，刻畫出窮人與富人的巨大差異，形成極其強烈的對比。最後「小孩問，『爺爺，為什麼你這麼高興？』我回答說：『因為我的下一站也快到了。』」顯示出這位生意富人決心與小孩家人一起進入貧苦人的生活圈，了解他們，並幫助窮人脫離貧困，致富起來。

李教授的辦公室書架上堆滿了許多高科技電腦的書籍、人文小說和社會學刊物。他很興奮地拿出一疊「財團法人博幼社會福利基金會」的小冊子。「我們國家一直有非常嚴重的教育落差問題。要考上建中，學力測驗一定要高達 290 分。但是很多鄉下的國中，平均學力測驗只有 50 分。有些孩子到了小學四年級，仍不會加法，到了小學五年級，仍不會減法。至於英文，情形更嚴重。很多弱勢家庭的孩子們在唸英文的時候，完全跟不上其他同學，只好放棄英文。」說著說著李教授不免有點激動起來。想想看也是。大多數功課不好的孩子來自弱勢家庭，大多數弱勢家庭的孩子功課也會不好。弱勢家庭的孩子功課不好，使他們長大成人以後，相對缺乏競爭力，缺乏競爭力的人當然又是弱勢團體的一份子，形成可悲的惡性循環。「如果這種情形繼續下去，我們國家的貧富不均問題勢必越來越嚴重。」李大師的憂心真是一針見血。

那麼該怎麼辦呢？「要停止這種惡性循環，我們必須拉拔弱勢孩子們的學業程度。我們發現弱勢孩子們往往回家不做功課，博幼基金會就在這種思維中成立的，我們的工作是吸引弱勢孩子晚上來到我們這裡，我們請專人督導他們做功課。」李教授說得頭頭是道。「以埔里為例，孩子們每週五天會來到基金會，每天三小時，一切都是免費的。」

博幼基金會成立於 2002 年，現在已經步入了第 9 年。值得欣慰的的是，在很多人支持下，博幼基金會在埔里鎮已有一座 771 坪的大樓，這座大樓一共有 45 間教室、4 間電腦教室、2 間視聽教室及圖書室。但李大師也談到，他們的工作是非常艱苦的，因為所要幫助的孩子不僅來自弱勢家庭，他們所居住的地方，多半沒有一位大學生可以在他們課後幫助他們。「但我們可以在儘全力幫助這些需要幫助的孩子。我們沒有固定財團的支持，如果他們程度好了一點，完全是因為社會人士大家的善心。」李教授創辦「博幼社會福利基金會」已有好的開始，卻完全不居功。

我想起《孟子．梁惠王上》的「老吾老以及人之老，幼吾幼以及人之幼」和《禮運大同篇》「故人不獨親其親，不獨子其子；使老有所終，壯有所用，幼有所長；鰥寡孤獨廢疾者，皆有所養」的崇高理想。生為虔誠基督徒的李大師這種關懷弱勢貧窮人的愛心，使人很自然地聯想起耶穌基督的教訓，信、望、愛，其中最大的是「愛」，「要愛人如己」，

「牧羊人絕不容許有一支羊迷失，無論如何也要把失去的羊尋找回來」。「凡為弟兄中最小的所做的，就是為我所做的」。東西文明人道精神的精髓竟然如此類似，這麼一致，令人驚喜，振奮。

我祈求上帝祝佑李教授，感動更多的人共襄盛舉，大家一起來扶貧濟弱，為「幼吾幼以及人之幼」的善舉來共同努力。

新古典廁所文學

— 遊故都西安有感

今暑赴西安講學，很意外地在西安國際機場男客洗手間內，發現牆上盡張貼著唐詩，而且每一首詩還附帶著一副優美的國畫，都是我好喜歡的，真是意外的驚喜！譬如李白的〈怨情〉《唐詩三百首 234》：

美人卷珠簾，深坐顰蛾眉，

但見淚痕濕，不知心恨誰。

從這首詩裏，我彷彿看到了有一位容貌很美的女子，卷起了窗上的珠簾，就在房裏靜靜地坐著，因為她中心有不如意的事而皺著兩條狹長的眉毛，我望見她眼角旁有潤濕的淚痕，不知他心中怨恨的人是誰呢？

李白先寫美人盼望的動作，後寫美人失望的神情。細膩地表現出一位美人由於殷殷盼望的情侶不至而引起的幽怨之情。她那暗自顰眉垂淚的神情，寫得惟妙惟肖，楚楚動人。美人兒卷起珠簾等待等待，一直坐著把雙眉緊緊鎖閉。只看見她淚痕濕滿了兩腮，不知道她是恨人還是恨已。若說它有所寄託，亦無不可。作者鋪下了無限的空地，解詩人可以自解。〈怨情〉，透過怨情來表現愛意：其妙處在選擇四個片段的肢體語言，以塑造其愛恨怨憎之意象：為卷珠簾、深坐、則盼望等待可知：言頻蛾眉、淚痕濕，則期盼望落空，滿腹委屈可知。以可見可感之形象，傳達不能感不能知之衷情，不聞怨語，但見怨情，意致最深，韻味最濃。

我不禁想起李白另一首詩〈春思〉：

燕草如碧絲，秦桑低綠枝。

當君懷歸日，是妾斷腸時。

春風不相識，何事入羅幃？

古典詩歌中，「春」字往往語帶雙關：既指自然界的春天，又可以比喻青年男女之間的愛情。詩題「春思」就包含著這樣兩層意思。開頭：「燕草如碧絲，秦桑低綠枝」，可以視作「興」。詩中的興句是就眼前所見，信手拈起，這兩句卻以相隔遙遠的燕、秦兩地的春天景物起興，頗為別致。「燕草如碧絲」，是出於思婦的懸念；「秦桑低綠枝」，才是思婦所目睹。把目力達不到的遠景和眼前近景配置在一幅畫面上。仲春時節，桑葉繁茂，獨處秦地的思婦觸景生情，終日盼望在燕地行役屯戍的丈夫早日歸來。首句化用《楚辭》語：「王孫遊兮不歸，春草生兮萋萋！」不著痕跡，渾成自然，見春草而思歸。詩人巧妙地把握了思婦複雜的感情活動，用兩處春光，興兩地相思，把想像與懷憶同眼前真景融合起來，據實構虛，造成詩的妙境。另外，這兩句還運用了諧聲雙關。「絲」諧「思」，「枝」諧「知」，這恰和下文思婦與「斷腸」相關合，增強了詩句的音樂美與含蓄美。

三四兩句：「當君懷歸日，是妾斷腸時。」元代蕭士贇注李白道：「燕北地寒，生草遲。當秦地柔桑低綠之時，燕草方生，興其夫方萌懷歸之志，猶燕草之方生。妾則思君之久，猶秦桑之已低緣也。」揭示了興名興所詠之詞之間的微妙關係。詩中看似於理不合之處，正是感情最為濃密所在。俗雲：「見多情易厭，見少情易變。」女主人公闊別而情愈深，跡疏而心不移。最後兩句：「春風不相識，何事入羅幃？」詩人捕捉了思婦在春風吹入閨房，掀動羅帳的一霎那的心理活動，表現了她忠於所愛、堅貞不二的高尚情操。從藝術上說，這兩句讓多情的思婦對著無情的春風發話，又彷佛是無理的，但用來表現獨守春閨的特定環境中的思婦的情態，又令人感到真實可信。春風撩人，春思纏綿，申斥春風，正所以明志自警。恰到好處。

無理而妙是古典詩歌中一個常見的藝術特徵。從李白的這首詩中不難看出，在看似違背常理、常情的描寫中，反而更深刻地表現了各種複雜的感情。難怪在臺大合唱團和美國 MIT 中國劍橋合唱團，每次練唱和表演這首由李白作詞，屈文中譜曲的〈春思〉時，總是會覺得有股特別的感人力量，激人熱淚。

從〈怨情〉，不由得又相起徐志摩的〈海韻〉。「『女郎，單身的女郎，你為什麼留戀在這黃昏的海邊？女郎，回會家罷，女郎！』『啊！不回家，我不回，我愛這晚風吹。…』直到曲終『女郎，在哪里啊，女郎！哪里是你嘹亮的歌聲？哪里是你窈窕的身影？在哪里啊，勇敢的女郎？』黑夜吞沒了星輝，這海邊再沒有光芒；海潮吞沒了沙灘，沙灘上再不見女郎！」全部詩詞中從頭到尾沒有提到這位神秘女郎到底是何許人也？也完全不知她究竟為誰想不開，留戀在黃昏的海邊沙灘上？終至被海潮吞沒，竊窕身影消失在黑夜裏。香消玉隕，令人萬分惋惜感歎！卻也給人帶來無限想像空間。難怪在臺大合唱團和美國 MIT 中國劍橋合唱團，每次聽到這首由徐志摩作詞，趙元任譜曲的〈海韻〉時，總會覺得有股神秘動人的力量。詩詞音樂真有迷人的魔力阿！多感人的文學藝術傑作！

在西安機場洗手間裏還貼有溫庭筠的〈送人東遊〉，常建的〈宿王昌齡隱居〉，僧皎然的〈尋陸鴻漸不遇〉，和劉長卿〈新年作〉。每首詩也都附帶國畫和作者簡介，供旅方便清松之餘也能賞心悅目，好可愛。

以往對所謂「廁所文學」的瞭解是，如廁無聊時，隨便在牆上塗塗鴨。偶爾也會出現神來之筆的好作品。但絕大部份都是毫無意義的劣作，沒想到會在這兒發現堂堂正正地展覽唐詩，而且詩中有畫，畫中有詩，極為典雅，頗富刻意。西安果然是有歷史有文化之古城故都。處處都充滿了古色古香的味道，連廁所都不例外。不過，我曾在與當地教授聚餐時，感慨地問道，為何找不到李白、杜甫紀念館？這裏曾育孕發揚過這麼多這麼珍貴的文化資產。我多麼希望有朝一日，若能把李白、杜甫、白居易、孟郊等大詩人大文豪的故居發掘整理出來，成立紀念館，好比德國的歌德、法國的雨果、蘇俄的托爾斯泰等紀念館，讓後人瞻仰，受激勵，拼發出智慧的火花，進而繼往將來的傳承發揚下去，那該有多好啊！

宿王昌龄隐居
常建
清溪深不测
隐处唯孤云
松际露微月
清光犹为君
茅亭宿花影
药院滋苔纹
余亦谢时去
西山鸾鹤群

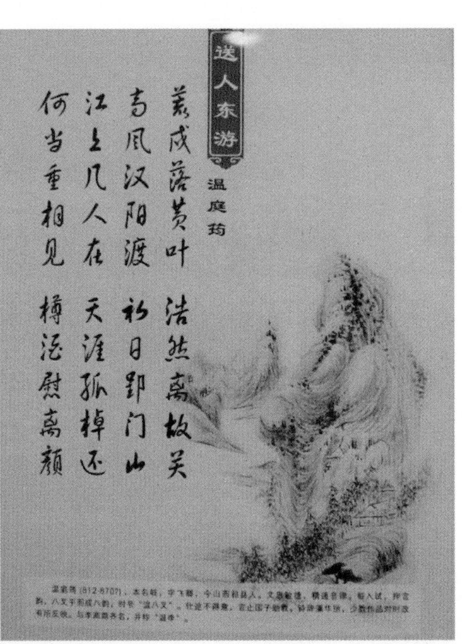
送人东游
温庭筠
荒戍落黄叶
高风汉阳渡
江上几人在
何当重相见
浩然离故关
初日郢门山
天涯孤棹还
樽酒慰离颜

西安空港保洁公司
怨情
李白
美人卷珠帘
深坐颦蛾眉
但见泪痕湿
不知心恨谁

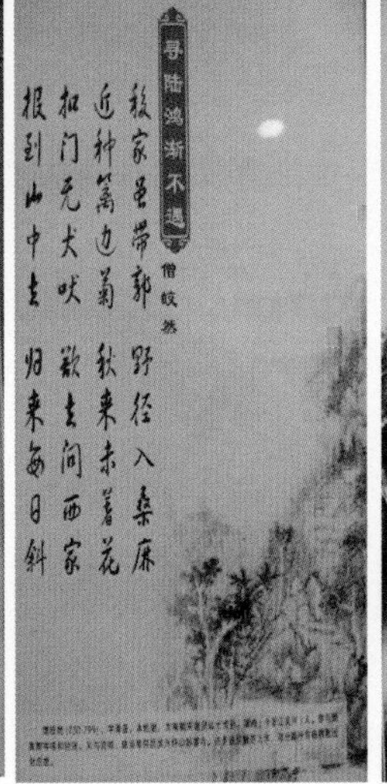
寻陆鸿渐不遇
僧皎然
移家虽带郭
近种篱边菊
扣门无犬吠
报到山中去
野径入桑麻
秋来未著花
欲去问西家
归来每日斜

新年作
刘长卿
乡心新岁切
天畔独潸然
老至居人下
春归在客先
岭猿同旦暮
江柳共风烟
已似长沙傅
从今又几年

作者在西安秦始皇陵與眾兵馬俑們合照

作者在西安華清池，楊貴妃雕像前

王爾德的安魂曲

輕輕的走，她近了
在雪地下
悄悄的說，她能聽見
雅菊生長

她那金黃發亮的秀髮
失去了光澤
年輕美麗的她
卻化為塵土

像百合花一樣芬芳，像雪一樣的潔白
她厭根兒不知道
自己已是個少婦
成長得如此甜蜜

棺術、石碑
厭在她胸脯上
我心頭煩惱孤寂
她已安息

安息了，安息了，她再也聽不見
七弦琴聲和十四行詩語
我一生葬在此地
泥土往上面堆積

第一次讀到這首好可愛的小詩，是在一本中譯的王爾德傳記裏。雖然這本書只譯了這首詩的前兩段，但我還是覺得它好美、好動人。於是，好奇心驅使我到圖書館裏借了本《王爾德全集》。在詩集裏的 Rosa Mystica 中翻開第一頁就是這裏「安魂曲」。一再細讀之下，真叫人愛不釋手，深深用感動不已。王爾德的作品，一向以字句運用優美、感情表達深刻細膩著稱。他的才華極大，想不到在這首小詩裏也一樣展露無遺。由於中譯本的這首詩翻得不太貼切，於是我就試著把它從頭到尾重譯了一遍。一面翻一面心頭激動不已，情緒久久不能平復。我相信，只要是人，尤其是那此有過喪親之慟的人，讀到這首小詩都會有同感。

原來這首〈安魂曲〉是王爾德（Oscar Wilde）為了懷念亡妹而作。王爾德的母親（Lady Wilde）一直渴望生個女兒，因此，當她生下第二個兒子奧斯卡後，感到非常失望。堅持要他在童年穿女孩的衣服。有些學者認為，這可能與他日後成為同性戀者有關。

後來，王爾德母親終於生下第三胎，也是最後一個小孩──是女的，叫愛索拉·法蘭西斯凱（Isoal Francesca）。可惜這個小女孩九歲時（一八六七年）夭折，王爾德母親真是哀痛欲絕。一八七五年，她在寫信安慰一位喪親的友人時提到「八年過去了，我的哀傷非但沒有減少，有時反而因絕望悲慟而加深。」

愛索拉去世時，王爾德才是個十二歲好幻想的孩子。他很喜歡愛索拉，兩人手足情深。妹妹死後，他常到她墓前，傾洩「孤獨而無法撫慰的哀傷」。幾年後，他寫了這首小詩，紀念早逝的妹妹。後來，這首詩被收入許多詩選集中，還被編成歌曲並在音樂會中演唱。據《王爾德傳》的作者蒙哥馬利·海德（Montgomery Hyde）宣稱，這首詩很可能是王爾德所有詩中（除了「瑞丁監獄之歌」外），流傳最廣、最為膾炙人口的一首。

每一次讀到這首詩，都會不自覺地聯想起徐志摩那首「蓋上幾張油紙」的詩。這兩位作家，雖然一西一東，來自兩個完全不同的文化背景，卻藉著這兩著詩，對人性中失去骨肉手足之哀慟，有著類似生動細膩的描繪。不同的是，徐志摩的詩，是以第三人稱描述一位母親對三歲幻兒夭折的悲痛的懷念，筆觸淒慘露骨，讀來令人鼻酸；而王爾德的「安魂曲」是對九歲的亡妹的禱念，淡淡的悲傷中帶著如百合花般的清香，讀來很美很美。巧的是，兩者都同樣以雪作背景。冰冷潔白的雪，不僅象徵著逝去的無辜的幼小生命，而且更有力的陪襯出活著的親人的熱血、關愛和悲痛，加深刻骨銘心的感受，今聞者莫不沾襟。

王爾德，這位十九世紀的唯美派作家，一生主張「為藝術而藝術才是真藝術」。他痛恨假道學虛偽的嘴臉，主張放縱靈肉的生活。他奉行自己的一套教條，浪漫非常，導致他的成功，也造成他的毀滅。

王爾德寫了許多劇本、小說、詩歌、散文、童話和論文。其中「溫德米雨夫人的扇子」(國內又譯為「少奶奶的扇子」)、「莎樂美」（曾被德國大音樂家理查·史特勞斯改編成歌劇「Salome」），和「不可兒戲」等劇本最為人熟知。他的小說「格雷的畫像」探討微妙的道德問題（國內又譯為「杜連魁」）。童話集「快樂王子及其他故事」帶有成人的智慧和諷刺時事的意味，更是廣受歡迎。散文「來自深淵」，是在獄中寫給好友的長信，言情述理，感人至深。長詩「瑞丁監獄之歌」（The Ballad of Reading Gaol），控訴迫害人類滅絕人性令人髮指的暴行，論調悲天憫人，是王爾德所有詩中，流傳最廣，最受人歡迎的一首。

天才橫溢的王爾德，被譯為自莎士比亞以來，復興英國文藝的巨匠。然而，在他黃金時代全盛時期，卻不幸遭人忌陷，捲入朋友的家庭糾紛，成為朋友的代罪羔羊，被控以同性戀的罪名，鋃鐺入獄。這正應驗了他自己許多發人深省的警世雋語之一：「任何人都能同情朋友的苦難，但是，只有本性非常優雅善良的人，才能欣賞朋友的成功。」坐牢兩年出獄後，王爾德終因悶悶不樂於一九〇〇年客死在異鄉法國巴黎，去世時才只有四十六歲。

王爾德非常喜愛百合花，他本人恰像一株高挺、迷人的百合。閱讀他的作品，就像欣賞百合花，讓讀者感到淡淡的清得香滋潤心田。

王爾德的一生充滿戲劇性，是美麗的，也是詩意的。正如他自己所說的：「你想知道我一生偉大的戲劇嗎？我的生活展現我的天才，我的作品只顯示我的能力。」的確，當我們回想王爾德的一生時，就好像觀賞一首多姿多采的舞臺劇。時而使人會心微笑，時而使人熱淚盈眶。他那具有至真至誠至善的天性，似乎註定要使他在人生的旅途上扮演一連串感人的悲喜劇。

王爾德戲劇性的一生，常會出現令人意想不到景象。即使在他人生旅途上的最後一站 — 他的墓地，也不例外。那天，小屏和我到巴黎近郊的 Pere Lachaise 公墓去瞻仰他的墓地，一路上，小屏兒傾訴著她從國民小學時代起就非常喜愛王爾德的小說，尤其是「快樂王子」、「星孩」、「夜鶯和玫瑰」、「自私的巨人」，她從來就不有看到過這麼優美的文句，這麼感人的童話故事，每每一再捧讀至深夜，熱淚滿眶，愛不釋手，不知東方之既白。我們經過一條條兩旁樹陰遮天的羊腸小徑，拐了幾個彎，突然，小屏呆住了，她望著左前方，用手指著，驚歎道：「那個墳墓看起來好作怪，該不會就是……」走近一看，果然就是一代怪才王爾德之墓。

只見墓碑上雕刻著一個巨大的人像，頗有埃及古墓的風味。人像的頭仰望無際的天空，雙手向後直伸，雙腿彎曲。雙臂上還伸出兩只巨大的翅膀，一副「黃鶴振翼穿雲霄，樂在其中自逍遙」的模樣，又好像要飛到宇宙地極去傳達什麼資訊似的。在雕像的下面，工工整整地刻著兩個大字 "OSCAR WILDE" ，既無生辰年月，也無逝世日期，好像他來去無蹤，卻在人類文明史上，刻劃下了一個永垂不朽的痕跡。我們凝望著這個墓碑出神，在這陰霾的天氣裏，這座雕像顯得特別高大、孤寂而又淒迷。小屏更禁不住雙手不斷地撫摸著石碑的周圍，眼角紅紅的，表情顯得相當的激動，久久不能平復。唉！這位到底是她從小學時代就最景仰的作家。啊，國小的童年時代，那不正是愛索拉充滿幻想的青春年華嗎？如果王爾德地下有知，該作何感想呢？他大概再也想不到，二十多年前，在那遙遠的地方，在那神秘的東方古國裏，會有一個小女孩為他的童話感動得痛哭流涕。他恐怕連自己都不知道，一百年來，他的作品早已打破了國界，超越了時空，不知道滋潤了多少人的心田，換來了無數人的眼淚。受惠的豈僅限於會說英法文的人而已。他大概再也想不到，距他去世已將近一個世紀的今天，那位二十多年前熱淚滿眶的女孩，會從地球的另一端不遠千里而來，到他的面前傾訴心中的仰慕，並致上由衷的敬意和悼禱。

望著這座滿被百合花的芳香包圍的墳墓，突然，我的腦海裏又浮現出王爾德的那首小詩「安魂曲」。我彷佛看見墓園裏的人一個個都踮起腳輕輕地走，因為王爾德已近了，他就在雪地下。大家都豎起食指悄悄地說話，因為王爾德能聽見雛菊生長的聲音。我多麼希望他還能聽見七弦琴聲和那由他的詩譜成的美麗動聽的歌曲。此時此刻，我彷佛能感覺到那沈重的棺木和高大的石碑正壓在他的胸脯上。他的軀殼就葬在這裏，任憑風吹日曬、雨淋雪淹。突然間，我看見那累積在上面泥土，混合著百合花的芳香，化成無數美麗的詩句，一個個乘著歌聲的翅膀，飛揚上去，在天空中翩翩起舞，穿入雲霄，飄進億萬人的心靈裏。我不禁想起王爾德五十歲冥誕時，在英國為他舉行的盛大紀念儀式中，蕭伯納所朗誦的紀念文：

「讓我們不要再聽到王爾德的悲劇，奧斯卡不是悲劇家，他是本世紀超級喜劇家。不幸、羞辱和入獄對他來說都只是外傷。他即使在奄奄一息的病床上，也想不起憐惜自己，只是不斷地為了別人的歡樂而寫作，直到咽下最後一口氣。他那愉快的靈魂永不磨損，永遠閃耀著悅人的光芒。」

是的，正如「快樂王子」裏的那位王子和他肩頭上的那只燕子一樣，王爾德並沒有逝去，他永遠活在人們的心中。

（寫自麻州）

巴黎王爾德之墓

甘苦談及其他

每學年度末，每一位教授都要向學校交一篇書面報告，把自己過去一年來的工作成就，包括研究著作、教學成果、服務成績、參加學術性活動等作一詳盡的檢討和自我評價。一方面，可作為自己對未來工作惕勵，另一方面也好讓學校據此以作為對教授升等、加薪甚至頒授「終身聘」(TENURE)的參考，就連已得到「終身聘」的資深正教授，雖已無等可升，但也不例外，照樣要交報告。

今年，為了寫這樣的報告，我順便把過去多年來的教書生涯作了個總的回顧。一時百感交集，好多感觸湧上心頭。就在提筆準備寫一些如：「辦會議甘苦談」、「哈佛教書甘苦談」等心得感想時，突然想起報上「褒貶與恩仇」的討論來。大意是說當年大專國文聯考題：「生活的苦澀與甜美」，有人認為這個題目很囉嗦，應改為「人生甘苦談」，既明白又簡練，盡其以為甜美即甘，苦澀者苦也。

但作者則認為，這個問題並不是字面上顯示的那麼簡單。他有人認為中國詞句裏用兩個意義相反的字所指的卻完全是負面的意思。譬如：「搬弄是非」指的是搬弄「非」，「是」有什麼好搬的呢？「不顧生死」意思是不怕「死」，不怕「生」就說不通了。「國家興亡匹夫有責」是指國家之

「亡」匹夫有責，國家既興，倒可以退隱山林矣。同理，「甘苦」是指「苦」。

並引用了一段六十多年前文化界很著名的官司。就是剛去世不久的梁實秋和魯迅打筆仗。在筆仗中，梁先生曾說：「把某一事褒貶得一文不值。」魯迅立即抓住小辮子不放，用像匕首一樣鋒利的詞句閃電似的向梁先生劈過來：「你梁實秋究竟是在說《褒》，還是說《貶》？褒是褒，貶是貶，什麼叫褒貶得一文不值？」這閃電似的一擊竟使得梁先生一時無言以對。一直到後來約十年前，一位在美作教授的朋友訪大陸歸來，帶回一幅鄧小平親筆題的，據說是錄自魯迅先生的，可以用來作統戰的詩句：

「**歷盡劫波兄弟在，相逢一笑泯恩仇**」

作者看後大笑，是替梁實秋先生報一箭之仇而笑的。原來魯迅自己不知不覺中也有與梁先生類似的用法。「相逢一笑泯恩仇」，當然是泯「仇」。恩為什麼要泯它呢？可見恩仇兩個相反字，卻只作一個負面的解釋。即恩仇者仇也，正如褒貶者貶也。

我們有地方看法接近，但也有不同之處。譬如這篇「褒貶與恩仇」文中的立論，我覺得就有值得再斟酌的地方。

我覺得在中國詞句裏，當正反兩面的字出現在一起時並不一定就是指反面的意思，往往得看上下文和語氣而定。這跟在數學裏的「負正得負」、「正負得負」的情形不一樣。有時呈負面意思，有時正負面皆有，有時甚至是指正面意思。比如：一分長短，一較勝負，一比高下，不就爭的是「長」，較的是「勝」，比的是「高」嗎？誠然，梁實秋的「褒貶得一文不值」是指「貶」，魯迅的「恩仇」是指「仇」。那是在上下文中已有「一文不值」和「泯」的負面指標。但換一地方就不盡然了。

譬如大仲馬小說《基督山恩仇記》不就是有恩有仇嗎？而其中郤蒂斯報恩的情節份量還不輕哩！記得二十多年前還在新竹念高中時，有一次考化學有這樣一道題：試論兩種化學反應式之異同。我當時想：「異」者「不」也，「異同」當然是「不同」囉！於是揮筆疾書，把兩者之不同詳盡道來。結果分數發下來這題只對一半。原因是兩者還有相同之處我一點都沒有答。從此我記取教訓，對於有正反面在一起的詞句，一定要事先弄清楚到底是何意。

同樣的，我們常聽說：「不要東家長西家短、你對他才不對的搬弄『是』『非』。」不顧生死實指：不顧「生」，不怕「死」之意。國家興亡匹夫有責是指國家「興」與「亡」是所有人共同的責任，不僅是指「亡」而已。正如「水能載舟，能覆舟」，不是嗎？水者，匹夫也，載舟者國之興也，覆舟者國之亡也。

再回顧談「甘苦談」，就拿去年我負責的兩次學術會議來說罷。這兩次規模頗大的會議分別在芝加哥伊利諾理工學院和波士頓郊區舉行，各有來自世界各地的學者專家數百人參加。從確定主題、徵求論文、籌幕經費、租用場地、邀請貴賓、籌畫節目細則、編排印刷論文集、佈置大會場、乃至安排參與者交通食宿活動等等，無一不是令人頭大的問題。還得面對來自各方的批評、責難，還得擔心參加的人太少，種種壓力讓人喘不過氣來，寢食難安，的確很若，但也有甘的一面。不經一事不長一智。藉著主辦會議，使我深深體認到團隊精神的可貴，也因而結識了許多志同道合的朋友。各方精英的聚合，藉著互相的激勵，拼發出智慧的火花，我一夜之間的成長，竟不可以道里計。兩次大會後我收到許多來信，對於會議的成功作了正面的鼓勵和嘉勉。

尤其難能可貴和感人的是，一位德高望重的朋友在一個公開場合當眾坦承他會前反對增設人文組是錯誤的。因為他發現人文組的演講和討論最吸引人，參加的人最多，他本人也獲益不少。我當時心中感到莫大的欣慰。辦會議時所受到一切艱辛和勞苦竟一掃而空。對於一個主辦會議身負最高責任的人來說，還有什麼比看到參與的人個個帶著滿足的微笑載而歸，更能使人覺得欣慰、鼓勵和甘甜的呢？

再拿在我哈佛兼課來說吧。在東北大學獲得「終身聘」之正教授職後第二年，哈佛大學就請我去為他們設計了一套有關人工智慧和知識工程的新課程，並以我在東北大學正教授的身份聘我去兼這些課，一愰就是八年。其間的確有很多苦水。由於學生大部份白天都有專業，因此課只好排在晚上。每星期我至少有一個晚上不能在家，犧牲不少在家陪太太孩子的家庭時間。而且除了在東北的正課外，還得花很多額外的工夫精力去準備教材、印資料、改考卷、帶實驗等等。還要安排特別辦公時間回答學生問題。

哈佛校園位於劍橋最熱鬧的地區，停車非常困難，還得跟學生搶地方。好幾次搶不過學生，隨便一停，因而吃了不少罰單等等，這些都是苦處。但也有甘的一面。為了教這些新課，我逼自己學到不少新東西。學生由於大部份都有工業界實際經驗，我從他們身上所學到的，恐怕比他們從我學到的還多。真是誠可謂「教學相長」了。最過癮的莫過於教到有特別稟賦的學生，智質高，領悟力強。他們的學期報告，有些頗具創見，好到一個程式可以在一流的學術會上發表。每次看到這些「辛苦」灌溉栽培所結出來的「甘甜」的果實，心中的愉悅和滿足感，真不是任何優厚物質報酬能比喻的。

這裏所提到的還只不過是「教授生涯甘若談」的一小部分而已。若要談整個人生，自然不僅會包羅更多的甘與苦，而且我發現這些甘與苦往往有著緊密的關聯，就好像一物之兩面。這樣的人生實例多得不勝枚舉。不過，這方面的至極，在所有英雄的行列中恐怕要首推樂聖貝多芬了。

這位出生於波昂的音樂大師有一位兇暴又酗酒的父親。在他童年時代經常半夜三更被抓起來一面哭，一面練琴。接著喪母，從小即離鄉背井到維也納去，經常三餐不飽，朝不夕保。加上社會的動盪，拿破崙的炮火，一再失戀的打擊和永無止境的黃疸病痛，使他不斷地倍受折磨。更糟糕的是，耳朵漸聾！這對一位音樂家來說不啻是比宣判了死刑更殘酷！然而這位不屈服命運的堅強的戰士，卻不斷創作出不朽的樂章來償報這個對他極不公平的世界。在暗無天日痛苦的深淵中，他卻不斷燃燒自己，給人間帶來溫暖和光明。雖然在他一生五七年的孤獨寂寞歲月中，好像沒有過過一天「甘甜」的日子，但他所經歷令人難以想像的「苦」難，仿佛成了他越挫越勇奮戰的動力，激勵了他智慧的火花，不斷啟發他無以倫比巨大的才華，烘托出帶給世人「甘甜」的偉大作品。他那巔峰造極的作品 —— 第九「合唱」交響樂，竟是在耳朵全聾以後寫成的！多麼令人不可思議。這首藉著德國大詩人席勒的詩所譜成的〈歡樂頌〉可以說是把貝多芬的一生作了個總結 — 那真是經歷了千辛萬「苦」後的「甘」甜。

這首詩歌的意境與我國的「四海之內皆兄弟也」和「世界大同」的理想竟不謀而合了。世界真有這麼巧的事。

我在臺大合唱團時，曾數度含淚唱完〈歡樂頌〉。我也曾造訪過貝多芬的故居。徘徊蕩漾在那幽幽的多惱河和蒼翠的維也納森林之間，緬懷這份崩離折動盪不安世界，想起至今還是分裂中的中國和德國（注，本文發表於 1989 年兩德統一前），真是感慨萬千！我彷佛能聽見東柏林軍警打在逃往西柏林老弱婦孺背上的槍彈聲，好像打在我自己的身上一樣；我好像能看見環抱波昂的萊茵河正在日夜流淚哭泣著。我不禁不止一次的問自己：在這個世界上，還有什麼理想比「世界大同」、「四海之內皆兄弟也」的理想更崇高，更美好？還有什麼悲劇比國破家亡、妻離子散的悲劇更淒慘，更叫人心碎？不經妻離子散的苦楚，不知親人團聚的甘甜；不經國破家亡的悲痛，又怎能體會出國家統一富強的可貴？沒有黑暗寒冷的冬天顯不出光明溫暖的春天。沒有被奴役迫害過的人，又怎能懂得什麼是人性的光輝和自由的滋味？在這天災人禍的大動亂時代裏，偉大的中華和日爾曼兩大民族，竟肩負起如此相似的歷史命運。身為一個中國人，當我來到貝多芬的墓前憑弔時，怎能不覺得特別激動？怎能不教我觸景生情，感時花濺淚。

我不覺在想，貝多芬如果現在還活著，面對這人類空前的浩劫，眼見德意志同胞和許多國家人民撕裂的痛苦，這位熱愛祖國熱愛全人類的人道主義者和有史以來最偉大的音樂家究竟會作何感想呢？今天，如果他要譜一曲「人生甘苦頌」，那又會是怎樣的一篇天風海雨的詩篇呢？「歡樂頌」真是給世人帶來無限的熱力和希望啊！

（寫於美國麻州 勒克辛頓城）

美麗的美國麻州劍橋市（介於哈佛大學和麻省理工學院之間）

水木清華遊荷塘

從北京市區一進入清華大學，我立刻就被這兒的「綠」和「靜」吸引住了。寬敞亮麗的校園，排排大樹，林陰蔽天。設計美觀校舍，一半是古老式建築，一半是現代化大樓，整整齊齊排列著，像圍棋盤似的。一片片油綠似海的草地和五彩繽紛的花圃，靜靜地躺在大地的懷抱裏。深深吸一口清新的空氣，好一個世外桃源，與北京市區的吵鬧喧嘩形成強烈的對比。這麼優雅的環境，真是個讀書研究的好地方。

清華園　有如近代博物館

宮殿式的清華園，是清末皇親的故居。哈佛式的清華學堂，是仿造長春藤聯盟的建築形式，古色古香的圓拱型大禮堂則是希臘式的，在在都引人入勝。清華校園本身就好像一座小型的近代史博物館，有好多清末民初留下來的痕跡。從她身上可看見神州近百年來悲慘的過去。而從另一半現代化科技理工大樓，人們似乎又可預見中國廿一世紀光輝的未來。

然而，在這許多令人流連徘徊的景致中，最使我心怡難忘的就是那清華西院的荷塘了。在好大的半月型池塘裏，長滿了一波波盛開的荷花。茂密的荷葉在微風中婆娑起舞。在豔陽照耀下，一片片綠葉紅花吐出鬱鬱芳香了，顯得特別嫵媚動人。圍繞在荷塘四周的楊柳群，一株株撩撥著細長的秀髮，隨風招展。還不時觸摸荷塘水面。引起圈圈漪漣。與水池裏滿荷花相互輝映的，還有遠處一座小橋和新建的小島上的亭子。從荷地區這邊看去，整個景象盡入眼底，清新亮麗，美得好像一幅水彩畫。

荷塘喜見朱自清雕像

嚮導告訴我，這就是當年朱自清寫〈荷塘月色〉的地方。該文早已被列入中學國文教材，家喻戶曉膾炙人口。真巧，這篇文章和〈背影〉、〈匆匆〉、〈春〉也都是我從小就好喜歡的。文句樸實流利，情感真摯動人。尤其是「背影」我在臺灣唸書時列為必詩之文，而荷塘正好就是朱自清當年在清華任教的故居。好想去參觀一下，可惜現已改建成教職員宿舍，沒有保留作紀念館，令人非常失望。

好在另一邊還有一小荷塘，那兒豎立了一座朱自清雕像。我驚喜得快步走去瞻仰致敬。面對這位心中景仰已久的文人心中很是興奮。只見朱自清戴著一幅眼鏡，穿著一身白色長袍馬褂，而帶微笑安詳地坐在一塊大理石上。他雙手輕放在膝蓋上，目光炯炯有神地眺望荷塘對面刻著「水木清華」四個大字的亭廊。我出神地端詳著，只覺得朱自清臉龐上似乎刻劃著中國苦難的歲月。朱自清之所以偉大，受人尊敬，不僅是因他文學上的才華和成就。更是因為他的一顆正直的心和愛國情操。他的「白種人 — 上帝的嬌子？」一文讀來令人沉痛，不知激勵了多少中國人。在評論「愛國詩」裏，他感慨的說：「理想的中國在詩裏似乎還沒看見」。

我望著荷塘裏片片隨風波動的荷葉，心中不禁驚歎世界之渺小，真是人同此心心同此理啊！在這禮失求諸野的亂世，朱自清這位教授中流砥柱，不求名利不畏權勢，其精神和風範不都是當代的汲黯嗎？多難不幸的中國又何其有幸能有這樣憂國憂民的仁者,眼光遠大的智者和敢言敢為的勇者。

演講會闡述人工智慧

在清華荷塘旁，有個專門接待外賓和客座教授的招待所。其中二樓有一設備很好的國際會議廳。這天廳內擠滿了校內外師生和專業人士，前來聆聽由中科院和清華合辦的演講會。主持人介紹我時最後幽默地說道：「王教授父親是北方山東人，母親南方四川成都人，大陸上海出生，臺灣新竹長大，在美國得博士學位、就業。我都不知道該說他到底是那裏人？」我道：「中國人」接著我簡明扼要的把人工智慧（大陸叫人工智慧，一國兩字〔字〕乎？^_^）發展近況敘述一篇，並配合投影片、錄影帶說明其在各方面之應用。最後並強調了人工智慧在中國字識別的應用。在結論中我一再指出，長久以來很多人都以為中國字太複雜、太落後、太不科學，難學、難記、難認、難進出電腦。其實這些都是誤解。中國字有很多優點，不只是象形，還有指事，會意和形聲、轉注和假借。不僅適合表意，讓人望文生義，更具藝術美和文化承傳的功能。

中國字橫遭亂改

可惜由於清末太腐敗，長久積弱屢遭列強欺淩，一再割地賠款喪權辱國，害得生靈塗炭，陷民眾於倒懸，以至民族自尊自信心喪失殆盡。所以才會產生這許多不正常不正確的自悲心理。而將原來美好的中國字亂砍亂改一通，弄得面目全非慘不忍睹。實在非常可惜。其實中國字裏蘊涵豐富的語意，造字結構嚴謹。很多地方很符合人工智慧圖形識別和影像處理的邏輯原理若能好好發揮，則不難發現中國字不僅易學易記易認，還非常有意思。

其實中國長期落後，文盲率高，非文字之罪也，乃因政治未上軌道，教育沒有搞好，屢受干擾，一停就是十年，駭人聽聞，國焉能不弱？今欲振興中國，實應從革新政治普及教育著手，才是正著。反之，若一再亂砍殺中國文字，不啻削足適履本末倒置，實遺害國運匪淺也！

雙疊字句　相得益彰

講到這裏，我無意中向窗外荷塘瞥去。只見田田的綠葉在微風中搖搖擺擺，好像亭亭舞女的裙，煞是美觀。突然胸中靈感一來，續道：其實中國字優點不只在一個個單獨字面上。多字合在一起的詞和句子更是相得益彰，使中國字的優點更加明顯。譬如大家都很熟悉的「荷塘月色」，朱自清就用了很多雙疊字詞。譬如從一開始的「日日走近荷塘……月亮漸漸地升高了……妻迷迷糊糊地哼著眠歌……我悄悄地披上了大衫」還有中間幾段的:「層層葉子中間……粒粒明珠,如碧天裏的星星……送來縷縷清香……荷塘四面,遠遠近近高高低低都是樹……重重圍住……樹色一例是陰陰的……隱隱約約的是一帶遠山……」(到最後一段:「輕輕地推門進去,什麼聲息也沒有……」)等等、等等。短短一千多字的散文中就用了三十三組雙疊字詞。使得整篇文章意象更加鮮明,味道十足,生動有力。

其實這樣的用法,在中文裏俯拾皆是,多得不勝枚舉。但是這樣的特色和優點在其他西洋語言中卻是難得一見的。我們中國人若自暴自棄,任意把中國字拉丁化,這些優點全喪失了,且會造成很大混亂。不僅無法暢所欲言,文學也會喪失殆盡。就好譬如荷塘裏再也看不至綠葉紅花,再也聞不到清新花香,只剩下一塘塘臭臭髒髒的死水。怎麼教人受得了?能不扼腕痛惜嗎?

想不到這樣簡單的例子和比喻,比前面一篇大道理還管用。講得大眾心服口服,後面有些高幹模樣的人物,本來還想舉手說些什麼,大概是想引用語錄吧,也臨時作罷,只好跟著大家鼓掌,事後幾位清華教授對我說,的確很多中國字是亂簡化一通,沒有顧慮到本來文字結構的優點和語意而造成混淆。還有一位教授提醒我,荷塘的確有部份長年維護不周,已變成髒水塘長不出荷花來了。的確,看得人好痛惜。真擔心若不及時改善,情況會日益惡化下去。

在離開清華園的前夕,我再度來到荷塘邊。皎潔的銀色月光濯在嫩綠的荷葉上,四周圍楊柳細枝隨風搖曳。樹上蟬聲與水裏蛙聲合鳴著。朱自清坐在石頭上，在月光下默默凝視著荷塘對面的「水木清華」。好像在說：「熱鬧是他們的，我什麼也沒有。」但是，敬愛的朱自清，您並不寂寞，因為「德不孤，必有鄰」。您的文章和風範不斷地激勵啟發著無數中國人。您永遠活在人們心中。我何其有幸，能有這樣的一個機會親自來到您的面前，瞻仰您，向您致敬。想不到短短幾天在這兒會給我帶來這麼多的感想，這麼大的啟發。

告別水木清華的一草一木

再見罷，可愛的清華。再見了，敬愛的朱自清。祈盼您在天之靈多多保祐這多災多難的祖國，早日脫離苦海。使那人人渴望已久的第「五」個現代化及早實現。使您那深深期盼的理想的中國，不僅能在詩裏看得見，更能在神州大地上紮紮實實堂堂正正地建立起來。好讓十三億男男女女老老少少家家戶戶所有的中國人都能真正地站立起來，生活在自由富足快快樂樂幸幸福福的天地裏。

依依不捨地，我屢屢回頭揮手告別水木清華的一草一樹。告別了令人陶醉的荷塘月色。正是：

田田荷葉花飄香　亭亭舞女裙飛場
楊柳風輕月色柔　蟬歌蛙鳴齊交響
水木清華遊荷塘　自清亭前獨思量
理想中國今安在　無詩一代最悲傷

清華大學北京校園大門

作者與清華校園內朱自清雕像合影

清華園舊大門

清華大學校園內的自清亭“荷塘月色”

讀「林清玄說故事」有感

林清玄先生最近在報上的大作「有母愛的嗎？」表面上看好像是講「母愛」的寓言，其實更是與「智慧」有密切關連。所以他才會用到「千智」和「萬慧」兩個很有寓意的名字。其意境非常像《聖經》舊約中三千年前所羅門王的故事〈列王紀上〉三章 16：28 節：

「一日，有兩個妓女來，站在王面前。一個說，我主阿，我和這婦人同住一房。我先生了一個男孩，三日後，她也生了一個男孩。我們同住一屋，沒有別人。夜間這婦人睡著的時候，壓死了她的孩子。她半夜起來，趁我睡著時把我的孩子抱去，放在她懷裏，將她的死孩子放在我懷裏。天亮時，我起來要給孩子餵奶，不料孩子死了。我細細察看，不是我所生的孩子。那歸人說，不然，活孩子是我的，死孩子是你的。這歸人說，不然，死孩子是你的，活孩子是我的。她們在王面前如此爭論不休。王就吩咐說，拿刀來，人就拿刀來。王說，將活孩子劈成兩半，一半給那婦人，一半給這婦人。活孩子的母親為自己的孩子心裏急痛，就說求我主將活孩子給那婦人罷，萬不可殺他。另一婦人說，這孩子也不歸我，也不歸你，把他劈了罷！王說：「將活孩子給這婦人，萬不可殺他。這婦人在是他的母親！」以色列眾人聽見王這樣判斷，就都敬畏他，因為見他心裏有神的智慧，能以斷這段充滿了「母愛」和「智慧」的故事頗具振憾力。令人終身難忘。多少年來，我一直為所羅門王的濬智和母愛的偉大深受感動。相信更有千千萬萬的人心有戚戚焉。《聖經》裏這段發生在三千多年前的直實事故。也成為後來許許多多類似故事「原型」。就好比〈蝴蝶夫人〉之於〈西貢小姐〉,〈羅蜜歐與茱莉葉〉之於〈西城故事〉。或許林清玄先生也讀過所羅門王的這段故事，不知受到其啟發和影響有多大。或許還有更多廣大的讀者還沒有讀到過《聖經》這段所羅門王有關「母愛」和「智慧」的精彩故事。因此特此提出來與大家分享。

此外，講寓言故事，就好比寫小說。既使人與文不一定要一致，文章本身一定要通順一致，合情合理，不可有自相矛盾之處。譬如「黑螞蟻與紅螞蟻」中明明說：螞蟻已經被食蟻獸吃光殆盡。「掃食一空」、「把巢穴剝開，吃光了裏面的螞蟻」。最後卻又突然從巢穴裏僥倖逃出來一對浩劫餘生的螞蟻父子對話，不是很滑稽嗎？既然要安排最後這一段螞蟻父子的對白，何不在前面應該敘述「螞蟻已經絕大部份都被吃掉了」或「差點被吃個精光」，不是更合情合理通順一致嗎？無數莘莘學子廣大讀者把名家作品當作經典來摹仿學習是的啊！潛移默化耳濡目染之間，不知會影響感染多少人哩！

至於〈草木的對話〉一文中，強調的是，勸人不要太介意自己的才華天份不為人知，總有出頭的一天。用意雖良好，卻總覺太消極不一定有助於人也。尤其我們中國人一向較保守、含蓄、害羞、不善於表現自己，結果在竟爭劇烈、優勝劣敗的現代社會中，往往是嘗禁了苦頭，吃足了虧。相信凡是留過學或與歐美先進國家有過直接接觸較量的人都會有同感。我們中國人更需要的是，多多鼓勵積極進取、爭取讓別人知道、賞識、重用我們的能力和才華才對。其實不僅對我們中國人，對所有古今中外的人而言都一樣，如果一個人的才華能力一直被掩埋、無從發揮，則與沒有才華能力相去幾希？如果不是因為伯樂慧眼識英雄，則千里馬很可能永遠被埋沒，反而還要被責怪為貪吃的劣馬。如果伯牙沒有遇到知音鐘子期，則很可能永遠沒有人能瞭解伯牙的琴術有多精深偉大。如果劉備沒有三顧茅廬把諸葛亮請出來重用，則三國時代甚至整個中國的歷史很可能都要重寫了。如果當年愛因斯坦對原子彈的遠見沒有被美國採納，則二次世界大戰不會提早結束，還不知要多白流幾百萬人的鮮血，多冤死幾千萬人的性命。如果沒有孟德爾松當年在萊比希發現大量巴哈失散的作品手稿，則「音樂之父」也不會有現在如此永被世人尊崇的地位。如果中國現代政治領導人物真能夠唯才是用，不被權欲私心矇蔽良知，不打壓異已、不排擠賢良、不用黑金黑道蘢絡民意、壓迫民心，也就不會落得被小人庸才包圍，以致人才流失，分崩離析、國是日非，數典忘祖、認賊作父。手足自相殘殺，反而讓一向不懷好意的日寇餘孽如石原之流乘虛而入，趁火打劫，到寶島來坐收漁翁之利，被奉作貴賓作威作福、目中無人、占盡便宜、揚長而去。吃苦受罪的還是海峽兩岸的中國同胞骨肉手足。如此的悲哀和亂像，多多少少與賢能忠良被埋沒打壓無法報效國家有關。

因此，若能有多多鼓勵國人積極進取、爭取讓別人知道、賞識、重用能力和才華的寓言，那該有多好啊！當然，一個人在懷才不遇或有挫折時，也很需要安慰、激勵，不要灰心、氣餒。我們中國名言不是說得很好嗎？「失敗為成功之母」、「人不知而不慍，不亦君子乎？」、「天生我材必有用」、「留得青山在，不怕沒才燒」、「逆水行舟，越挫越勇」、「雞鳴不已於風雨，松柏後凋於歲寒」。我個人從這些寓言式的座右銘中深受不少啟發獲益良多也。

以上是我讀報上春節特展「林清玄說故事」有感而發，略抒一些感想和淺見，以拋磚引玉，就教於林清玄先生和諸位讀者。

佈施行善非得要具名不可嗎？

—讀林清玄先生在報上的寓言故事〈向河水投食〉有感

頃讀林清玄先生最近在報上的寓言故事〈向河水投食〉，鼓勵人多多行善，必得好報，用意甚佳。唯讀後心中有點疑惑，特此向林清玄先生和諸讀者請教。

鞋匠侯森為救濟挨餓的魚群和河流下游窮困缺食的民眾，而屢作大餅餵他們。其善心令人感動欽佩。但每一次都在包餅的盒子上簽上自己的大名「鞋匠侯森」，有此必要嗎？一般說來，行善捐款佈施，若為了減稅或手續上的必要，而不得不簽上自己的名字，是可以瞭解的。但上述鞋匠侯森作餅救濟魚群和窮人的故事情節卻完全看不出有這個必要。魚群又看不懂侯森的簽名，挨餓的窮人極需的是充饑的食物，而不是侯森的簽名。那麼，鞋匠侯森為什麼每一次都要在包餅的盒子上簽上自己的大名呢？

難道就是如在寓言一開始所說的，欲為人知而想「必得善報」嗎？果真如此，那麼其善心和德行的份量就減輕了許多，其感人的力量也相對的降低不少。充其量僅僅算是個普普通通的愛心故事而已，不值得大書特書，更不適合作為深具啟發涵義的寓言故事的素材。我們中國有句話說得好：「為善不欲人知」，「施比受更有福」。耶穌基督在聖經裡也教導我們說：「左手行善連右手都不可讓他知道」，「那些在大馬路上大聲禱告給別人看而贏得讚美的法利賽人阿，你們已經得到報償。天上的賞賜必臨不到你們」。因而更進一步教導我們應該像撒瑪利雅人一樣拯救路邊的陌生人的性命連自己的名字都不留，要我們「愛人如己」。這才是道德的最高層次。

人生真正的快樂在於眼見被助的人受益處，而不在於自己得報償。所謂：「助人為快樂之本」，誠哉是言也。或曰：「文學歸文學，道德歸道德，只要文章寫得好，故事講得精彩，道德又算老幾？多少錢一斤？」就算此話有理，那麼就讓我們來談談文學罷。記得小時候教科書上讀到過一篇極精彩的故事。一個小孩為了減輕體弱老爸的工作負擔，每天晚上半夜三更偷偷地幫爸爸抄寫公文。因而白天上課無精打采，被老師告訴家長。爸爸不明究裡責怪兒子不好好用功讀書，兒子為了不讓父親擔心，寧可挨罵心中受委屈也不說出實情。直到有一晚爸爸無意間發現真相，恍然大悟，深為兒子的孝心感動，更為自己錯怪兒子而慚愧懺悔。當父子兩人抱頭痛哭，骨肉親情之愛產生極大的感人張力，令我終身難忘。直到現在，我每每想到這故事，都會感動得落下淚來。如果當時父親一責問兒子，兒子馬上據理自衛：「都是因為我每天晚上半夜三更幫你抄寫公文，所以才無精神上課。」也無可厚非，但整個故事的感人力量和文學價值就減低了。

再說法國文豪小仲馬的曠世傑作《茶花女》，其中女主角瑪莉雖是風塵女子，卻有一顆常人所無的極為高貴純潔的愛心。為了成全她所鐘愛的亞力山大（即小仲馬本人）的姐姐的婚姻，聽從了亞力山大之父（即大仲馬）苦苦的規勸，毅然默默地離開心愛的情郎返回到巴黎風月場合，從操舊業。亞力山大發現瑪莉竟然不告而別，投向別人的懷抱，火冒三丈怒氣衝天。不明究裡的他衝到巴黎賭場，把贏得的所有賭錢當眾丟到瑪莉的臉上。瑪莉受到如此羞辱，卻仍然自甘承受委屈，沒有吐露原委。直到亞力山大的爸爸自己看不過去了，良心發現，說出了真相。頓時，亞力山大心中所受到的強烈的震撼和至深的感動簡直無法以筆墨形容。懷著無限慚愧的心，帶著雨般的熱淚，他衝到瑪莉住所，跪在她面前緊擁著她，頃述心中的懺悔和愛意。可惜太遲了，一切都太遲了。肺病末期加上身心深受如此重大打擊的瑪莉一病不起，在情人懷裡闔上雙眼，含笑心安而去，回歸天家。

據說，小仲馬心愛的瑪莉去世後，他把自己關在屋裡，三個月不眠不休，一字一淚一筆一血地把心中的感動寫下來，而完成此曠世傑作〈茶花女〉。雖然僅短短數萬言，卻字字孕涵震撼感人的力量，充滿對瑪莉的懷念和熱愛。在世上無數被感動得熱淚滿眶的讀者中，更有一位義大利音樂大師維爾弟，把眼淚化成音符，把瑪莉的故事譜出了歌劇傑作中的傑作「La Traviata」來。多少年來，從台灣交大、台大、直到現在美國東北大學和MIT劍橋合唱團，每次聆聽美麗動人的〈茶花女〉歌劇，我都會情不自禁地感動得落下淚來。深深感受到，這才是文學、藝術、音樂，深切體會到，什麼才是真正的「愛」。更進一步體認到世界上還有無數的人在默默地行善付出愛心，不為名利不求報償。那才是真正最感人最可貴的。

因此，我相信善良有愛心的鞋匠侯森，每次在包餅救濟魚群和饑民的時候，不會想要把自己的名字簽在盒子上面以期待回報的。因為，能助人的本身就是最大的快樂和報償了。不過，當然，如果在他屢屢行善的過程中，多多少少會有幾次被在河邊的居民無意間看見，或者他所包的盒子用的材料很獨特，僅僅能在他家的院子中才找得到。因此，當國王差遣大批人馬，逆河流而上尋找放餅的人，仍然極其可能找到侯森，而把大量財富賜給他，以報答他救了王子一命和王國的命脈。然後善良的鞋匠侯森，再把所得的大量金銀珠寶，繼續用來行善救濟更多的窮人和需要的人。這樣不是更符合〈向河水投食〉寓言故事勸人為善會得好報的本意嗎？而且，這比侯森自己把名字寫在盒子上因而被國王發現而受報償，更具有感動人的效力哩。不是嗎？

以上是我讀林清玄說故事〈向河水投食〉有感而發，略抒一些感想和淺見，以拋磚引玉，就教於林清玄先生和諸位讀者。

我的迷惘

— 給三毛的公開信

三毛：你好。

你四月十三日在世創的大作《給柴玲的一封信》（以下簡稱《信文》）我一口氣拜讀了三遍。可惜可能是因我的文化水準太低，怎麼都看不懂，心中非常迷惘。因此只好寫此住向你請教，請你指點迷律。我所要提出來的，完全是針對我所不懂的問題，而不是針對任何個人。若有冒犯之處，還請多海涵。

為了什麼寫這封信？

首先，我看不出你究竟是為了什麼寫這封信？你到底想講什麼？到底講了什麼？要不是開頭跟結語，《信文》中百分之九十的內容，我根本看不出是在跟柴玲寫信哩！恕我直言，我真的很迷惘。

就文字本身而言，有些地方我也看不懂。譬如：

「改換話題這件事情，其實我並不是沒有不忍。」

請問到底是你忍了呢？還是沒忍呢？還是沒有不忍呢？

我怎麼越看越糊塗，怎麼看都看不懂。

另外，有些地方的感情不知是怎麼回事，令人不解，也感動不起來，譬如：

「小姐貴姓？如果我追求你，你接不接受？」

這會是今日臺北街頭上發生的嗎？還是我少見多怪了？不過，記憶中，即使在最多情最前進的紐約第五街和最羅曼蒂克最開放的巴黎香榭大道上，好像也很少看到這樣的事情啊！一個陌生男子，連你的姓名都不知道，才第一次見面，就會對你說出這樣的話來？這不是只有在幻想似的小說和電影中才有的景況嗎？在現實生活中，一個端莊的淑女碰到這樣的男人，除非是一見鍾情，難道不會有禮貌的正眼回看一下男子輕佻，心裏罵聲「神經病！」，怎麼反而還會回答道：

「對任何女性來說都是最懂心理的讚美呢？」

真是這樣嗎？如果真是雙方一見鍾情，又為何謝絕不接受呢？我真不懂。

國旗郵票失禮？

再說，賣郵票的小姐好心好意，在你的要求下幫你湊出有（國）旗的三塊錢郵票來。若你覺得寄回大陸不妥，是不是應該有禮貌的謝絕就好了。怎麼可以說：

「這個對大陸政府很不禮貌，不可以哦。」

請問這樣說恰當嗎？青天白日滿地紅的國旗充滿了正氣，而且多麼美麗。它的意義和象徵與接待柴玲的法國青白紅三色（代表自由、平等、博愛）國旗不謀而合。為了護衛她，多少人甚至不惜拋頭顱灑熱血。帶著這樣美麗旗織的郵票，即使是寄到毫無邦交的國家，甚至有敵意的地區，也堂堂正正毫無不禮貌之處。你如何會因那個「政府」（或「政權」）不喜歡，就覺得不禮貌呢？那個「政權」當然不會喜歡。自由、平等、博愛那不正是柴玲和民運人士冒著生命的危險領導成千上萬的廣大中國人民所想要極力爭取的嗎？如今，你覺得這樣的旗織對那的「政權」不禮貌，又何忍（還是其實並不是沒有不忍？）把這樣的信寄給柴玲呢？還是我領悟力太低，沒有弄懂你到底是什麼意思？但我讀了《信文》三遍哩！難道寫文章、寫信不就是要讓人能看得懂的嗎？

對整個家族失望？

再說，中華民族對我們所有的中華兒女就好像母親一樣。即使她再老再醜，畢竟是我們的母親。她為了孕育我們已盡心盡力流盡了眼淚。如今，我們做兒女的盡全力報恩還來不及，怎可忍心說出：

「中華民族，我再也不為你流淚，中華民族，難道這一生我為 — 你，所流的眼淚，還不夠多嗎？」的話來呢？要知道廣大中國人民所反對的是獨裁專制的政權，所厭惡的是暴虐無道的這些極少數的特權份子不僅不能代表中華民族，更是與中華文化優良的一面完全背道而馳的。好比一個大家族裏出現了一兩個孽子或壞管家，你大可大聲斥責這個孽子或壞管家，怎麼可以對整個家庭失望呢？

有人對自己的母親說得出這樣的話來嗎？一時裏，也許你真的眼睛盲了，但我心中卻越來越迷惘了。

三毛，你的信不僅柴玲在讀，更有成千上萬的人在看著哩。雖然只是你個人的「真實」小故事，但無數龍的傳人、莘莘學子、民族幼苗正在潛移默化、耳濡目染中學著你哩！真可謂茲事體大，其影響力不可謂小啊！（還是其實並不是沒有不小啊！）如今也許是我去國多年，與中國文化和中文脫節太久，趕不上時代了，太落伍了。不知中文已進步到這個樣子，進步到我看不懂了。我真的很迷惘，請你指點迷津好嗎？

王海山敬上
於美國麻州勒星頓

鴻毛與泰山

— 三毛輕生，不宜渲染美化，以免社會人心受負面影響

三毛懸樑自盡的消息，轟動一時，成為熱門話題。很多人都猜不透為什麼三毛會輕生？

其實早在去年四月我從三毛在報上給柴玲的公開信裏，就覺察出不對勁。該信語無倫次不知所云。內容百分之九十與柴玲毫無關係，僅僅個人生活瑣碎。還幻想被過路陌生男子追求，甚至連中華民族和青天白日滿地紅的國旗都羞辱了。我讀後大惑不解。於是在報上寫了封公開信給三毛並將該信原稿寄給一雜誌「親愛的三毛」信箱，希望她能公開解答我心中的疑惑。半年多來卻一直不見回音。如今三毛自殺後再也不可能得到她的答復了。現在倒想回去，精神逐漸失常，很可能是三毛文章不知所云和自殺的原因之一。

我不禁想起約兩年前，三毛的父親似乎就有不祥的預感。陳嗣慶老先生在《皇冠雜誌》上「給女兒三毛的一封信」裏（注：《皇冠》1989 年 8 月號，p.84~p90），除了對三毛怪裏怪氣飄忽不定、動不動就離家出走的行為，感到萬般無奈以外，並傷心地指出三毛的性格似乎屬於「找死型」（同上《皇冠》p.90）。那封信讀起來好像是篇祭文，沉痛的陳

先生並坦率的表示，雖然三毛和川端康成、三島由紀夫、海明威等世界級的作家還有一大段距離，但他早隱約預感她也會走向他們一樣的路（中國時報 1991.1.8），陳老先生嘴裏雖未說出，得心中陰影一定存在。如今三毛果真選擇自盡之路，老淚縱橫的雙親，除了對這位曾得自閉症的愛女遽然離去，感到哀慟欲絕以外，夫複何言？

儘管有各種猜測，未得金馬獎最佳編劇，大陸之行不得意再度失戀，懷念前夫荷西，作品不如從前，疑得癌症，看透人生等等。三毛的境遇固然有值得同性之處，但無論如何，在年邁雙親體弱多病，最需親情關懷慰問之際，三毛卻狠得下心腸懸樑自盡一走了之。留下白髮人反送黑髮人，可憐父母心，情何以堪？

「死有重如泰山，有輕如鴻毛。《三毛之死到底有無任何意義，是否輕如鴻毛，暫且不論。但因她是很多人心目中崇拜的偶像和生活中學習的對象，其所產生的負面影響卻很可能會如泰山壓頂般的重。最諷刺的是，就在三毛去世前，還在「講義堂雜誌」元月號上發表了生平最後一篇文章，告訴關愛她的廣大讀者群「跳一支舞也是很好的。」結語還說「親愛的朋友，人生永遠柳暗花明，正如曹雪芹的句子 ——『開不完春柳春花滿盡樓』。生命真是美麗，讓我們珍愛每一個朝陽再起的明天。」多美麗的言詞，多動聽的語句。

可惜話聲猶在耳際，三毛卻以身作則地自盡而去。使得無數關懷喜歡她的人，驚愕哀痛之餘，目瞪口呆，手足無措。下意識還以為「自殺」是珍愛生命的具體表現。我擔心這給社會帶來了多麼不好的榜樣。不知會誤導多少純真稚嫩的心靈。

因此，我願在此借貴刊一角呼籲社會大眾不要再渲染美化三毛之死。那絕不是什麼「多情、浪漫、淒美、動人」的傳奇，而是自私、不孝的行為。雖然，如果三毛真的精神失常，或許不必對自己的行為負責。但她畢竟是公眾矚目的人物，其言行舉止在潛移默化，耳濡目染中不知會影響多少人。

我們應重視其對社會人心的負面影響，尤其是十多歲血氣方剛感情衝動的青少年少女們。應給與他們適當之心理輔導，建立正常健康的人生觀。把三毛之死所可能帶來的負面影響降到最低限度，以避免情感易衝動的人群起效尤，釀成更多更大的社會悲劇。若然，則三毛之去世或許還真有點正面的意義。

輯二：音樂感言

奇美黃山 神造大能

— 美國麻省 MIT 華人『劍橋合唱團』春之禮讚

諸天述說 神的榮耀，穹蒼傳揚 祂的手藝；
這天到那日 發出言語，此夜到那晚 傳出訊息；
不盡理解，無可思議；
祂的大能通達天下，祂的語言傳遍地極。

— 《詩篇》十九篇：1-4 節

（亦即海頓傑作神曲《諸天述說》的歌詞）

紐英倫初春的一個周末傍晚，陣陣悠揚悅耳莊嚴肅穆的聖樂歌聲，沿著查爾河（Charles River）兩岸傳揚開來。乍聽之下，還以為是那一家教堂的詩班在演唱。再仔細一聽，哦，原來是一群熱愛音樂的中國人所組成的『劍橋合唱團』，正在麻省理工學院克理司基大禮堂（MIT Kresge Hall）舉行一年一度的春季公演。姜宜君精彩的指揮，李天相熟練的伴奏，二十多位全體員盡情的歡唱，與四百多熱情的中外聽眾，共享了一頓多姿多彩豐盛怡情的文化饗宴。如痴的陶醉和狂熱的掌聲，交織成令人久久無法忘懷的美好回憶。

一開始的《彌撒曲》（Kyrie）真是神來之筆，音樂神童莫扎特展現了他非凡的天才，和聲優美簡短有力扣人心玄。音量強弱互現伸縮得宜，頗具感人的張力，指揮和團員表現得可圈可點，可欽可佩。加上舞台背景『巴黎聖母院』的幻燈影像，更增加了莊嚴肅穆的氣氛，效果甚佳。雖然整曲歌詞只有一句話：「上主，求你垂憐。」不斷重覆出現，卻不會令人覺得單調乏味。旋律、節奏、和聲起伏變化多端、亮麗輝煌，與佛瑞的《安魂曲》（Requiem）相呼應，充滿濃厚的宗教虔誠氣息，令人百聽不厭肅然起敬。交響樂之父海頓亦深受聖經舊約中以色列大衛王《詩篇十九篇》的感動，而作《諸天述說》（The Heavens Are Telling），用音樂和合唱對全能的神創造宇宙萬物的奇妙，表達天地同唱山海共鳴的無限讚歎和崇高敬意。對歌詞內容和意境有了深刻的瞭解，唱出來才更精彩感人。

不是嗎？多麼奧妙，這三首西方音樂大師的聖樂，自然而然地引導出此次春季音樂會的主題《黃山‧奇美的黃山》。這首我國音樂大師屈文中的傑作，以嚴格的調式旋律與和聲所譜出的組曲，好像一幅巨大的三度空間水彩畫，具有立體身歷聲形像，結合了畫、樂、詩的意境，呈現出大自然之韻味，好像是文藝復興的巨匠米開郎基羅的雕刻，真是美不勝收。唱起來如行雲流水非常美妙，聽起來更是令人回味無窮讚賞不止。加上舞台後方幕上打出來的幻燈片，使聽眾看到一幕幕黃山景色，彷彿身歷其境地翱翔神遊黃山的奇石美景。其中『雲海』使我想起在峨嵋山、玉山、和阿爾匹斯山〈騰雲駕霧〉的景緻。『走…尋…』頗有趙元任的《上山》的味道。『雨』和『雨後黃山』更令人聯想起貝多芬第六《田園交響樂》的第四、五樂章『暴風雨』和『雨後謝天』，彷佛響應大衛的另一首傑作《詩篇二十九篇》的意境。充滿對造物奇妙之讚歎和對大自然美的感慨。

每當我觀賞名畫家如張大千和梵谷的作品，都不得不感佩這些藝術家的偉大心靈和傑出手藝。那麼，當我欣賞黃山美景和浩瀚的宇宙萬物時，怎能不讚歎造物主的宏偉大能呢？哦，原來不分古今中外，無論東西南北，這種感動不正是莫札特、海頓、佛瑞、和屈文中等音樂大師創作的靈感和泉源嗎？我不禁想起聖經新約中《羅馬書》保羅所說的：「自從造天地以來，神的永能和神性是明明可知的。雖有些眼不能見，但藉著所造之物，就可以曉得，叫人無可推諉。」誠哉是言也。

這次音樂會的下半場開頭，由從台灣遠道而來的台南藝術學院國樂團擔任演出。在于興義指揮下，三十多名年約十五、六歲的團員演奏鬧元宵等七首國樂樂曲。年紀雖小，技藝非凡。無論是合奏、協奏，或以笙、笛、古箏、二胡領奏，團體、個人技藝，以及對音樂的表現、詮釋都相當出色。最後一首合奏曲『台灣小調』和安可曲『忘春風』，柔情蜜意、深情綿邈，勾引起不少人的鄉愁，親見國內音樂水準之日漸提高和普及，心中更是驚喜交加無限欣慰。

最後，劍橋合唱團一連演唱了四首現代西洋舞台音樂劇的主題曲：『彩虹』、『美女與野獸』、『悲慘世界』和『西城故事』。其中“Do You Hear the People Sing”展現了大文豪雨果的風格，把法國大革命天風海雨氣壯山河的精神，表現得很到地，令人想起『馬賽曲』。整晚音樂會就在安可曲

『天烏烏』和聽眾狂熱的掌聲中落幕。阿公和阿婆在烏雲滿佈要下雨的時候，打破鍋的『匡！匡！匡！』的聲響，彷彿是雨霧瀰漫的奇美黃山深谷中，陣陣雷電交加的迴響聲。好像冥冥中，大地、大自然想要向人們述說些什麼；又好像浩瀚無盡的穹蒼在向我們唱著歌，『一朵雲的歌兒，一隻鷹的歌兒』；向熱情的聽眾，向可愛的台南藝術學院國樂團的小朋友，向童心未泯的劍橋合唱團的大朋友，向查爾河畔的一草一木遼繞著，迴盪著，在人們的心中，在眾生的腦海裡，久久不能散去……能經常聆聽音樂會，充實精神生活，真是人生一大享受啊！

MIT CCCS（劍橋合唱團）在 MIT 演唱（前排右五為作者，右六為趙元任女公子趙如蘭教授顧問）

幼兒思母的哀愁

哈佛聚首星夜合
劍橋迎春把歌唱
滿瓢醉酒長江水
泣血殘紅秋海棠

片片雪花家信待
朵朵臘梅母芬芳
抹擦幼兒思娘淚
撫慰單親沸血殤

紐英倫嚴寒的冬天一過，四月，春回大地。此夜，嫩葉綠草剛發芽的哈佛大學校園培恩音樂廳（Paine Hall）內人頭鑽動個個帶著愉悅的笑容，陶醉在劍橋合唱團一年一度春季音樂會悠揚悅耳的歌聲中。在音樂廳前舞台上方雕刻著的『貝多芬』、『莫扎特』、『舒伯特』、『布拉姆斯』等大音樂家的監督和祝福下，人人心胸舒暢，彷彿都回到『史特勞斯』的《春之聲》。隨著音樂和指揮棒無邊的魔力，全場聽眾個個如醉如癡心曠神怡，迎向春天。

顯然，合唱團一年來的努力並沒有白費。團員都是來自各地各行各業的音樂愛好者，水準非常高。多少個狂風暴雨的的日多少個冰天雪地的寒夜，全體團員將士用命，每週五在麻省理工學院二號大樓內，辛勤苦練默默耕耘。在紐英倫音樂學院主修指揮的高材生陳麗芬的魔棒指揮下，麻省理工學院的『基聯廣場』（Killian Court）每週五晚上不時傳來華夏遊子鄉音鄉樂。與滿空星夜唱和之聲，沿著校園旁的查爾河（Charles River）畔，交織著、暢流著、盪漾著……

指揮獨具慧眼，所選的曲子又美又感人。尤其是〈鄉愁四韻〉、〈成長〉和〈詩篇二十三篇〉。平時練唱時就已感動得不得了。表演當天更是情不自禁。在人生漫長旅途上最殤痛最灰心的時候，給我帶來莫大的撫慰和和鼓舞。且聽這由書樵（金希文）作曲，余光中作詞的〈鄉愁四韻〉。一開始 D 小調的玄律就教人感動得落淚：

> 『給我一瓢長江水啊 長江水／酒一樣的長江水／醉酒的滋味是 鄉愁的滋味~ ~給我一張海棠紅啊 海棠紅／血一樣的海棠紅／沸血的燒痛是 鄉愁的燒痛~ ~給我一片雪花白啊 雪花白／信一樣的雪花白／家信的等待是 鄉愁的等待~ ~給我一朵臘梅香啊 臘梅香／母親一樣的臘梅香／母親的芬芳是 鄉土的芬芳』

來到波城十多年鄉愁與日俱增，那年陪伴年邁的母親回成都探望分別數十年不見的鄉親。路過長江，面對生平從未見過的藍藍的江水長又長，好像萬里長城樣的緩緩蠕動，氣勢雄偉扣人心玄，果真像酒般的滋味令人陶醉。心情激動莫名，真能感受到杜甫的『無邊落木瀟瀟下，不盡長江滾滾來…』的意境。竟然流連往返，久久捨不得離去。到非走不可的時後，居然淚流滿襟，真正體會到了什麼是『別淚遙添「錦」水波』的滋味。

想起海棠紅，啊，那不本是像中國的版圖麼？本來是那麼完整那麼美麗。可惜經過多年來的列強鯨吞蠶食和手足骨肉內鬥變得殘缺不全，傷痕累累。如今兩岸隔著海峽仍然沸血般撕裂的燒痛，妻離子散家破人亡的傷慟，真是沸血的燒痛，鄉愁燒痛啊！今年紐英倫的冬天特別冷，創下最低溫和降雪量的最新紀錄。多少個寒風刺骨的凌晨，天還沒亮，白色的雪花自天空中冉飄落。我和幼兒小球球睡眼惺忪地勉強起床，出門刷車鏟雪然後挨家挨戶送報。天雪路滑，寸步難行，果真是『欲渡黃河冰塞川，將登太行雪滿山』。一不小心倆人都摔了一大跤。腰腿摔得好痛，父子不禁相擁成一團，互相安慰。我緊緊的抱著小球，望見他被寒冷的西北風吹得鮮紅的小臉，發紫的嘴唇，頭上帽子破的洞一直沒縫補起來。唉，可憐沒娘的孩子，不知怎的想起那首兒歌：『世上唯有媽媽好／沒有媽媽的兒子最煩惱／…』一時激動莫名情不自禁，滿眶熱淚一滴滴落在雪地上融化堅冰為長江之水，在周身血管內奔騰。外面雖然是零下四十度的冷酷，我身體內卻長江熱浪滾滾，真是泣血的殘紅，沸血的燒痛啊！

就在去年這個時候不是還在一起歡唱麼？不是還手牽著手沿河邊散步嗎？不是還歡歡喜喜地一起參加兒子小球的表演嗎？不是還在孤燈月影下，幫她一頁頁把博士論文掃描進電腦裡再一張張打印出來，正好趕上六月的哈佛大學畢業典禮，合作頗為愉快嗎？……怎麼如今轉眼就…我多麼希望那片片雪花信一樣的雪花白，是小球球媽媽來的家信。家信的等待，家信的等待，只要有一片，只要有一片。即使是隻字片語，就算半句問候，都會給我們父子身心帶來莫大的安慰和溫馨。我擁著小球稚嫩瘦小的身軀，在寒風雪地裡微微顫抖著。望著臨而降紛紛飄亂的雪花，好似書樵筆下跳躍的音符。那信一樣的雪花白，隨著四分音符顫抖音和凜烈的寒風而飄逝。我不禁店起腳來向西方遙遙眺望去，越過整個遼闊的北美洲大陸直抵浩瀚的太平洋彼岸那遙遠的地方。心中吶喊著，給我一朵臘梅香啊臘梅香，小球媽媽一樣的臘梅香，母親的芬芳是鄉土的芬芳,溫暖球球的心房,是小球的希望…才十四歲的幼就要倍嚐失去母愛的艱辛，實在教人不忍…

此時,書樵再度展現非凡的作曲才華,四部人聲暗下來,只聞呻吟聲和鋼琴清脆的主題玄律。好似〈蝴蝶夫人〉裡的『呻吟合唱』，又好像〈聞笛〉裡鋼琴主奏的片段，非常優美非常感人，在至為輕柔的和聲中卻蘊藏著千鈞無比的力量。足以衝破人的心房,產生很大的激盪。眼淚再度絕了堤，奪眶而出，好像一瓢瓢長江水沿著面頰滾滾落下。音樂像春風，淚水如春雨，洗滌我的心靈，撫慰我的創傷，發舒胸中激情，宣洩滿懷惆悵……曲子最後結束得很特別，男高音唱的“給我一瓢 — ”停在半空中，欲言又止，意猶未盡，加深了惆悵情緒的效果，又好像留下了永不止息的想像的空間，在哀愁中帶來了無限的希望……

寒風漸收,飄雪漸停。一片片信一樣的雪花白打在臉上，化成雪水，滴進嘴角，舔在舌尖，涼在心頭。覺得醉醉的，一時也分不清到底是雪水、淚水、還是長江水？我緊抱著小球稚嫩瘦小的身軀，無語問蒼天。也真是個好強的孩子，這麼大的居然本來還堅持要自己一人送報，我怎麼忍心呢？『成長』可真不容易啊，完全應驗了書樵另一首曲所說的：『雖有狂風的打擊…樹根卻往下扎得更牢……「成長」的手不停撫摸著創傷，傷痕蛻變成十字架的光芒……』難道這是成長必經的成熟必付的代價？多少個辛酸血淚日子，我和小球都是靠著不斷地禱告度過的。尤其是『詩篇二十三篇』：『耶和華是我的牧者，我必不至缺乏。他使我躺臥在青草地上，領我在可安歇的水邊……我雖然行過死蔭的幽谷，也不怕遭害，因為你與我同在，你的竿，你的杖都安慰我……』大衛的禱詞的確給了我們莫大的力量，傷痛中不失希望……。母親啊母親，造物主愛的化身，孩子需要妳，家也需要妳。我祈禱，神的竿，神的杖能化成母親撫慰的雙手。下一次再飄雪時，但願那無數片雪花白啊雪花白，會夾帶著一片幼兒母親的家信。只要有一片，只要有一片。即使是隻字片語，就算是半句問候，都能平撫單親沸血的燒痛，都能安慰幼兒思母的哀愁……正是：

哈佛聚首星夜合
劍橋迎春把歌唱
滿瓢醉酒長江水
泣血殘紅秋海棠

片片雪花家信待

朵朵臘梅母芬芳
抹擦幼兒思娘淚
撫慰單親沸血殤

【註】〈詩篇二十三篇〉網頁如下：
https://www.youtube.com/watch?v=aA5Ye_S_zNU
願與所有同好分享、共創充滿音樂的美好人生。

MIT CCCS（劍橋合唱團）在哈佛演唱（前排右二為作者）

世紀迴響，天韻歌聲

——「劍橋合唱團」冬季公演有感

1853 年 3 月 6 日（茶花女）首次在義大利威尼斯歌劇院演出，受到熱烈的歡迎。其中男女主角二重唱及混聲四部大合唱〈飲酒歌〉，更是把觀眾迷得如醉如癡瘋狂極了。維爾弟事先預感到觀眾會隨著旋律一起哼，因此故意把第 21 小節的三拍音符刪掉。果然，當觀眾意亂情迷地哼到這兒時，交響樂嗆然而止，只剩下觀眾哼聲唱獨腳戲，自討沒趣，被維爾弟勝了一記。不過這絲毫沒有減低觀眾對《茶花女》的熱愛，反而令人更加著迷。

今年秋末初冬的一個周日夜晚，麻省理工學院克理司基大禮堂（Kresge Hall），也揚溢著感人優美的歌聲，再度驗證了維爾弟的魅力。那正是施履誠，姜宜君夫婦領唱，波士頓〈劍橋合唱團〉公演的〈茶花女飲酒歌〉，《世紀迴響》音樂會裏的一大高潮。近 40 位團員在兩位音樂學院的高材生姜宜君和施宜良的指揮下，表現傑出，音色優美，和聲整齊，感情表達得體入微舒暢痛快。選曲平衡，古今中外兼顧。中國民謠〈茶山情歌〉和〈在那銀色月光下〉很多鄉土味兒，情蜜意濃。李白的詩句屈文中作曲的〈春思〉和〈白雲歌送劍十六歸山〉感情至深、思夫情、別友情，非常細膩深刻，且古意昂然，帶有京劇的味道。白居易的史詩《長恨歌》選曲〈夜雨聞鈴腸斷聲〉，黃自大師妙筆生花譜出柔腸寸斷感人肺腑的歌聲，電械工程師兼鋼琴手李天相很稱職地表現出鋼琴伴奏部分，像古箏般如行雲流水，把眾人帶回了唐朝的故都長安城巡禮，唐明皇和楊貴妃的禍國殃民荒淫史又再度呈現在世人面前。

劍橋的天空也被激動得〈雨〉如〈淚〉下，在濕冷的紐英倫空氣裏，與克理司基一大〈劍橋合唱團〉冬季公演有感禮堂內激蕩著聽眾的沸騰熱情形成極其鮮明的對比，強烈陪襯出〈夜雨聞鈴斷腸聲〉的氛圍，戲劇性效果意外地佳。

臺灣省閩南歌曲把我們又帶回了從小生長的家鄉寶島。〈補破網〉唱出了廣大漁民昔日的苦難心聲和對未來充滿光明的新希望。〈板橋查某〉俏皮地表現出板橋少女的美麗嬌羞和臺灣同胞初建鐵路喜見火車的歡欣。〈十點十分〉是首非常特別的曲子，旋律高低起浮與閩南語發音一致，歌詞引伸聖經箴言書智慧語 15 章 13 節：〈心中喜樂，面帶笑容；心裏夏愁，靈被損傷。〉唱起來琅琅上口簡捷有力，真有箴言的味道，充滿智慧。〈河邊春夢〉刻劃出失戀人的痛苦、無奈，和負心人的寡情、無義，令人為之心酸動容。〈嘸通嫌臺灣〉勾引起大家愛故土愛家鄉疼愛子孫的情懷。

室內小合唱的 16 世紀之歌充滿對造物主虔誠的崇拜讚美，莊嚴肅穆，敬仰之情自然流露。

加上紐英倫音樂學院男高音施履誠，黃冠瑄大力助陣如虎添翼，整個室內小合唱 4 部將師用命，鳴唱無伴奏的高難度聖歌，可圈可點。配合背景巴黎聖母院的幻燈片，很有 16 世紀之古味兒，彷佛又把人帶進了聖潔的古典教堂。

歌劇選曲是一大膽新的嚐試。尤其是義大利歌劇集大成維爾弟的兩首合唱曲〈鐵砧合唱〉和〈茶花女飲酒歌〉，其中有許多高難度技巧的三拍快節奏片段，加上義大利文發音不易。指揮姜宜君特別教導大家要加強練習，團員也很努力地練了又練，只是舌頭老是會打結。想要準確地把義大利文發音清楚又要把感情表達得得體著實不易。好在一份耕耘一份收穫，經過半年的不懈努力，臺上的表現終於超出了預先的想像。吉爾伯和沙利文的〈春天花開之歌〉選自歌劇《天皇》，是十足的喜鬧劇。〈鐵砧合唱〉輕快有力，真像一群打鐵漢的寫照。優雅動人心魄的〈茶花女飲酒歌〉應該是歌劇選曲這個單元的最高潮。當男高音唱到一半忽然親吻女主角的玉手時，台下起了一陣騷動，聽眾個個樂得笑了起來。這正是此曲精彩之處。原來男女主角在此酒會中認識一見鍾情，與大眾高唱〈飲酒歌〉盡情享樂。不料茶花女艾娥列塔肺病發作忽感不適，獨自退到隔壁休息。此時全場數百男女佳賓皆無動於衷視若無睹，繼續尋歡作樂，開懷暢飲，談笑風聲。唯有男主角阿佛列獨具惻隱之心，離群驅向茶花女表示關懷憐香惜玉愛護有加。茶花女大為驚訝，深受感動。心想：〈我這微不足道為世人不齒的弱小風塵女子，居然還有人如此真心關愛我？〉由此萌生愛苗，也為日後因誤會造成的人間大悲劇埋下伏筆。經過小仲馬的小說名作和維爾弟的歌劇音符，一百四十多年來不知賺得多少世人的熱淚。指揮選這首曲子真有眼光和膽識，那優揚悅耳的歌聲再度把我帶回到巴黎郊區蒙瑪特公園茶花女的墳墓邊。思古幽情心檡神怡。此次音樂會男女主角演唱〈飲酒歌〉若能在臺上各用高腳酒懷一雙，以增加戲劇效果就更理想了。

兩首通俗的現代音樂劇組曲〈真善美〉和〈歌劇魅影〉，聽得出大夥兒因節目份量重，站太久有點兒累了。不過兩首音樂劇組曲綜合了各種主題優美迷人的旋律，甚為討喜。尤其是〈真善美〉領唱的女高音黃冠（王宣），音質優雅感情純厚。通常獨唱聲沒有歌詞只有〈UH...〉的哼吟聲，很難在廣大的合唱團裏引人注意。但黃同學亮麗的歌聲，柔美中蘊涵強韌的感人力量，如黃鶯出穀，前程似錦，令人難忘，特此祝福她。

節目最後，康來爾律師出身的本團公關馬芮茵宣佈本次演唱會特別獻給臺灣九二一地震災胞。全體團員並再度高歌《嘸通嫌臺灣》，氣氛肅穆。當唱到：《咱若愛祖先，請你無通嫌臺灣...》，我一時不禁感慨萬千激動得落下淚來。放眼望去，可愛的家園美麗的寶島臺灣如今充斥黑金黑道暴力邪術橫行。少數人數典忘祖認賊作父，北方島寇侵華血腥罪行尚未洗淨，甚致否認〈南京大屠殺〉的史實，如此劊子手竟然被邀請到寶島臺灣來當貴賓，秘謀妄圖把咱祖先之故土分裂成七塊，以吃裏扒外，聯外夾擊之。欲把咱臺灣同胞帶進天災人禍萬劫不復的悲境，棄絕兩千多萬人民的生命福祉於不顧。可憐我臺胞的命運掌握在少數良心被權利私欲矇弊的人手裏。一再罔顧民意獨斷獨行打壓異已倒行逆施，修憲、廢省；毀憲、亡國，意圖專權非法延任，步袁世凱後塵，蹈馬可士覆轍。在中國好不容易萌芽起步的民主發展史上，留下了極糟的榜樣，釀成了很壞的影響。吃苦受罪的還不是咱老百姓人民嗎？這些披著羊皮的狼對得起咱們臺灣同胞的祖先和子子孫孫嗎？當他們聽到〈嘸通嫌臺灣〉這首歌時，不知會作何感想？能安心睡得著覺嗎？抑或會良心發現而慚愧的無地自容乎？無論如何，祈求老天保佑，幸而這些人再專權妄為也只有幾個月的時光可以橫行霸道了。好家在，好家在。

〈劍橋合唱團〉世紀之音暫告一段落，幕已低垂，聽眾的熱情卻仍然高昂，餘音在蕩漾，在巨型貝殼禮堂內繞樑。在音樂會結束後招待會裏，幾位懂中國話的老外興奮地說道：「你們中國人真了不起，英語、義大利語的歌曲唱得這麼好，令人佩服。我真不知道有幾個美國人的合唱團能把中國歌唱得如此到地？」文化之偉大在包容，開闊的胸襟，而不是狹窄的地域意識。〈劍橋合唱團〉這些可愛的大孩子們，雖然大部份來自臺灣，卻完全不受限於局促一隅的狹窄島民意識。大概是受中華文化的薰陶，能個個以開闊的胸襟，豁達的博愛世界宏觀，唱出心中的情懷。宣揚美好的中華文化，也揉合了西洋文明的精髓。贏得了世人的尊敬，值得欣慰，以作中國人為傲為榮。我默默祈求上天祝福這個團體，願神保佑中華這個大家庭。當〈劍橋合唱團〉〈世紀迴響〉的天韻歌聲，不斷繚繞蕩漾在紐英倫查爾士河兩岸遼闊的草坪林地上時，人們仔細聆聽或許能聽出，在優揚悅耳的樂聲中，隱約迴響著那句兩百年前拿破倫的著名預言：〈二十一世紀是中國人的世紀！〉

直掛雲帆濟滄海

波城暴風雪寸步難行

從我居住的勒星頓城到執教的東北大學之間，是一連串擁擠繁的道路。每天清晨，我驅車沿著二號公路向東行須繞過兩個圓環。上下班尖峰時間往往擠得水泄不通，寸步難行。好不容易熬到劍橋，再沿著塞滿車輛的麻洲大街（Massachusetts Ave.）經過每週練唱的麻省理工學院，跨越查理士河，進入波士頓市內，再慢慢前行，就到了紐英倫音樂學院和美術博物館之間的東北大學了。下班後循原路回家再受一次塞車的罪，十年如一日。

今年冬季幾場罕見的暴風雪，使得原本就紊亂難行的波城交通更是雪上加霜。每次下雪，天灰地滑，能見度降低，開起車來非常危險，原本寬敞的四條大道突變成“單行”道，路兩邊都是鏟雪車的傑作 — 一大堆堆積如山的雪丘。路上到處是拋錨的車輛，駕起車來，整條街道變成了一長條廣大的停車場。我小心翼翼地握著方向盤，雨刷嘩嘩的擦著窗子，車速好比蝸牛，心中苦不堪言。望著車窗外飄雪和路上行人車輛舉步維艱的慢動作困境，不自覺地想起李白的詩句：「欲渡黃河冰塞川，將登太行雪暗天。」用來譬喻這裏冬雪的交通真是再貼切不過了。

車上聽名曲百感交集

多巧，今春劍橋合唱團公演的曲子也包括了這首李白作詩、屈文中作曲的〈行路難〉、為了加強練習，我每天在車中都放錄音帶。李白的詩原本就華麗，變成了跳躍的音符更是美不勝收。尤其屈文中在〈欲渡〉與〈黃河〉間和〈將登〉與〈太行〉間各頓半拍，雖是小小兩筆，卻把〈行路難〉的味道生動勾劃了出來。每每驅車在飄雪的路上，邊行邊聽，越聽越喜愛，彷彿身曆其境，於我心有戚戚焉。

能正確瞭解李白的詩，再借著音樂表達，還不太容易，這還有過一段小小的崎嶇道路。那天小屏兒在車上聽到男高音領唱：「金樽美酒斗十『斤』」詫異問道：「咦，不是應該是斗十『千』嗎？」我翻了幾個版本的譜子，上面印的都是「斤」。但再一推敲李白詩集裏的原文：

金樽美酒斗十千，玉盤珍饈值萬錢
停杯投筯不能食，拔劍四顧心茫然
欲渡黃河冰塞川，將登太行雪暗天
閒來垂釣碧溪上，忽複乘舟夢日邊

其中「千」、「錢」、「然」、「川」、「天」、「邊」全是的押韻。不知為何譜上會印成「斤」，意思不通，韻味也不對，大家卻將錯就錯以訛傳訛至今。這麼多年來不知多少人唱過、聽過、卻不見有人指出、更正。可惜作曲者屈文中已英年早逝，無法親向其討教。我與指揮、伴奏、聲樂指導商量後，大家委婉告訴剛從臺灣來紐英倫音樂學院深造的男中音陳威光君。陳君覺得甚有理，惟謂多年習慣已養成，一時要改口還不太容易，但願盡力一試。然而每次預演時，我們都聽到「斗十斤」，大家也不好再說什麼，我心中暗自捏一把冷汗。

上臺展歌喉茅塞頓開

萬萬想不到表演當天，在哈佛大學培恩音樂廳（Paine Hall）舞臺上，陳君茅塞頓開神來之筆，登高一呼領唱道：「金樽美酒斗十千……」一開始就把李白的詩韻意味唱了出來。當時指揮面對全團人員，睜大眼睛面露驚喜之色，令人難忘。我立即想起前一周到洛杉磯遇到前臺大合唱團團長小田，得知當地數合唱團公演〈行路難〉，難告之譜中有誤，但大家還是按照錯的唱，一時改不過來哩！難啊！真難啊，難的豈只是行路，連要改正既有的習慣，即使只有一個字，也非易事哩！

然而對原詩欲有透徹的瞭解，情感的發抒才能道地、動人。唱者帶勁、聞者過癮，正如那天音樂會。且聽：

行路難啊！行路難多歧途今安在

我好像又回到學生時代畢業唱驪歌的情景：「世路多歧，

人海遼闊，揚帆待發清曉」。這樣依依不捨的離愁也反應在屈文中作曲的李白另一些詩中。如〈白雲歌送劍十六歸山〉裏的：〈白雲處處長隨君〉〈白雲堪臥君早歸〉和〈送友人〉裏的〈此地一為別，孤篷萬里征〉〈揮手自茲去，蕭蕭斑馬鳴〉。不都意味著對友人離別將遠行艱難道路的祝福嗎？於是，〈行路難〉最後一段在鋼琴美妙的伴奏及四部和聲中，如風起雲湧浪淘滾滾向前挺進，誠摯的祝福化成強有力的鼓舞：

長風破浪會有時，直掛雲帆濟滄海！

以這首曲子壓軸，真是傑作。聽眾熱列的掌聲是最好的鼓勵。大夥兒連續幾周冒雪在麻省理工學院加班苦練的辛勞並沒有白費。然而，表演後，在與歡欣仍帶有那麼一絲惆悵。因為幾位團友即將別離遠去他方。

陳怡彬即將赴南加州繼續深造。她的指揮使一向最怕背譜的人不需要看譜。五線譜就在她十隻手指和肢體語言裏。

伴奏劍又華即將從紐英倫音樂學院畢業。她美妙的鋼琴是無形的融爐，把本來不太和諧的四部聲音奇妙地揉合在一起。

我在臺大合唱團的學弟甄光明、王茜芸夫妻，夫唱婦隨即將遷居費城高就新職。他朗誦的《長恨歌》和她主持的〈趙元任百周年演唱會〉令人難忘。

挑戰崎嶇路勇往直前

還有劍橋合唱團之友，一向平易近人熱愛音樂，與作曲家屈文中有同名之雅的張處長即將榮調華府。他在東北大學同學會裏應邀引吭高歌一曲的丰采仍餘音繞梁令人回味……

我從小就好喜愛的一首義大利民謠〈索蘭多〉：「……可懷念的知心朋友，將離別我遠去他鄉，你的身影往事歷歷，時刻浮在我心上……」。謹藉李白的詩〈行路難〉最後兩句，祝福諸位即將遠離的朋友。在這飄搖不定的亂世，無論是為學業、事業、家庭或為國是操勞，面對未來新的挑戰，相信〈長風破浪會有時〉。在人生崎嶇漫長的道路上，預祝你們〈直掛雲帆濟滄海〉，勇往直前，更上一層樓！

MIT CCCS 在演唱（前排左三為作者，前排左一為合唱團大家長 蘇媽媽）

音樂與健康

— 音樂人生

『常聽音樂有助於強身健腦、提高智商、治癒病痛，甚至可以防癌制癌，使人長壽。』

一般人都只以為音樂可以修身養心、調冶性情，是很好的娛樂嗜好。其實近幾年來，醫學界更進一步發現，常聽音樂有助於強身健腦、提高智商、治癒病痛，甚至可以防癌制癌，使人長壽。

我相信從人類有音樂開始，這種對人生健康的效力就一直存在著，只不過較缺乏有系統、完整、詳盡的研究和記載而已。

早自周公制禮作樂以來，直到東漢的恆譚在其著作〈新論〉裡曾記載道：漢文帝有位樂工叫竇公，活到一百八十歲還很健壯。文帝向他求教有何長壽之道？竇公說：『我從小雙目失明，父母很傷心，教我彈琴。以後就以此為生，也許喜好音樂所以使我長壽。』

的確，音樂使人長壽，已漸為醫學界所證實。據歐洲音樂特別發達的地區如德國、意大利等國的調查，常聽音樂的人比不聽音樂的人長壽五至十歲。近來美國〈醫學雜誌〉發表了唐納德．亞特勒斯的研究結果，統計了三十五位已故著名交響樂指揮的年齡，他們的平均壽命為七十三．四歲，而當時美國男人的平均年齡才只有六十八·五歲，相差近五歲。由此可見，一個人終生喜愛音樂，並經常生活在一個充滿音樂的環境裡，可能是長壽的妙方。

德國的心理學家研究也發現，有許多臨床數據可以証明，經常受到音樂熏陶，對增強神經系統，調節大腦皮質有益。可促使人體分泌有益健康的生化物質，加速腸胃蠕動，增強消化機能，還能讓血壓和心律維持正常。不同的樂曲旋律，可以使人產生興奮、鎮痛、鎮靜、安定、降壓等不同作用。因為人體是由許多有規律的振動系統構成的。人的腦電波運動、心臟搏動、肺的舒縮、腸胃蠕動以及自律神經活動，都有一定的節奏。當外界一定頻率的音樂節奏與人體內部各器官的振動節奏相一致時，就能使身體有關部位引起共振現象，產生心理上的快感。優美動聽明朗輕快的音樂，可以提高大腦神經細胞的興奮性，通過神經及神經體液的調節，使人體分泌一些有益健康的激素，鋂和乙銑膽鹼等物資。它們對調節血流量，改善血液循環，增強胃腸蠕動，促進唾液等消化液的分泌，和加強新陳代謝等都有重要的作用。現代生活日趨緊張，而緊張會使機體處於應激狀態，久而久之易導致身心疾病。因此，如能善於選擇和欣賞音樂，不僅能治療疾病，且能有效地緩解軀體的應激狀態，提高適應環境的能力，預防一些疾病的發生。有時更能鬆弛大腦皮質，協調內臟與軀體，增進健康，使人延年益壽。但有些怪誕的音調、刺耳的和聲、瘋狂的節奏則對人的神經系統產生強烈的刺激作用，甚至破壞心臟和血管正常運動規律和節奏，就反而有害於人的健康。

其實，音樂用於治療疾病，我國早就有過記載。如金代名醫張從正就說過：『好樂者，與之笙笛……忽笛鼓應之，以治人之憂而心痛者。』清代名醫吳尚先也說：『看花解悶，聽曲消愁，有勝於服藥者矣！』近來美國加州大學和布朗大學的學者更進一步發現，常聽音樂可以提高智商，尤其以音樂神童有樂仙美譽的莫扎特的奏鳴曲和鋼琴協奏曲，以及音樂之父巴哈極富數學性、邏輯性的交響樂為最。譬如愛因斯坦就最喜歡巴哈的小提琴，認為巴哈的音樂最能激盪腦筋、激發創造力。我個人則偏愛樂聖貝多芬的作品，尤其是他的D 調小提琴協奏曲、第三《英雄》、第五《命運》、第六《田園》，和第九《合唱》交響樂。在歷經患難和坎坷的人生旅途上，它經常陪伴著我。時而像慈母般撫慰我心靈的創傷，時而像嚴父般指點我生命的方向。有股強大的力量不斷支持激勵我努力奮發為善上進。我也發現，其實在悲傷憂鬱時，若能聆聽同性質的音樂，反而有助於平復心情。譬如韋爾弟的歌劇《茶花女》、普契尼的《蝴蝶夫人》、《波希米亞人》、柴可夫斯基的《悲愴交響樂》、黃友棣的《當晚霞滿天》，和陳剛、何占豪的《梁祝小提琴協奏曲》等。這些大師的傑作極富悲劇性的優美旋律和感人的力量，往往能激發人熱淚滿眶，好像久旱逢甘霖、他鄉遇故知，知音相擁、抱頭痛哭一場。使心頭的悲傷、冤氣獲得充分的發抒和宣洩。彷彿春風化雨洗滌過後的心靈，得到莫大的平靜和撫慰。宗教音樂更具這樣的感人力量。我尤其喜歡韓德爾的神劇《彌賽亞》，每年復活節和聖誕節全世界各地無數次的公演，更不知感動啟迪了多少億萬人的心靈。還有以色列王大衛的禱詞《詩篇二十三篇》，被編成極富濃厚中國風格的合唱曲，也是我的最愛。它經常陪伴著我，護祐我『雖然行過死陰的幽谷，也不怕遭害，因為你與我同在，你的竿、你的杖都安慰我』。在我所參加的美國麻省〈劍橋合唱團〉，就曾在哈佛大學公演過這首曲子，不知感動了多少人。拙著《哈佛冥想曲》散文集，就是以〈劍橋合唱團〉為經，〈詩篇二十三篇〉為緯，嘔心泣血發抒寫成的心路歷程。佼倖榮穫年前『臺灣省佳作出版獎』，能與海內外廣大讀者分享心得，見證充滿音樂的人生，甚感榮幸也。

好友常大夫曾來哈佛大學醫學院研究一段時間。常君也酷愛音樂，中外名曲如：《黃河頌》、《長江之歌》、蕭邦鋼琴曲等都百唱百哼不厭。回到東京女子醫大後，最近來信謂其小兒心臟科，已開始在為病人動心臟手術時，播放古典樂來幫助病人鬆弛神經、減輕病痛、加速復原。病人雖然大多不懂古典樂，但卻非常喜歡，效果奇佳，尤其是布拉姆斯、蕭邦，和柴可夫斯基的音樂，將來還要再試貝多芬、莫扎特和舒伯特的音樂，效果一定會更好。我聽了心中感到莫大的欣喜和鼓舞。在此特別藉著本文預祝這位曾得〈總統獎〉，和熱心翻譯《中國藥膳大辭典》（中翻日）的常大夫繼續努力，百尺竿頭更上一層樓。發揮仁心仁術，救世濟人，為醫學界爭榮，為中國人爭光，也為『音樂治療』和『充滿音樂的人生』繼續作美好的見證。

餘音繞樑上飄空

涼秋，當德國前總理柯爾、美國前總統布希，蘇聯前總統戈巴契夫、這三位協力促成柏林圍牆崩塌的德美俄三巨頭受柏林市長之邀，再度歡聚於柏林市中心著名的精神堡壘「布蘭登堡」共慶團圍牆崩塌十周年紀念之際，貝多芬「第九合唱交響樂〈歡樂頌〉」高歌雷動，數百萬德國民眾的歡呼聲響徹雲霄，至為感人。真巧，幾乎就在同時，大西洋這邊的麻州萊克辛頓城的「波士頓郊區華人聖經教會」也揚溢著〈歡樂頌〉美麗動人的歌聲。喔，原來這正是大波士頓文化協會合唱團和國樂團聯合「千禧音樂會」一場令人難忘的文化饗宴。

那夜，天空中閃爍著無數耀眼的星光，位於 2 號和 128 高速公路交叉口的「華人聖經教會」一時冠蓋雲集人影晃動，好不熱鬧，把副堂擠得水洩不通，近三百個位子幾乎滿座。「千禧音樂會」的四個主題：「地方回味」、「地方索趣」、「世界名歌」和「千禧的遠瞻」陸續登場。指揮陳綺麗與客座伴奏林紓婷默契良好，二十幾位團員人雖不多，音量整齊和聲效果亦佳。尤其是「西鳳的話」、「長城謠」和「回憶」平易近人甚為討喜。「大海啊故鄉」用了海濤聲錄音作背景，很新穎別致，若能直接從歌聲音樂中體會出海浪聲和對母親故鄉的懷念，那就更好了，閩南歌「天黑黑」、青海名謠「草原情歌」、新疆名謠「在那銀色月光下」都充滿了濃厚的地方風味兒，親切迷人。聽到這兒，喉嚨不發癢不想跟著吊吊嗓子者幾稀？果然，指揮善體「民意」，及時轉過身來，指揮台下聽眾，接著兩首黃自好可愛的小品「踏雪尋梅」和「花非花」兩百多位聽眾一起引頸高歌，臺上臺下「打」成一遍，君子動口不動手，大家唱得不也樂乎。

「世界名歌」選得也很道地，〈噢！蘇珊娜〉、〈菩提樹〉、〈百靈鳥〉、〈狼人合唱〉把美國名謠味兒和舒伯特、孟德爾松、韋伯等幾位大師的風格都簡單扼要地表現了出來。而我最喜歡的〈歡樂頌〉雖然只是唱了主題旋律的四段歌詞，但味道很足。且不斷變奏重複演唱，主題旋律一再出現，讚美神的大能和造萬物的奧妙如天使之音，真是「此曲只應天上有，人間難得幾回聞！」把我再度帶回了波昂、維也納、來比錫、柏林，為追隨偉人的心靈，踏遍了樂聖的足跡。畢竟這是貝多芬最偉大的作品，是他全聾後所譜的曲，永被世人尊稱為「藝術精華之精華，金字塔中金字塔；比一切智慧哲理，有更高深的啟發！」而我們中國人特別喜愛它也絕非偶然。〈歡樂頌〉中所用德國大詩人席勒的詩句：「四海之內皆兄弟也」不正是咱們至聖先師孔夫子宣揚的至理名言嗎？其中闡述渴望從撕裂分離的痛苦中，重新癒合統一在自由民主富強康樂的幸福歡樂裏。八千萬德國人民已經獲得十年，那不也正是咱們海峽兩岸十三億中國同胞正在努力不懈渴望在不久的將來也能歡享的目標嗎？難怪有關貝多芬的文章會在拙作《哈佛冥想曲》一書裏佔有近七十頁將近四分之一的份量。如果〈歡樂頌〉能列在第四個單元「千禧的遠瞻」就更恰當更有意義了，不過「茶山情歌」、「山海戀」表現得很有感情，尤其黃友棣大師的「當晚霞滿天」本是非常動人賺人眼淚的傑作，是合唱音樂會的熱門選曲，往往在練習時就已經會把人感動得熱淚滿眶。可惜在被別人改編後，男高音由上而下和女高音由下而上的交叉和音效果顯得弱了些，其振撼感人之力相對減低。一開頭的「當晚霞滿天…」和最後終曲的大高潮「我愛…我愛…」，若能按照原曲發揮得更盡情更柔美就更理想了。

國樂部份也很精彩，趙志民的「二泉映月」二胡演奏使人仿佛感到月光在泉水中閃耀，其高胡「鳥投林」模仿鳥叫聲維妙維俏。「梁祝小提琴協奏曲」柔腸寸斷扣人心弦，可惜只演出極少片段，又無交響樂協奏，其中十八相送、樓臺會、拒婚、哭墳，墳開、雙蝶飛舞如影隨行的感人場面，都無法深刻表現出來。潘臺春的「排笛獨奏」將三隻不同調子的笛子綁起來，表現出浙江故鄉山青水秀的美麗景色，以及船家兒女的快樂幸福生活。如行雲流水起伏變化多端，效果極佳。潘君是波士頓東北大學電腦學院畢業的高才生，曾經選過我好幾門課。如今長久服務於電腦公司，能有此業餘愛好，吹笛高手，令人羨慕。林依蓮的揚琴和秦君的古箏音色優美，把人帶入古色古香的幻境。唯李白之原詩為「春思」：「燕草如碧絲，秦桑低綠枝；當君懷歸日，是妾斷腸時；春風不相識，何事入羅幃？」不知為何節目單上印成「秦桑曲」，最後兩句漏掉，最前一句也與李白原詩略有不同。

總的來說，這是一次多姿多彩成功的音樂會。指揮、伴奏、團員與國樂團的默契良好，「茶山情歌」混聲四部大合唱，加上鋼琴及國樂團伴奏，是很好的嘗試。看得出下過苦功勤練有成。陳綺麗有一美滿之音樂家庭，曾從師名家指點受教聲樂及指揮過教會兒童詩班。其夫婿盧宗孟也是醫生兼鋼琴手，其妹盧麗安也是鋼琴家，曾創辦的亞特蘭大華人教會詩班。這樣的一個受神所祝福的音樂大家庭，真令人羨慕。文化協會合唱團和國樂團的表現值得鼓勵，其成就是千千萬萬條文化河流裏的一支。謹此祝福他們。但願他們能繼續努力，以期與其他無數河流彙聚成一條巨大的文化洪流，堂堂向二十一世紀的新紀元挺進，早日達成「千禧的遠瞻」目標。

MIT CCCS 在蘇媽媽家聚會：後排右二為作者、右三為作者母親、右四為主人蘇媽媽

我聽「梁祝」心有「戚戚」

遠渡重洋　宣慰僑胞

整體成功　瑕不掩瑜

今年秋天，在波士頓大學蔡氏中心，我聆聽了「梁山伯與祝英臺」小提琴協奏曲。這是由國內音樂家組成的「知音小集」首次遠渡重洋到美國來宣慰僑胞的表演中的重頭戲。整個音樂會總的來說算是成功的，觀眾反響激烈，值得祝賀。不過也有可改進之處。為了策勵將來，精益求精，身為一個愛樂者，我就冒昧的，以愛之深的心情，略述幾句逆耳之淺見。其目的，只是希望以後能更上一層樓，表演得更好。

首先，這次音樂會演出的全是藝術歌曲。並不是一般的綜藝節目或同樂會。因此，有沒有必要安排主持人值得斟酌。何況主持人同時還要表演好幾首歌，已夠辛勞，何忍再加上額外的負擔？還不如把這些割裂的時間整合起來，好讓其他的節目能以完整的形式演出。我這樣說，特別是對「梁祝協奏曲」，有感而發的。

鋼琴取代交響樂意外失望難言宣

在音樂會前，早聞會有「梁祝」的節目，心中渴望心儀好久。那知到了現場，才知道交響樂曲由鋼琴取代，一時頗為意外和失望。因為這首由何占毫和陳鋼所作（不知何故，節目單完全未提作曲者為誰），以四世紀中葉浙江民間故事為背景，以越劇唱腔作為素材的「梁祝」是小提琴「協奏曲」，不是小提琴「獨奏曲」。其中交響樂的份量不但很重，而且更是整個樂章不可分割的一部份，每一件樂器，每一個音符，每一段旋律，都有其作用和意義，絕不只是「伴奏」的角色而已。焉能輕易取代更改之？這一取代，雖然當晚鋼琴和小提琴都表演得很好，但整個味道失去泰半，好像變成另一作品，實在可惜。

該曲本是以單樂章奏鳴曲形式寫成，共分三部份：呈示部（相愛）、開展部（抗婚）、及再現部（化蝶）。但由於改寫的關係，很多地方的感情無法很完整細膩、中心實的表達出來。譬如英臺抗婚的主題（小提琴）與父親絕對權威產生的矩大壓力（交響樂），形成強烈的對比。其間一來一往的抗爭，陪襯出英臺對愛情之堅持和對誓約之執著。而小提琴與大提琴交錯出現，那纏綿、哀怨，如泣如訴柔腸寸斷的相思曲調，改寫後的味道喪失大半，給與人的感受也不如原作深刻。

愛心孝心內心戲著墨不多誠可惜

還有馬家抬花轎迎親敲鑼打鼓的熱鬧場面（快板打擊樂器），英臺在花轎中思念剛去世的情人山伯，心中無限哀慟，卻強忍淚水，外著婚服（以代表孝道從父令），卻內著白色哀服（代表對山伯的愛和哀思）。這種愛心與孝心的衝突和矛盾，產生在英臺內心所作痛苦劇烈的掙扎，本是非常精彩的一幕，卻無法痛快淋離徹底表現出來，實在可惜。

化蝶全劇高潮所在硬被刪減面目全非

更遺憾的是，該曲不僅因環境限制由鋼琴取代了交響樂團，更因時間限制而刪減了許多不宜刪減的部份。譬如再現部的「化蝶」，被刪減得面目全非，慘不忍「聽」。這段本是全劇最富戲劇性、最精彩最美的部份。不僅僅是表面上只占三分之一的份量而已，而是全曲之精華及最高潮之所在。因為梁祝二人不為權勢所逼財富所誘，至死不渝的忠貞愛情已感動了天。就在英臺哭倒在山伯墳前之際，頓時天昏地暗、狂風卷起。上天不僅使墳為之裂開，英臺立即毫不猶疑地一躍而入。而且少頃，更把梁祝二人化作兩只蝴蝶成雙成對在空中翩翩飛舞，形影不離。周圍青山綠水歌頌祝福著他們。小提琴和絃樂器的斷音交促成一幅美麗生動的書面。仔細一聽，彷彿還有蜻蜓點水於淙淙的溪流邊。兩只蝴蝶的儷影在碧綠的湖中快樂的悠遊，浸浴在無邊的幸福之中，好像一對鴛鴦，真教人羨慕。請聽：

5-6i767564-5323-565321-236i6532-35-3232765615-6i5
-6i5-6i653-2-35-3235i65321--

這段蝴蝶的旋律與前面一再出現的「愛情」主題相互輝映，可能是全曲最動人的地方。如詩如畫，藉著豎琴之音的引導下，把人帶入一個飄渺仙境。彷彿梁祝二人心連著心，翩然展翼向彩芸間飛去。由近而遠，逐漸消逝在地平線上，與大自然渾然融為一體。

藝術不外求真善美殘缺表現適得其反

多美的一段音樂，振動著聽者的心弦，使人回味無窮。可惜卻被刪掉了。好像死亡就是終結，梁祝殉情後故事就此結束，沒有化蝶，這與原曲的意思大相逕庭，完全走了樣。實在非常可惜。這好比辛辛苦苦畫了龍卻不點睛，使人感情聯貫不起來。好像一顆心懸在半空中不知向何處著陸，滿腔熱情不知應該如何發抒。那股難過勁兒真是無以名之。其實這一段才只有幾分鐘而已。整個單樂章的「梁祝」協奏曲也不過才二十幾分鐘，已經比一般多樂章的協奏曲短了很多。即使三樂章的協奏曲，在稍微正式的音樂會裏也都是以完整的形式演出。若時間不夠，何不把別的節目刪掉一個或主持人致辭簡短些。否則，寧可不演〈梁祝〉也不要給人一種殘缺的印象，以為中國最好的小提琴協奏曲也不過爾爾，實在冤枉。更何況，藝術本來就是要求「真」、求「善」、求「美」，怎麼可以任意刪改呢？

長久以來，世人很多隻知茱莉葉、茶花女、卡門和蝴蝶夫人，卻很少人知道「梁祝」。這麼美好的音樂不靠中國人自己發揚靠誰呢？「知音小集」的目標是很有意義的，他們的努力是很值得鼓勵的。只是希望以後能以完整的形式來詮釋。否則，效果可能適得其反。原與所有愛樂者共勉之。

忘情之淚

年初，麻州北部的「安多福」（Andover）鎮，這週末正籠罩在寒氣瀰漫的冬雨中。但位於市中心的安多福圖書館二樓大禮堂，此刻卻洋溢著沸騰的「樂音熱」。原本只能容納一百多人的位置，卻擠了兩百多人，除了當地居民，更有遠從四面八方而來的中美佳賓，冠蓋雲集，共襄盛舉，一起來聆賞中國聲樂家女高音鄧桂萍女士的獨唱音樂會。

那真是一場極其精采豐盛的音樂餐宴。曲目中西合璧，把音樂和文學融合在一起，包括了由中國古典詩詞改編的具有濃厚中國風味的名歌，宋白石山的《杏花天影》《魚翁》典雅賓儒、清新動人，把人們帶回了大自然的懷抱。杜牧的三首絕句《山行》、《南陵道中》、《寄揚州翰卓判官》由羅忠鎔編曲，如行雲流水，唱起來舒暢自然。尤其是膾炙人口的二十四橋之迷。Kuaizhirenkou

「青山隱隱水迢迢，秋盡江南草未凋。二十四橋明月夜，玉人何處教吹簫？」

不僅描繪了揚州美麗動人的江南風貌，更使人想起這位唐朝有名的「算博士」其他幾首「數字妙詩」。如《江南春絕句》：「千里鶯啼綠映紅，水村山郭酒旗風。南朝四百八十寺，多少樓臺煙雨中！」還有《題齊安城樓》：「嗚咽江樓角一聲，微陽瀲瀲落寒汀。不用馮闌苦回首，故鄉七十五長亭！」勾引起人思鄉之愁，也對中國自古即喜歡用「三」數字的倍數，有一層更深的印象。

鄧桂萍也選了幾首比較現代的中國藝術歌曲和民謠，如曹雪芹的〈紅豆詞〉、黃自的〈踏雪尋梅〉、趙元任的〈教我如何不想他〉、新疆民謠〈曲蔓蒂〉、四川民謠〈瑰花幾時開》有濃厚的四川鄉土味兒，硬是要得。更難得可貴的是，雖然鄧桂萍是中國大陸土生長大，但她高歌一曲的這首臺灣民謠〈阿里山的姑娘〉很是道地，寶島味十足。不僅表現了臺灣山地湖光山色的美景，更唱出了原住民載歌載舞歡樂的氣氛。歌聲充滿感情，音色美得如阿里山的姑娘，音感厚重如阿里山的少年。

但最令人驚喜的是，在唱完了節目單上的曲目後，熱情的聽眾一再歡呼鼓掌要求再來一個。鄧桂萍盛情難卻，與伴奏吳龍商量一下，即引吭高歌一曲 Puccini 歌劇的傑作。由於她沒有宣佈歌名，也不是從一般人所熟悉的歌詞“Un Bel di Vedremo”開始，而是從蝴蝶夫人和她的忠誠婢女鈴木的一段對白唱起。所以很多人一開始不知道她在唱什麼。我身旁幾位美國老太太低身問我此何曲也。我遞了一張小條子過去，上面寫道“美好的一日”。剎那間，隨著鄧桂萍那悠揚悅耳的歌聲，和《蝴蝶夫人》那感情極為濃厚的曲調，把很多往事統統都勾引上心頭。其實從蝴蝶夫人和鈴木的對白唱起是極為精彩和有意思的。這段被一般演唱會所忽略的“引子”，技巧地刻劃出鈴木對女主人的忠心耿耿和憂心忡忡。繼而導引出蝴蝶樣對丈夫的深情忠貞和熱切盼夫歸的「癡心」

與「憨厚」，與負情郎平克頓甜言蜜語巧騙蝴蝶，棄妻別戀的「寡情」和「狠心」形成強烈的對比，產生極其感人的張力。並為後來悲劇收場，蝴蝶夫人切腹前的另一段扣人心弦的詠歎調「別矣，可愛的寶寶」埋下伏筆，一前一後遙相呼應。令人柔腸寸斷，聞者莫不沾巾。

從小學時，學聲樂的家姐川培無意中引領我聆聽詠歎調起，多少年來，從臺灣、喬治亞洲、俄立岡州，到麻州，不知聆聽了多少遍〈蝴蝶夫人〉，現場歌劇表演也不知觀賞了多少次。每次感覺與日俱深，對可憐的蝴蝶夫人不幸的遭遇至表悲哀，好像人飢己飢、人溺己溺，有切身之痛。往往情不自禁，會感動得淚流滿面。可見音樂感人力量之深。但是，直到最近，萬萬想不到會發生在自已身上，晴天霹靂，痛不欲生，才對人生有了更深一層的體會。失親喪偶固然悲痛，但是再加上被欺蒙被背叛的感覺，那就更是刻骨銘心痛上加痛了，要不是蒼天特別憐憫和恩典一點就會對人生徹底灰心絕望，幸好沒有從此一蹶不振，至親好友來安慰時，我不勝感慨地說：「現在我才真正體認到蝴蝶夫人傷痛的感覺！」

在回家的路上，腦海中還一直盤旋著〈蝴蝶夫人〉感人的歌聲。紐英倫的雨很大，車窗雨刷不停「刷！」呀「刷！」的。我掏出手絹擦擦眼睛，車窗外一片模糊，一時也分不清究竟是因為雨水還是淚水。

「茉莉花」與「杜蘭朵」

— 兼談舉辦「杜蘭朵公主」演唱大賽的必要

一項建議

最近從報章上得知國內各種音樂活動頻繁，無論是作品發表會、音樂演奏或演唱會都有相當的水準，一般民眾的音樂素養和興趣日益提高。而且出國訪問的各種音樂團體都有相當傑出的表現，贏得了國際間極高的讚譽。這是個非常令人鼓舞的現象。多少年來國人的努力並沒有白費，我們正由“音樂沙漠”的窘境邁向泱泱文化音樂大國的境界。這期間，各種建設性的意見如李抱忱教授倡議創建音樂學院及林二教授對於各音樂會愛之深責之切的評語，無疑地對於國內音樂的日益普及和水準的不斷提高都有著相當的激動作用。我不是個音樂家，只是個音樂愛好者；在此僅提供一小小的建議。那就是：除了經常舉辦音樂會及各種音樂比賽以外，最好也能舉辦一定期性的、國際性的音樂大賽。這樣的比賽內容需至少具備下列三種性質：

一、具有濃厚的中國風味：這樣才能普遍在我們自己中國人的心裏紮根。

二、具有高度的水準：這樣才能幫助我國音樂向上的發展和質的提高。

三、具有相當的國際知名度：這樣才能吸引世界一流的音樂家樂於來參加比賽，藉以引進一流的音樂技巧和演奏經驗，並借著互相競爭、觀摩和交流的機會，迸發出智慧的火花，加速刺激我國音樂的發展。

我認為在具有上列三種性質的音樂題材中，以舉辦歌劇「杜蘭朵公主」演唱大賽較為適宜。

對〈茉莉花〉的情愫

提起歌劇〈杜蘭朵公主〉國內一般民眾或許會感到陌生，但提起我國家喻戶曉的民謠〈茉莉花〉來恐怕連幼稚園裏的小朋友都會哼。記得小時候七歲那年，我上小學二年級，第一次參加學校的兒童歌唱比賽就是以唱這首曲子贏得第二名的。從此對音樂的愛好大增。記得〈茉莉花〉的歌詞是：

好一朵茉莉花，好一朵美麗的茉莉花；芬芳美麗滿枝椏，又香又白人人誇。讓我來，將你摘下，送給別人家；茉莉花呀，茉莉花。

整個曲子的結構是那樣的簡單，旋律是那樣的優美，歌詞是那樣的平易近人。二十多年來，無論在家裏，在校園或郊外，與家人、與朋友或合唱團團員大家都愛唱愛聽這首歌。記得我前幾年在喬治亞理工學院和現在的奧立岡大學、幾乎每一年中國之夜，都有由中國同學組成的合唱團（包括來自中華民國的臺灣、香港、新加坡、馬來西亞及美國生長的中國人）表演〈茉莉花〉，贏得不少外邦人士的讚美及對中國文化的嚮往。相信更有千千萬萬的中國人愛唱愛聽這首曲子。不論在世界那個角落，有中國人的地方就有〈茉莉花〉。

〈茉莉花〉注入〈杜蘭朵公主〉的血液裏

然而，令人詫異的是，儘管〈茉莉花〉這首民謠是多麼的家喻戶曉，但卻極少有人知道歌劇〈杜蘭朵公主〉和〈茉莉花〉的關聯，儘管介紹〈茉莉花〉，改編〈茉莉花〉的作品如雨後春筍，但卻極少有人知道〈茉莉花〉的旋律實已注入在二十世紀最偉大的歌劇家蒲賽尼最傑出的作品〈杜蘭朵公主〉的血液裏；極少有人知道〈杜蘭朵公主〉整首歌劇是在以「茉莉花」的旋律為經，中國民間故事為緯的結構上建立起來的，絕大多數的人甚至連聽都沒有聽過「杜蘭朵」這個名詞！這實在令人非常不可思議。當我們致力發揚我國音樂之際，但願大家能共同努力來彌補這個令人遺憾的漏洞。

歌劇大家蒲賽尼與〈杜蘭朵公主〉

為了增進讀者對〈杜蘭朵公主〉的認識和興趣，在此將該劇簡單地介紹給各位。

大約在一九二〇年，義大利歌劇家蒲賽尼（Puccini）在一個很偶爾的機會裏識到一個中國的公主猜謎招親的故事。這位自歌劇集大成維爾弟（Verdi）以來最偉大的歌劇大師立即像觸了電一般深受感動，決心為這個故事譜一首歌劇——〈杜蘭朵公主〉（Turandot），並將略為改編了的我國名謠〈茉莉花〉的旋律注入在該劇裏，使之貫穿全劇，成為全劇的靈魂。從一九二一年一月開始著手，經過一九二四年十一月西尼病逝，由另一歌劇家阿凡諾（Alfano）根據普氏手稿完成最後一小部份，直到一九二六年四月初演，前後共經五年半之久。

劇情大致是這樣的：

相傳在中國某朝代北京城裏有一位絕豔飛非凡的公主杜蘭朵，為了洗雪一位祖先被異族凌辱之恥，發誓要殺盡所有外族的王子，並用猜謎招親的方式引誘外族王子前來應徵。聲言應徵者若猜出三個謎，則公主甘願下嫁，否則應徵者將被砍頭。由於杜蘭朵天仙般的美貌，千百個王子甘冒人頭落地的危險前來應徵，可惜沒有一人猜中謎底。因而北京城平添了千百個孤魂野鬼在悲淒哀號。一日，韃靼王子卡拉夫隨同父王提莫爾帶一女奴柳兒來到北京城，卡拉夫立即被杜蘭朵的美麗吸引住了，他不顧父王及柳兒的勸阻毅然敲響了應徵的鑼聲，結果很幸運地猜出了三個謎。然而公主卻毀約，誓言寧死不嫁外族王子。卡拉夫乃提議若公主在天亮以前猜到他的名字，則他甘願人頭落地，否則公主應心甘情願嫁給他。公主允諾，卻尤心忡忡徹夜未眠。此時衙役押進提莫爾及柳兒並講一人一定知道王子名字。在嚴刑重逼之下柳兒都不肯說出王子名字，一向鐵石心腸只知仇恨不知有愛的杜蘭朵大惑不解，問柳兒那來的力量能忍受這種酷刑？柳兒答曰：「是愛！」說畢奪去身邊衙役的短劍自刎。卡拉夫大為悲憤怒斥杜蘭朵，公主驚恐莫名，一向冰冷的心也悠然萌發愛的種子。黎明，王子親自將自己的名字告訴公主，杜蘭朵牽著卡拉夫的手向國王及眾人宣佈:「他的名字叫做『愛』」。劇終。

〈茉莉花〉不斷的變化

全劇共分為三幕五景。演出時間約為一小時五十九分。「茉莉花」的旋律在劇中一再以各種不同的形式出現，前後共達十次之多。有時以童音齊唱形式，有時以女高音獨唱的形式，有時以男高音獨唱的形式，有時以混聲合唱的形式，有時則以管弦樂的形式出現。其所表達的意向也不盡相同。時而意味著愛，時而為恨；時而為生命，時而為死亡；時而為光明，時而為黑暗；時而為祝福，時而為詛咒。這全要仔細去體會，或許每個人都會有不同的心得。茲就我的感想試分析如下：

〈茉莉花〉主題的第一次出現是在第一幕前半段，應徵失敗的波斯王子被執行死刑時，幽靈發出的感歎聲藉著童音齊唱表達出，歌詞大意是：

東山之上，鶴鳥在鳴唱，但四月天再也看不到花開，雪不再溶化；從沙漠到海洋，君不聞千百個幽靈低訴的聲音；

「美麗的公主,來罷,花兒終將開,大地終將再現光明！」

接著杜蘭朵公主出場，〈茉莉花〉的旋律以管弦樂的形式再度出現，民眾發出請求伶恨的呼聲：

「請可憐他罷！哦！公主請大發慈悲，請大發慈悲！」

此時，王子卡拉夫也夾雜在人群裏，他本想詛咒公主的殘酷無情，但當他看到杜蘭朵的美貌，立即被吸引住了，父王和柳兒勸他快離開，但卡拉夫不聽，反而說：「父王，我的生命在此，杜蘭朵！杜蘭朵！」

管弦樂再度奏出〈茉莉花〉旋律的前半部，接著並衍生出下面兩段極有名的詠歎調，女高音柳兒唱的〈請聽我細訴〉和男高音卡拉夫唱的〈柳兒不要哭！〉，歌詞大意如下

柳兒：「王子，請聽我說，親愛的主人，柳兒再也支援不住，心已碎，隨君跋涉千山萬水，心中只有王子，但眼見你的命運明日就要決定，我們都將死於放逐，提莫爾王就要喪子，我將永遠懷念你的微笑，再也忍不住，啊！請大發慈悲！」

卡拉夫：「柳兒不要哭，如果當年我確曾向你微笑過，那麼，為了那微笑就請聽我說，可憐的孩子，明日父王極可能獨自在世上，請勿離棄他，請代我照顧父王罷！」

在第一幕結尾，卡拉夫毅然敲響了三聲應徵鑼，〈茉莉花〉部份的旋律再度出現，民眾與三諧臣一兵、潘和兵發出戲弄的嘲笑聲：

我們已經為你掘好墳墓，讓他去罷！
用中國話也好，蒙古話也罷，印度話也罷。叫也沒用；
當鑼響之時，死亡即開始歡呼，哈！哈！哈！……

〈茉莉花〉旋律的第五度出現是在第二幕第二景，當杜蘭朵向眾人宣佈心中的仇恨之際，童音齊唱再度唱出如第一幕第一次出現的歌詞。

接著是扣人心弦，高潮迭起的猜謎。聽眾整個被融於那

令人屏息的氣氛中。公主每問一個問題，音樂就把聽眾的神經提高到半空中；直到卡拉夫每答出一個問題，音樂又會把你帶回地面松一口氣。這樣一來一往連續三次，直到三個問題都答出來，群眾爆發出如雷的歡呼聲，〈茉莉花〉的旋律以混聲大合唱的形式再度出現：

杜蘭朵！杜蘭朵！

光榮歸於勝利者！光榮歸於勝利者！願生命向你微笑，願愛情向你微笑;國王陛下萬歲萬萬歲,你是統治萬邦的王！

高潮迭起的「茉莉花」旋律

這段高潮導引出下一段全劇的最高潮，那就是，當杜蘭朵毀約，國王阿爾頓和民眾力促她要遵守神聖誓言之際，以混聲合唱為背景，「茉莉花」前半段的旋律藉著公主的女高音再度出現：

群眾：「神聖的，誓言是神聖的，神聖的！」

杜蘭朵：「你這陌生人，你膽敢用暴力使我屈服嗎？顫抖罷！」

蒲賽尼將此段音域安排得極高，節奏也異於尋常，顯示出杜蘭朵內心的抗拒與掙扎，然而卡拉夫深知愛情一定要雙方心甘情願才有快樂幸福可言，絕不可以有絲毫勉強，因而瀟灑大方地藉著〈茉莉花〉另一部份的旋律唱出：

「不！驕傲的公主，我要你熔化於愛情的火焰中！」

並慨然提議若公主能在天亮以前猜到他的名字，他甘願人頭落地，否則公主應心甘情願嫁給他。公主允諾。

這段最高潮過時地表現出了全劇的精華所在。聽眾到此會恍然大悟卡拉夫原來並不是個暴虎馮河，色迷心竅，白白送死的匹夫，他有勇、有智，更重要的是他深明愛的真諦，並敢於用生命去追求它。尤其值得注意的是，蒲賽尼處理這段的手法匠心獨運。一方面，藉著「茉莉花」旋律的一分為二將卡拉夫熱情寬厚和杜蘭朵的冷峻殘酷形成強烈的對比；另一方面，卻又藉著這主題將男女主角象徵式地結合在這全劇的靈魂裏，為後來柳兒之死和杜蘭朵之改變埋下了伏筆。

由這段最高潮孕育出一連串的高潮，像起伏不斷的山脈，蜿蜒迂迴，直到劇終。譬如在第三幕第一景的開始，公主下令全北京城的百姓不許睡覺，一定要在天亮以前找出這陌生男子的名字，否則一律處死！此時，卡拉夫充滿自信的唱出下面這段柔情蜜意的詠歎調。〈公主徹夜未眠〉：

徹夜未眠，徹夜未眠，公主你也不例外，閃耀的星光滿懷著愛情和希望，在窺視你貞潔的閨房，我心中的秘密將永無人發現，哦！不，當天明之時，我將親自在你耳邊揭曉我的姓名。

我的熱吻將打破黑夜的沉寂，你將屬於我！

黑夜即逝，光明即現，我一定勝利！我一定勝利！

然而，此時衙役押進提莫爾王和柳兒，並謂二人一定知道王子的名字。杜蘭朵乃下令嚴刑逼供。群眾情緒再度激昂。隨著杜蘭朵的出現，管弦樂再度奏出部份〈茉莉花〉旋律，男低音乒大臣唱道：

「公主陛下，這陌生男子的名字就鎖在這兩張嘴裏，但我們有各種刑具，一定可以把這秘密從他們口中挖出來！」

音調低沉除陰森，聽來令人毛骨悚然。

此時柳兒挺身而出曰：「僅我一人知王子名字，與這老人無涉。」卡拉夫欲擠身向前保護柳兒，但被杜蘭朵勒令手下擋住，管弦樂再度奏出〈茉莉花〉旋律的一部份，似乎象徵著橫梗在柳兒和卡拉夫之間的阻力（要不是杜蘭朵，卡拉夫或許會愛上柳兒！）。經過一連串的折磨，柳兒始終不說出王子名字，杜蘭朵心中大惑不解，問道：「你那來的力量支持你居然能忍受這些酷刑？」柳兒答曰：「是愛！」杜蘭朵大驚失色，重複一遍說：「是愛？」這段耐人尋味的對白引導出下列兩段柳兒唱的哀怨動人的詠歎調「我秘密的愛」和「你冰冷的心！」：

「我心中有著秘密的愛，愛得如此的深，以至這些折磨都像是蜜般甜。因為我心已許王子，在默戀中，我將你的愛給了王子，而我將失去一切，一切，甚至希望也都幻滅，折磨我吧，為了王子我願忍受最大的酷刑！」

「是的，公主，你聽我說！你冰冷的心會被火熔化，你也會愛上王子。在天亮以前我將閉上雙眼，願他一定得勝。再也見不到心上人；在天亮以前我將閉上雙眼，願他一定得勝。再也見不到心上人。」

說罷趁人不備，壓下身邊衙役的短劍自刎。

他的名字叫做「愛」！

柳兒之死再度掀起高潮，與第二幕的最高潮遙相呼應，彷彿在群眾胸中激起驚濤巨浪，產生無比的力量，杜蘭朵內心受的沖激可想而知！先是有卡拉夫冒著生命的危險來應徵，然後更有柳兒不惜犧牲自己的性命以維護王子，他們究竟是為了什麼呢？一向被仇恨蒙蔽了心靈的杜蘭朵突然像開了竅般地驚訝發現，人間原來還有愛，而愛的力量居然這麼大！頓時，柳兒之死有如一粒種子之埋於地下，在杜蘭朵冰冷的心田裏遽然萌發出了愛情的火花。因而，當悲憤至極的卡拉夫怒斥杜蘭朵冷酷無情並扯下她的面紗之際，她並沒有抗拒。隨著〈茉莉花〉旋律的再度出現，音樂細膩的刻劃出杜蘭朵內心的掙扎與情感的變化，直到卡拉夫親口告訴她自己的名字，高潮再現。黎明，號角響起，大裁判開始。杜蘭朵向國王及眾人宣佈得知王子名字，百姓愕然，不知一向殘酷的公主會作出什麼來？頓時，空氣凝聚了起來，宇宙停止了運轉，大地屏住了吸呼，靜待公主的宣判。彷彿杜蘭朵口一開，卡拉夫就要人頭落地，北京城又要平添一位冤魂似的。然而，公主回眸一看卡拉夫，柔情地宣佈道：「他的名字叫做'愛'！」全劇在萬眾如雷般的歡呼和祝福聲中結束。

啟示：中國樂風的大型處理

歌劇是一綜合音樂、文學、戲劇和舞蹈的藝術，可惜在國內並沒有受到應有的重視與發揚。一般人總以為這是純粹西方的玩意，幹嘛那麼在意。對於一般歌劇而言，這或許有理，但對於〈杜蘭朵公主〉而言，這話就似是而非了！我每次聆聽這首歌劇，都被其濃厚的中國風格感動，的確，音樂是溝通人類心靈的共同語言。另一面，又深覺我們在發揚中國音樂所做的努力有待加強，蒲賽尼雖已達爐火純青的地步但他到底是個外國人，在處理中國音樂的手法和詮釋上或有不盡理想之處，然而其用心之深，能不使生為中國人的我們沉思麼？寫到這裏，我不禁想起蒲賽尼另一傑作〈蝴蝶夫人〉來。我們的芳鄰 — 日本每年辦一次的〈蝴蝶夫人〉演唱大賽，經過多年來的努力，已建立起相當的威望。如今全世界的聲樂家莫不以能在〈蝴蝶夫人〉大賽中得名為榮。我國名聲樂家辛永秀女士就在該項大賽中名列前茅。我多麼的希望咱們中國也能舉辦「杜蘭朵公主」演唱大賽這樣的比賽一定能激動出更多優秀的音樂和具有中國風格的作品。相信在國人共同努力下，不久的將來，全世界的音樂家都會到我們中國來參加「杜蘭朵公主」演唱比賽為榮，我們定將成為名符其實的「禮樂之邦」。

又見「杜蘭朵」

〈杜蘭朵公主〉是一個最具中國味道，且最容易為中國人所接受的西方歌劇。

真巧，這次回國，本是為了參加中央研究院的「自動化會議」。想不到剛好碰上臺北市的藝術季，並躬逢其盛的聆聽了一首歌劇：〈杜蘭朵公主〉。這真是一件令人驚喜的意外收穫。

更巧的是，就在我返國前一個月左右，才在波士頓歌劇院觀賞過由匈牙利女高音依瓦・瑪頓（Eva Marron）和美國男高音傑姆士•馬克圭肯（Jarnes McCracken）領銜主演的〈杜蘭朵公主〉。只是那次印象不佳，非常失望，差一點把我二十多年來留在腦海裏的「杜蘭朵」美好的影子（主要是從聽唱片得來）幾乎一筆抹消。主要是因為女主角過於高大肥壯的體型，男高音卡拉夫過分緊張的表情，管弦樂聲音太暴（尤其是管弦）屢屢壓過聲樂，以及服裝、佈景和導演在情節上處理之不當，加上演員全是西洋臉孔，雖經過刻意在化裝打扮，仍顯得有點格格不入，好像不是在敘述一個發生在中國的故事，因而在感情上，總覺隔了一層。

但這次在臺北市社教館由市立交響樂團演出的〈杜蘭朵公主〉就給了我截然不同的親切實在的感覺。首先，演出的全是中國人不說，全劇從頭到尾用中文演唱更是可圈可點值得喝采。雖然還有很多地方值得改進，但用中文演唱這首歌劇的本身就是一件非常有意義，值得鼓勵的嘗試。

〈杜蘭朵公主〉全劇共演出六場，由不同的聲樂家分別輪流上場。這樣能使更多的聲樂家有發揮的機會，是很好的安排。聽說飾演杜蘭朵的邱玉蘭、任蓉和飾演卡拉夫的巴雅林，為了這次演出，特別從國外不辭千里趕回來，大家不計較排名，不爭角色，合作無間的只期演出成功。這種團結合作的精神，令人感動、令人欽佩。相信也著實為國內歌劇的發揚和音樂水準的提高奠定了良好的基礎。

我觀賞的那一場由任蓉主演〈杜蘭朵公主〉，巴雅林飾演卡拉夫王子，朱苔麗飾演柳兒。當晚七時半準時開幕。記得當時特別看了看手錶，不錯，準七時半，一分也不差。一開始就留下了極好的印象。不過，社教館到底不是歌劇院，舞臺稍嫌狹窄，且不夠深。但在精心設計下，很多缺點被巧加利用反成了優點。譬如，下陷的交響樂臺，觀眾只聞其聲，不見樂團，倒是頂別致的。又如橫跨在交響樂團上面的兩座古色古香的小橋。也給以城門為背景的舞臺添色不少。最妙的是飾演民眾的合唱團（由臺北愛樂合唱團擔任），由於舞臺太小的關係，不得不從台下唱到臺上，又從臺上唱到台下。這一來，把臺上臺下打成一片，觀眾彷彿是置身於舞臺與演員之中，有身臨其境之感，收到了意想不到的效果。不過，全劇中有一很重要的道具 — 鑼，卻只是象徵性掛在那裏，當卡拉夫決心應徵猜謎而毅然敲鑼之時，三聲鑼聲卻來自台下的交響樂團，失去了傳真的效果，非常可惜。比較起來，波士頓歌劇院用的是真鑼，效果好得多。而在一開幕時，垂掛在觀眾面前的那幅半透明彩色巨龍，想必是受場地限制權宜的安排，倒也別有一番風味。只是在第二幕與第三幕中間換景時，可隱約聽到幕後有拼拼碰碰敲打的聲音，是為一憾。一般來說，整個服裝和佈景無疑是很「中國」的。不過，公主的服飾稍嫌平淡，應該還可以更華麗、突出一點。而當皇帝出場時，幕應該是一層一層循序拉起，而不是讓人一眼就望到底，失去了深宮的味道。

至於演員方面，不分主角配角都很認真、賣力。音質、音色和情感的表達都還很稱職。演技也很熟練、自然。仔細一看，那些群眾個個交頭接耳，煞有其事，不像在演戲，倒真的好像是有一群老百姓聚集在皇宮面前準備看公主與王子的好戲似的。是一次精彩，有水準的，成功的演出。

但也有值得改進的地方。譬如：第二幕當卡拉夫答出三個謎，公主卻毀約，堅持不肯下嫁時，全劇達到一個很重要的高潮。杜蘭朵藉著我國民謠「茉莉花」的部份旋律，賴皮的，尖聲的唱出：「你這陌生人，你膽敢用暴力使我屈服嗎？顫抖罷！」自己卻顫抖著，音域極高，節奏也異於尋常，顯示內心的抗拒與掙扎。然而卡拉夫深知愛情絕不能有絲毫勉強，因而瀟灑大方地藉著〈茉莉花〉另一部份的旋律唱出：「不！驕傲的公主，我要你熔化於愛情的火焰中！」並欣然提議公主若在天亮以前猜到他的名字，他甘願人頭落地。否則公主應心甘情願嫁給他。公主允諾。

這段高潮過時地表現出了全劇的精華所在。觀眾到此會恍然大悟原來卡拉夫並不是個暴虎馮河，色迷心竅，白白送死的匹夫。他有勇、有智，更重要的是他深明愛的真諦，並敢用生命去追求它。尤其值得注意的是，普契尼處理這段的手法也匠心獨運。他一方面藉著〈茉莉花〉旋律的一分為二，將卡拉夫的熱情寬厚和杜蘭朵的冷峻殘酷形成強烈的對比。另一方面，卻又藉著同一主題將男女主角象徵式地結合在這全劇的靈魂裏，為後來柳兒之死和杜蘭朵之改變埋下了伏筆。

這段極為精彩的兩人激烈的爭辯，應該是面對面的互相對唱才對，而不是兩人面向觀眾各唱各的。而歌詞也變成：杜蘭朵非常憤怒（其實不是憤怒地，應該是倉惶地、無奈地）唱道：「難道你要強搶豪奪害我羔羊入虎口？」卡拉夫：「不！不！你這刁蠻的丫頭，我只要你真心愛我！」這一改，在觀眾感受上大打了折扣。

另外，第三幕第一景，當柳兒被嚴刑逼供時，卡拉夫欲挺身向前保護柳兒，〈茉莉花〉的旋律這時再現，仿佛象徵著橫梗在柳兒與卡拉夫之間的阻力似的（要不是杜蘭朵，卡拉夫或許會愛上柳兒）！此時杜蘭朵應勒令兵丁將卡拉夫攔阻隔開。這段極為細膩的情節，完全沒有刻劃出來。這點，波士頓歌劇團表演得較好。

一般來說，此次藝術季的壓軸好戲〈杜蘭朵公主〉令人印象最深刻，最有意義，也是最新穎的地方就是在用中文演唱這部份。但，最值得商榷，最值得改進的地方也在於此。由於原劇是用義大利文寫的，翻成中文唱自屬不易。雖然歌詞都已儘量合乎押韻，算得上可琅琅上口，但在「信」、「達」、「雅」原則下，還有很多值得檢討的地方。茲謹試舉幾例，以就教於諸位專家。譬如：第一幕前半段，波斯王子被執行斬首時，幽靈（童音齊唱，由敦化天使兒童合唱團擔任）發生極為惋惜感歎之聲，是全劇第一次出現「茉莉花」的旋律，原意是：

「東山之上，鶴鳥在鳴唱，但四月天再也看不到花開，雪不再溶化；從沙漠到海洋，君不聞千百幽靈低訴的聲音：『美麗的公主，來罷，花兒終將開！大地終將再現光明！』」這段歌詞被翻成：

「請你莫徬徨！向她呼喚罷！追求我們的夢鄉人！向他仰望！向他歌唱！」

在意境與情趣上與原意相去很大。

還有，在第一幕，柳兒因暗戀王子已久，所以當王子問她為何願隨家父受苦辛時，她答道:「只因為你曾對我微笑！」從這段對話衍生出來的兩段極有名的詠歎調，女高音柳兒唱的「請聽我細訴！」和男高音「柳兒不要哭」中，卡拉夫也曾唱道:「柳兒不要哭，如果當年我確曾向你微笑過，那麼，為了那微笑就請聽我說，可憐的孩子，明日父王極可能落單，請勿離棄他，請代我照顧父王罷！」

可惜這兩段被譯成，柳兒:「只因你曾對我親切溫柔！」而卡拉夫的唱詞中也漏掉了：「如果當年我確實向你微笑過，……」等語句。要知，「你曾對我微笑」和「你曾對我親切溫柔」其中意思相差很遠。這一改，把原劇中柳兒的暗戀和單相思之情全部抹殺了，非常可惜。

最可惜的，莫過於最後一幕的最後一景。黎明，號角聲響，大裁判開始。杜蘭朵向國王及群眾宣稱得知王子的名字。依照事先的約定，這意謂著王子是要被殺頭的！百姓的反應應該是愕然才對！不知一向殘酷的公主會作出什麼來？頓時，空氣應該凝聚了起來才對，宇宙也停止了運轉，大地更屏住了呼吸，靜待公主的宣判，仿佛杜蘭朵口一開，卡拉夫就要人頭落地，北京城上又要平添一縷冤魂似的。然而，公主內心經過了驚濤駭浪的掙扎和脫胎換骨的巨變。先是卡拉夫冒著生命的危險來應徵，接著柳兒更不惜犧牲自己的性命以維護王子，他們究竟是為了什麼呢？一向被仇恨蒙蔽了心靈的公主突然像開了竅似地驚訝地發現，人間原來還有愛！而愛的力量居然這麼大！頓時，柳兒之死有如一粒種子之埋於地下，在杜蘭朵冰冷的心田裏，竟然萌發了愛的火花。因而當悲憤至極的卡拉夫怒斥杜蘭朵之殘酷無情並扯下她的面紗，繼之強以熱吻之際，她並沒有抗拒，而寬厚熱情的卡拉夫仍依照諾言在黎明前親自告之名字，隨著「茉莉花」主題的再現，音樂細膩的刻劃出杜蘭朵內心的掙扎與情感的變化。顯然，這一連串「驚濤駭浪」似的掙扎給杜蘭朵帶來「脫胎換骨」似的改變。潛藏在她內心深處的熱情，像火山爆發似地融解了她表面的堅冰。因而在最後最緊要的關頭，她回眸注視卡拉夫，柔情萬種的宣佈道：「他的名字叫做『愛』！」然後，全劇才在民眾如雷般的歡呼和祝福聲中結束。

然而，這最後一景卻被演成，一開始杜蘭朵就牽著卡拉夫的手，喜氣洋洋的好像步入結婚禮堂一般。而群眾也一開始就帶著祝福的歡笑。把整段的懸疑、緊張和全劇最情彩、最富戲劇性、懸疑的高潮一筆勾消。這點，就連波士頓歌劇院的導演莎拉・卡威爾（Sarah Caldwell）也沒有掌握好，實在非常可惜。

儘管有上面例舉的一些值得商榷的地方，但並不影影此次〈杜蘭朵公主〉演出的成功和價值。尤其像這樣以中國為背景，具有濃厚中國風格的歌劇，以中文演唱是非常有意義和值得鼓勵的。這樣努力的方向是很正確的。我從小在家姐的薰陶下就喜愛歌劇。二十多年來，耳熟能詳的歌劇不知有多少。但我總覺得，要在中國發揚歌劇，最好從〈杜蘭朵公主〉著手。並不是我不愛華格納的〈唐懷瑟〉，也不是我不愛比才的〈卡門〉，更不是我不愛維爾弟的〈阿伊達〉，而是我覺得契尼的〈杜蘭朵〉最具有中國味道，比較容易為中國人所接受，也比較容易引起國人普遍對歌劇的興趣。多少人總以為〈杜蘭朵公主〉的故事有點怪異荒誕不經。其實，她裡面是有著很深的寓意的。而普契尼一再運用我國膾炙人口、家喻戶曉的民謠「茉莉花」的旋律為主，使之貫穿全劇，成為全劇的靈魂，前後出現共達十次之多！對於像〈杜蘭朵公主〉這樣集愛恨於一身，具有多重複雜的個性人物，與如此變化多端、曲折離奇的情節，這位最偉大的歌劇大師卻運用了連小孩都會哼的，最簡單的〈茉莉花〉的旋律結構為主題來表達。這對身為中國人的我們不特別感到有意思嗎？難怪我國聲樂家吳文修要說：「這樣的歌劇應該讓國內每一個人都聽到！」實在於我心有戚戚焉。

寫到這裡，我不禁想起普契尼的另一傑作：〈蝴蝶夫人〉來。我們的芳鄰 — 日本每年舉辦一次的「蝴蝶夫人演唱大賽」，經過多年來的努力，如今已建立起相當的威望。那楚楚憐人的蝴蝶夫人不知換來了多少人的眼淚，也不知吸引了多少的音樂家。如今全世界的聲樂室具不以能在「蝴蝶夫人演唱大賽」中得名為榮。我國女高音辛永秀女士就曾在該項比賽中名列前茅，為國家爭得了很大的榮譽。日本人能，為什麼我們就不能，我多麼地希望在我們中國能舉辦「杜蘭朵公主演唱大賽」。這樣的比賽定能廣為民眾所喜愛，並能激勵出更多優秀的音樂家和具有中國風格的作品。此次「杜蘭朵公主」的演出更加堅定了我這一信念。從演出的熱烈和成功看得出國內的歌劇是越來越普及，民眾欣賞水準也越來越高。我深信，舉辦這樣比賽的時機已越梁越成熟，相信在國人共同努力下！在不久的將來全世界的聲樂家都會以到我們中國來參加「杜蘭朵公主演唱大會」為榮。我衷心期待這樣一天的來臨。

註：歌劇原名 Turondot，國內多譯成「杜蘭多」。但我覺得「杜蘭朵」比較有味道，因為普契尼採用中國民謠，將〈茉莉花〉旋律注入在歌劇裡，使之貫穿全劇，成為全劇的靈魂。前後出現連十次之多。故而採用「好一『朵』美麗的茉莉花」而譯成「杜蘭朵」。

後　記

寫完「又見『杜蘭朵』」後，思潮洶湧澎湃不已，久久不能平息。此刻夜已深，人已靜。整個大地覆蓋著一片皚皚白雪。我抬頭望著窗外皎潔的月色，眼前彷彿又浮現出多情的卡拉夫在月下高歌〈公主徹夜未眠〉的一幕。悠揚的男高音盡待地抒唱著他的愛情和希望。我心中也有著一個希望，好像隨著那起伏不斷的音符，跳躍著，跳躍著，覺得不吐不快，故作此詩以為誌。詩曰：

從冰天雪地的紐英倫　到四季如春的寶島
從異國的美洲大陸　到祖國芬芳的泥土上
從波士頓的歌劇院　到台北市的社教館
從中研院的「自動化會議」到市交響樂團的指揮棒
此行是滿載豐收的行囊

天空中閃爍著無數的星光
我心裡也詠唱著千百朵茉莉花之歌
胸中跳躍答一個希望

　　但願
我的希望能乘著那歌聲的翅膀
飛呀！飛去！
飛向無際的天空
收越遼闊的海洋
收過速綿不斷的山巒
飛回到我那可愛的故鄉
　　但願
有朝一日　全世界的歌唱好手
都要到中國來濟濟一堂
在「杜蘭朵公主」演唱大賽裡
一展身手把歌聲較量
唱啊！唱啊！
唱得山河震撼啊！

唱得日頭黯然無光！
唱得蝴蝶相形失色喲！
唱得雲雀醉迷了方向！

當那美好的一日來臨之時
祖國芬芳的泥土上　將會更加散發出無比的芳香
因為
萬千茉莉都將為之心花怒放！
嬌羞的臉兒迎向朝陽
彷彿
雨後清新的草地上
片片油綠的嫩葉
陪伴著朵朵雪白的茉莉
粒粒晶瑩的珍珠
在豔陽下
含倩脈脈的閃爍著動人的光芒

是的我有一個希望
但願
我的希望　能乘著那歌聲的翅膀
飛呀，大海。
飛向天邊的雲彩
飛越大海的胸膛
飛向萬頭鑽動的寶島
飛回到我那生長的地方。

（寄自麻省東北大學）

親愛的大文

— 寫在愛兒美國首演前夕

親愛的 小鼓球、大文 吾兒：

爸爸非常高興接到你的電話。你這麼忙碌、勞累、還有時差，才一下飛機就打電話來。還講了一個鐘頭。爸爸很感動。知道你從臺灣來一路平安。感謝神。

很高興看到你過去三個月來進展飛快，「好的開始就是成功的一半」。最重要的是成長需要平安、健康、正常、生活有力。幸而你平常經常禱告，爸和哥也不斷地為你禱告。感謝神。你的國語說的真好。還好爸媽規定你和哥倆從小在家一定講中文。奠定了很好的基礎，不至於像有些年輕人長大了才後悔為何小時爸媽不逼他們多多講中文。平白浪費了絕佳的練習母語的大好機會。更何況中文現在越來越重要，越來越流行，已經快要變成全世界最暢通、最重要的國際語言之一了。

爸知道你工作壓力大，又要常排練、演出、上電臺、上電視，忙得不可開交。但很慶幸你也做到了爸爸提醒你的：不管多忙碌，一定要保持正常飲食、休息、充足睡眠和運動。

切記，在任何情況下，絕不抽煙、喝酒、賭博、吸毒。貓王普利斯萊和麥克傑克孫的悲劇例子是最好的借鏡。務必千萬要以此為戒。當然，偶然喝點葡萄酒或啤酒，只要不過分，對健康有益，那也不妨。

你這次從臺灣遠征來到美國西海岸的首演，包括四城：洛杉磯、三藩市、波特蘭、西雅圖。可惜爸爸因為時間衝突，不能從東海岸飛來參與捧場，很是遺憾。但爸爸已經發了大量的電郵給所有的朋友，包括波士頓地區的合唱團、臺大校友合唱團、臺大和交大的校友、教會裏的信友們，請他們鼓勵在西海岸的親朋好友們積極參與。他們的反應也都很熱烈。大家都很欽佩你在音樂歌唱，尤其是作曲方面的才華。特別是你的「**你好！**」和「**美麗**」。他們都好喜歡，都說你不僅唱的好，音色美、有感情、很動人，還能作曲，邊寫邊唱，更是難能可貴。能收到這麼多的好評與讚美，可以激勵鼓舞你不斷上進。但千萬不能以此為滿足。不可驕傲，需要謙虛，保持低調、不斷的學習、不斷的進步。切記切記。

你說你很懷念以前。爸、哥、和你咱仨曾拍照榮獲世界日報的「誰最像爸爸」攝影比賽佳作獎哩！由於三父子長的實在是太像了，哥哥常自稱為："小爸爸"。而你呢？則是"小小爸爸"。所以那張得獎的照片可以命名為："爸爸、小爸爸、小小爸爸"。多有意思啊。

記得你讀高中時自願送報。有一次冬天下雪。清晨天未亮，爸爸就陪你起床，鏟地雪、刮車雪，然後挨家挨戶送報。一不小心滑了一跤，父子倆人都摔倒在雪地上，趕快爬起來緊緊的擁抱在一起彼此安慰，互相打氣。然後繼續送報，直到送完天明為止。就這樣到你高中畢業時賺了 5000 美元，到上大學用。後來在你西北大學畢業演唱會，哥哥還很熱心從洛杉磯飛到芝加哥幫你做點心招待來捧場的聽眾。「兄弟同心土變金」。你們兄弟倆越長越大，也越來越懂事了。爸爸欣慰、感動得熱淚盈眶啊！

爸爸珍藏了以前的照片，從你出生、幼稚園、小學、初中、萊剋星頓高中、西北大學、香港，和出遊到迪士尼樂園等地的都有。看到你生下來的時候這麼小一點點，現在一路平安、健康地長的這麼大了，真不容易啊！感謝天父的愛和大能！現在先附上幾張給你看看，以後有空爸爸會慢慢整理出來成一個完整的相冊。你從小就跟你哥哥貝貝一樣，很愛唱歌、演話劇，也很有這方面的天分。爸媽很尊重你的興趣，還有你自己不斷努力，加上恰當的機運，才有今天的成果。感謝神的恩典。

爸爸知道你很忙，也沒有太多時間讀信。簡言之，你需要好好休息。養精蓄銳，保持最佳狀態。對於你這次演出，只有一句話：盡力為之，平常心。

對你有絕對信心。

祝你演唱會成功。

祝　上主保祐。

Do your best,

Be yourself,

God Bless.

父字 2014-3-19

於美國家中

mozart200@gmail.com,

patwang@ieee.org，

https：//sites.google.com/site/mozart200/

王大文 CD by Universal Music Group

http//www.yesasia.com/us/hello/1034830721-0-0-0-en/info.html

大文近照（洛杉磯）

大文在演唱

Dawen 的唱碟 CD「你好」

大文近照

作者教大文下圍棋

曾榮獲世界日報”誰最像爸爸“攝影比賽佳作獎

作者、大文、哥哥（貝貝）
西北大學

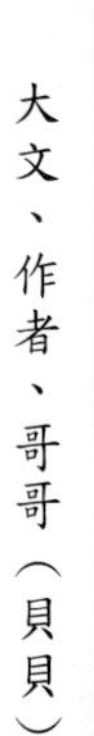

大文、作者、哥哥（貝貝）

在爸媽母校 臺大校園椰林大道

在爸媽母校 臺大校園椰林大道

輯三：心靈遊感

踏尋孔聖曲阜行

「人類要在二十一世紀生存下去，必須回到二千五百年前，從孔子那兒重新尋找智慧。」

— 1988 年諾貝爾穫獎者（Nobel Laureates）在巴黎共同宣言。

從小在台灣長大受教育，從國小、國中、新竹省中、到（新竹）交通大學，和臺大研究所，常在國文課本和《論語》中讀到孔子的金玉良言，深受啟發，穫益匪淺。如：「三人行必有我師焉。」「知之為知之，不知為不知，是智也。」「見賢思齊焉，見不賢而內自省也」。等等。後來到新加坡講學，在地下鐵車廂內和車站牆上的大廣告牌上，到處都可看到孔子充滿智慧的話語，譬如：「學而時習之，不亦說乎？有朋自遠方來，不亦樂乎？人不知而不慍，不亦君子乎？」彷彿置身國內，倍覺親切感動。心中一直有個願望，希望能到孔子的故居去造訪，向至聖先師致敬，親身感受這位世界偉人的心路歷程。

今年暑假應山東大學邀請前往講學，終於有機會了了這個心願。從山大所在地山東省會濟南市往南行高速公路約兩小時就到了孔子故居曲阜。途中可看到路旁一面石牌紀念全中國高速公路行建壹萬公里的里程碑。現在全國高速公路網早已超過一萬多公里，象徵中國經濟終於起飛，很高興看到祖國同胞的物質生活水準日益提高。多希望海峽兩岸全國同胞的精神生活素質亦能同時提昇起飛，與物質文明並駕齊驅，才能確保國泰民安富強康樂於不墜。欲達到此崇高目標，我們又怎能不想到孔子呢？

越接近目的地，心情就越激動興奮。沿著高速公路上放眼望去，只見巍巍泰山之陽，混混四水之濱。一望無際魯西南大平原與群山起伏的魯中山地相聯結合之處，鑲嵌著一顆璀燦的明珠，閃閃發光，扣人心玄。阿，終於到了，這就是馳名中外的歷史文化名城，至聖先師孔子的家鄉 — 曲阜。好一處「萬古冠裳王者會，千年邵魯聖人家」。

第一印像是：街道寬廣整齊清潔，綠樹成蔭環境優美。孔子的故居和墓地也是聯合國文化古蹟保護遺址。一進古城門內，就可看到一塊大大的牌子上面些道：「人類要在二十一世紀生存下去，必須回到二千五百年前，從孔子那兒重新尋找智慧。」阿，那不正是 1988 年諾貝爾獎得主在巴黎的共同宣言嗎？可見英雄所見略同，無論古今中外，不分東西南北，孔子的偉大思想哲理的確是天賜世界禮物，人間共用至寶。曲阜古稱「聖域賢關」，相傳為炎帝舊都、黃帝誕生之地，又是商奄故國、魯國都，歷史悠久文化發達，育孕了許多著名的偉人如孔子、孟子、孔融、孔廣森、桂複等，天靈地傑人才輩出，閃若陽光燦如雲星。其中又以孔子被尊為至聖先師，對世人的影響最大最久最深遠，最譽滿天下。孔子生於斯，葬於斯，誕生於尼山，故名丘字仲尼。成長於闕里，設教於杏壇，出仕於魯都，歸葬於泗上，在曲阜留下了許多彌足珍貴的遺跡。還有後人興建的許多紀念建築，誕生的夫子洞，感嘆時光易逝的觀川亭，合葬父母的梁公林，浴淅詠歸的舞雲臺，著《春秋》的春秋書院，刪《詩》《書》的洙泗講堂，手植的檜樹，飲水的故井，…猶如一顆顆珍珠散佈在曲阜方圓九百平方公里的大地上。任後人致敬憑弔瞻仰紀念。我沿著昔日孔子的蹤跡一步一步地踏去，《論語》中的智慧之言又一頁一頁地展現在我的眼前，怎不令人興奮莫名？

「天地衣冠仰聖門」，曲阜最耀眼的珍珠就是被稱為「三孔」的孔廟、孔府、孔林。孔廟是孔子故居，設置有杏壇講學，也是歷代建廟祭孔之地。從曲阜正南門進去，只見城牆正上方刻著清乾隆皇帝親書禦筆「萬仞宮牆」，古時只有皇帝及親差大臣來曲阜祭時，此門才打開。接著是明嘉靖所建三間四柱式石坊，「金聲玉振」使人想起亞聖孟子的話：「孔子之謂集大成，金聲而玉振之也。」「太和元氣」則是贊譽孔子的學術思想如同太空天體，循環往復永恆不朽。雍正皇帝所改提的「至聖廟」把「聖」字倒刻，意為高乎無形永不封頂。怎不教人想起顏回所說的：「仰之彌高，鑽之彌堅。瞻之在前，乎焉在後…雖欲縱之，末由也已。」那不正是孔子之寫照嗎？

孔廟是我國歷使最悠久的廟宇。西元前 479 年孔子去世後，翌年周敬王魯哀公將其故居改建為廟宇。「故所居堂，弟子內，後世因廟，藏孔子衣冠琴車書」，弟子歲時奉祭。西漢以後，經歷代帝王數十次重修擴建，直到明清兩代，擴建成如現在規模宏偉的古建築群。仿皇宮之制，前後九進院落，貫穿於南北中軸線上。好像進入小型故宮，周圍垣牆，配以角樓。院內蒼松翠柏，森然排列，殿宇雕梁畫棟，金碧輝煌，小橋流水，飛禽低旋，別有意境。令人目不暇視。各類碑刻 2000 餘塊，為我國罕見的大型碑林，歷史悠久氣魄宏大保存完善，是中國和世界文明極其寶貴的遺產，可惜在文化大革命時多被搗毀，後又從新修復。譬如高達 6.2 公尺的「成化」碑，明朝成化四年（西元 1468 年）立。上刻明憲宗朱見深禦筆，字楷書，書體嚴整端莊。可惜在龜趺上方約三分之二高處，有一道很明顯修補黏過的痕跡。好教人心痛阿。我不覺想，就算小紅兵把這些名勝古蹟全毀掉了，他們毀得了孔子留在世人心中的巨大深遠的影響力嗎？進入大成門內石階東側，有一棵古檜樹挺拔高叢，樹冠如蓋。據說古檜原為孔子親手所植，幾經枯榮毀於火難。今存檜樹為清雍正十年（西元 1732 年）於古樹樁下復生的新枝長成的。樹旁有明人楊光訓所題「先師手植檜」刻文石碑。我興奮地手撫摸著古檜，想起「十年樹木，百年樹人。」孔子因才施教有教無類誨人不倦的精神實在太偉大了，真堪稱得上是人類第一位「教授」哩！大成門南端的十三碑亭系，由金代以來逐代增建而成。仔細一瞧，充分運用傳統的建築手法，巧妙地解決了建築結構空間的問題。噢，原來「勾心、鬥角」就是從這種古建築手法引伸而來的。

經過「先師手植檜」就可看到「杏壇」，那是孔子講學的地方。相傳孔子在此向 72 弟子傳授「六藝」，使我想起當年耶穌基督在聖城耶路撒冷向十二門徒傳福音的情景，我曾到那兒古猶太廟堂憑弔致敬。一東一西，相隔五百年，都是世界偉人，他們的思想哲理有很多類似之處，都以仁愛善心為出發點。不過，孔子是教誨如何「作人」的道理，「敬鬼神而遠之」，「未知生，焉知死。」而耶穌呢？則是傳揚如何「救世」的福音，「獲得永生，戰勝死亡。」我常想，如果孔子晚生五百年，或耶穌早生五百年，倆人碰在一起，那將會發出何等樣智慧的火花呢？那該多有意思呀。「杏壇」再過去，就是孔廟核心「大成殿」，金碧輝煌，宏偉巍然。宮殿式建築，唐代時稱為文宣王殿，宋徽宗改名為「大成殿」。經過清雍正二年（西元 1724 年）重建至今。九脊重簷，黃瓦覆頂，多式斗拱，雕樑畫棟。八斗藻井飾以金龍和璽彩圖。雙重飛簷正中豎扁上刻清雍正皇帝御書「大成殿」三個貼金大字。殿高 25 公尺，座落在 2 米高的殿基上。為全廟最高建築，也是中國三大古殿之一。每年有成千上百萬的人來此致敬。最感人的是 1999 年 9 月 28 日，孔子誕辰 2550 周年紀念。台灣省八百人組團，飛越台灣海峽，到曲阜孔廟來祭孔，盛況空前。每思至此，會感動得令人落下淚來。我常在想，還好台灣絕大部份的炎黃子孫，沒有忘本，能飲水思源。沒有被那少數私心政客所誤導、矇蔽。也沒有被少數患「狹心病症」數典忘祖、真獨裁、假民主的政客所污染。那麼，台灣同胞的前途還是很有希望的，感謝天。

在「大成殿」東側詩禮堂後面，有一口古井，相傳為當年孔子飲水之處。井深三米。明朝以雕花石欄維護，內立明代「孔宅故井」石碑。井水既清且滐，被稱為「聖水」。清乾隆十三年（西元 1748 年）高宗祭孔撰「祭孔贊」，於井旁刻碑建亭至今。緊鄰故井西有一孤立之壁，壁前石碑上刻棣書曰「魯壁」。據說秦始皇焚書坑儒時，孔子九代子孫孔鮒將《論語》、《尚書》、《禮記》、《春秋》、《孝經》等儒家經書，藏於孔子故宅牆中。明代為紀念孔鮒藏書於牆的公績而制魯壁碑。我不禁想起目睹萬里長城、柏林圍牆、和耶路撒冷的哭牆，撫今追昔，歷史背景和作用雖不相同，但感人震撼之力則異曲同功也。從孔廟出來，隔壁就是有「天下第一家」之稱的孔府，又稱「衍聖公府」或「聖府」。是孔子嫡系長期居住的府第，經歷代不斷擴建，至明、清達到現在規模。「與國咸休安富尊榮公府第，同天並老文章道德聖人家。」掛在孔府大門上的這副對聯，正是孔子嫡孫在中國歷代社會中世襲貴族地位的真實寫照。孔子嫡孫是我國歷史最久的貴族世家。歷代王朝在尊孔崇儒之時，為顯示崇德報功，對孔子嫡孫一再封官賜爵。漢高祖劉邦始封孔子九代孫孔騰為奉祀君，主掌孔子祀事，以後代代加封。唐玄宗加封 35 代孫為文宣公，宋仁宗改封第 46 代孫為衍聖公。歷經六朝代凡七百多年，成為孔子嫡系延襲最久的封號，而官價一品，班列百官之首，又為中國最顯赫的貴族世家。延至民國 24 年（西元 1935 年）改封第 77 代孫為大成至聖先師奉祀官。孔府建築按照明代一品官員府第形制、沿用前堂後寢制度設計。建築群縱向分為三路。中路九進庭院，前為官衙，後為內宅；東路前為東學，供衍聖公讀書勵志，接待官員。中部為家廟，供衍聖公祭祀仙人，後部為一貫堂，供衍聖公次子、奉祀子思的世襲翰林院五經博士使用；西路前為西學，供衍聖公學詩學禮、詩文會友，後為花廳，供衍聖公閑居。從橫向上孔府分為兩部份：前部是對外活動場所，後部是家族活動場所。整個府第功能分區明確，建築排列景然有序。我印象最深的是，孔府家規家法之嚴謹，至少可從二遺跡看出。一為內宅門裏牆上的一幅畫，是想像中的貪婪之獸，是混合各種獸形的綜合體。有點像麒麟，但不是麒麟。它已擁有所有寶物，還貪求無厭地想要吞食太陽。此幅比人還高的巨大五彩畫，直立在內宅必經之路旁，用以告誡孔府人不要貪贓枉法。極其醒目，令人印象深刻難忘。我不覺想到《論語·里仁篇》，孔子告誡世人說：「富與貴，是人之所欲也，不以其道得之，不處也。」《聖經》裡，保羅不也警惕世人說：「貪財為萬惡之源」嗎？府內另一比較不太打眼的痕跡，是在上臺階入宅前，有一小塊凹凸不平的石頭地，用來懲處違規做錯事的人罰跪反省思錯改過。我好奇地也上去跪一下，領略片刻罰跪省錯的滋味。只覺，哇，好疼痛，但不會破皮流血受傷。使我想起平常常聽到的玩笑「跪算盤，頂馬桶蓋」，不覺莞爾一笑。相信兩千五百多年前，這還真不失為一文明有效的懲誡方法哩。孔府大堂前，有一道重光門，又稱「儀門」。四柱回樑，懸山肩挑，前後重花蕾各四朵，故又稱「垂華門」，為明代建築。據說此門只有迎接聖旨，重大盛典，才在禮炮聲中打開。一開門就可直接看見到大堂，故又被引諭為「開門見山」，是孔府一大景勝，與孔廟之「勾心鬥角」形成有趣之對比也。從孔府往北走不遠就是孔林，只見「檜柏參天秀色侵，雲煙高郁素王林」。那就是孔子及其家屬子孫專用的墓地。也是目前世界上年代最久，面積最大的家族墓地。自漢代以來歷經各朝皇帝重修、增建十三次。至今葬人七十餘代，葬墓十萬餘座，刻碑五千餘石。一走進去，只覺鬱鬱蔥蔥的三千畝人造林內，到處都是密密麻麻的松柏檜樹，林陰蔽天，有好幾萬株。墓塚累累，碑碣兀兀，建築翠飛，石儀成群。檜柏四時滴翠，楷榭秋日流丹。比原始林更有自然風味，比維也納中央公園名人墓規模更宏偉，蔚為奇觀。據說，孔子去世前觀風水選墓地於此，弟子擔心僅有山無水，不合依山傍水習俗。子曰，勿念，會有勤人來鑿河。果然，後來秦始皇焚書坑儒，欲狠心將孔子絕子斷孫，而於墓前挖鑿「洙水河」，本意為血流成河。卻反而成全了依山傍水的心願，應驗了孔子的預言。原來彼「勤」即此「秦」也。歷始演變多諷刺，人算不如天算，弄巧成拙的例子很多。當年美俄倆獨霸超強欲陰謀永遠割裂德國，處心積慮安排東、西德同入聯合國。東德的國歌中更開宗明義高唱：「太陽光永遠不會照耀在統一的德意志土地上！」結果呢？柏林圍牆一垮，兩德立即統一。民族文化歷史血脈骨肉相聯之力道強且鉅，無人能擋也。那麼，海峽上無形之柏林圍牆，不是也會很快倒塌嗎？誰又能阻擋得了，那堂堂正正浩浩湯湯地，向前勇猛挺進的歷史時代鉅輪呢？

跨過洙水橋坊，來到蒼松翠柏環繞，碧林覆蓋的孔子墓塚前。一高高的墓碑上，據說是明朝朱元璋所刻大大的「大成至聖文宣王之墓」。其中「聖」字也倒刻，表達對孔子至高無上的敬意。更有趣的是，其中「王」字的一豎筆劃特別長，以至「王」字最下面的一橫筆劃被擋在碑前的石臺之後，不易看見。據說是為了歷代皇帝來敬拜時，王不見「王」，保留面子，心照不宣即可。古代這種折衷的政治藝術，還滿可愛的哩。不也是「中庸之道」嗎？我手撫摸著孔墓石碑，從小多年來的心中希望，如今終於如願以償，怎不教人心胸波濤澎湃，激蕩不已，情不自禁感動地落下淚來。青松翠柏之上，仰望藍天白雲，靜靜漂浮。好像悠悠歲月長河，「逝者如斯夫，不捨晝夜」。孔子之所以偉大，永垂不朽，一定有其與神所造天地大自然並存，啟發人性，普遍引起共鳴的智慧哲理。其實，我們一般人都疏忽了，孔子也是信天的呀！從《論語．堯曰篇》：「咨！而舜！天之曆數在爾躬，允執其中。四海困窮，天祿永終。」到孟子的「天將降大任於斯人也，必先勞其筋骨餓其體膚」都有記載。孔子本人更是屢屢言天：「五十而知天命」，「獲罪於天，無所禱也」，「不知命，無以為君子」。當他最心愛最好學最有德行的大弟子顏淵不幸早逝時，孔子更放聲慟哭道：「噫！天喪予！天喪予！」不都蘊涵「死生有命，富貴在天」「盡人事，知天命」的道理嗎？只不過在冥冥中，對這位天地萬物的主宰沒有機會認識，無以名之。可惜那時候電訊不發達，還沒有電腦網際網路。否則，如果《聖經》福音早一點傳入中國，說不定至聖先師孔子，不但能「既知生，亦知死」，更能進一步闡揚如何「戰勝死亡，獲得永生」的道理哩！

想到這裡，我的思緒不禁又飛到耶路撒冷，踏尋耶穌基督的蹤跡。從誕生，傳揚救世福音，到被釘死在十字架上，流盡寶血，洗淨世人罪過，復活升天，還會在來。我不禁再度驚喜地體驗到，孔子很多言行，不都與《聖經》中神的教訓吻合了嗎？尤其是其中的神貧精神、忠恕、仁愛、和謙卑的精神。子曰：「吾不如老農，老圃」多謙卑的心。「其恕乎！己所不欲，勿施於人」。「人非聖賢，孰能無過。知過能改善莫大焉」。耶穌不是更進一步要為弟兄中最小的洗腳嗎？

而且，《聖經》中不是更進一步指出：「世人都犯了罪，虧欠了神的榮耀」「在基督內就是新造的了」，「要饒恕人七十個七次，要愛人如己」嗎？其實，這種共通、互融、相聯、彼此呼應的精神，還可以更早追溯到《聖經》《創世紀》。

敬愛的孔子，我要告訴您一個故事。您去世後 2249 年，德國出現了一位偉人貝多芬，被後世永譽為「樂聖」。他最偉大的作品就是第九《合唱》交響樂〈歡樂頌〉，是在他耳朵全聾吃盡人間苦頭後所譜的曠世傑作，真不可思議。那是歷經患難淬煉後的歡樂，大有「吃得苦中苦，方為人上人」「苦盡甘來」「否極泰來」，「認識真神後的歡欣至樂」的寓意。是音樂藝術品登峰造極傑作中的傑作，精華中的精華，金字塔中金字塔。我從臺大合唱團唱起，從臺北唱到波士頓、維也納、到北京，往往感動得聲淚俱下。最感人的一次是，那年在日本的冬季奧運會上，由波士頓交響樂團指揮小澤征爾指揮會場上千人合唱團，加上人造衛星轉播聯線北京、非洲、澳洲、歐洲、美洲等五大洲的合唱團，同步一起高唱〈歡樂頌〉。歡聲雷動響徹雲霄，全世界幾十億人透過人造衛星大銀幕的聯播，都在興奮地洗耳恭聽，非常感動，令人終身難忘。敬愛的孔子，您在天國也用電腦嗎？如有萬維網路，請您聯到我的網址上去。對了，就在第二頁，請啟動聲樂檔。您聽，這就是樂聖貝多芬引用德國大詩人席勒的名詩所譜的〈歡樂頌〉：

「快樂美麗神采飛揚，仙國的女神在歡唱

我們藉著聖火激盪，踏進那神聖的殿堂
藉著你神奇的力量，癒合了撕裂與創傷
四海之內皆兄弟也，乘你的柔翼在翱翔」

多麼優美有力，充滿和平希望，和對神的讚美。呀，對了，其中詩句：「四海之內，皆兄弟也！」不正是《論語·顏淵篇》中，您的大弟子子夏所引用的嗎？好熟習阿，多麼崇高偉大的思想，何等奇妙可愛的巧合！但是咱們中國人早了兩前多年哩！這不是太有意思了嗎？不是很讓咱們中國人感到特別親切、驕傲、光榮、和自豪嗎？這不也與《聖經》《創世紀》第一章裡開宗明義，清清楚楚明明白白地說道：「起初，神創造天地，…和（人類的共同祖先）亞當夏娃…」相呼應一致嗎？阿，原來四海之內皆兄弟，五洲天下本一家，東西文明同此心，中華文化真偉大。大家都是骨肉手足，血脈相聯，彼此應當相親相愛，相聚相合還唯恐不力。幹嘛為了極少數政客的私心貪權奪利，不惜把絕大多數的人陷入妻離子散，家破人亡，撕裂分割的痛苦呢？相信到了 2010 年上海世博會時，全球人類會再度聚合，一起來同聲高唱〈歡樂頌〉。那自然會是海峽兩岸炎黃子孫，共用最驕傲、興奮、光榮、自豪的一天。相信也會包括了屆時良知發現，重新認祖歸宗的，暫時迷失離散而又回頭是岸的同胞在內。敬愛的孔子，我今天有幸來到您的面前，深受啟發，獲教良多。我現在比任何時候，都更加堅定地相信，「四海之內皆兄弟也」，和《禮運·大同篇》裡「世界大同」的崇高理想一定會實踐，因為它符合造物主創造天地萬物的原意，會受到神的祝福和助力的。請您在天上與我們一起禱告，祈求在天之父保祐多災多難的中華，和全球人類，共同努力，早日達到這美好的一天，好嗎？

夕陽西下，滿天晚霞。在北往返回濟南的高速公路上，我仍依依不捨地屢屢回頭眺望。曲阜市景漸離漸遠，綠野山丘越來越小。再見孔廟，再見孔府，再見孔林，我此刻的心情，就好像飽嚐了一頓豐盛的文化饗宴。再見啦至聖先師。您一定不會寂寞的，因為「德不孤，必有鄰」。山東大學正在舉行的「孔孟尋根夏令營」眾多會員和千千萬萬景仰您的人，會不斷地從世界各地來向您致敬。我即將飛回到太平洋彼岸去，在那遙遠的文化融爐之國，我會常想念您。您的偉大思想哲理和以仁愛為本的崇高人格，會在包括美國在內的世界各地，繼續紮根發揚，不斷感召世人。再見啦，曲阜，可愛的孔子家鄉，芬芳的祖國故土。您給了我一個更重要更大的理由，使我深以世界之村的居民為傲，以中華民族的子孫為豪。您的精神將與天地並存，與日月同光，永誌人心。「人類要在二十一世紀生存下去，必須回到二千五百年前，從孔子那兒重新尋找智慧。」這句金聲玉振的名諺，與樂聖貝多芬的不朽傑作〈歡樂頌〉，將會像暮鼓晨鐘般，不斷地在宇宙大同村迴響，盪漾，直到永遠、永遠…。

乾隆皇帝親書御筆「萬仞宮牆」

明嘉靖所建四柱式石坊「金聲玉振」

明楊光訓所題「先師手植檜」

左下圖：高達 6.2 公尺的「成化」碑，上刻明憲宗朱見深御筆，字楷書，書體嚴整端莊。可惜在龜趺上方約三分之二高處，有一道很明顯修補黏過的痕跡。好教人心痛阿。(作者攝)

「杏壇」，孔子講學的地方。

大成門南端的十三碑亭系，勾心、鬥角「的建築手法」。(作者攝)

「大成殿」全廟最高建築，中國三大古殿之一。1999年9月28日，孔子誕辰2550周年紀念。台灣省八百人組團，飛越台灣海峽，到曲阜孔廟來祭孔，盛況空前。

「孔宅故井」與「魯壁」(作者攝)。

上左圖：作者攝於孔府「貪婪之獸」巨畫前。
上右圖：作者攝於孔府「罰跪」石階前，親歷孔府罰跪反省改過之切身體驗。
下左圖：孔林中之「大成至聖文宣王之墓」。
下右圖：孔府大堂前「儀門」。又稱「垂華門」，為明代建築。

香 港 見

— 記國際模式識別大會，懷念傅院士京孫教授

傅京孫教授並沒有所謂的「最後一位學生」，
我們大家都是他的學生。

— 2002 年 IAPR「傅京孫」獎得主 黃煦濤教授 得獎感言

國際模式識別學會（Int. Asso. for Pattern Recognition, IAPR）第十六屆年會，已於 2002 年八月十六日在加拿大魁北克省會魁北克市圓滿畢幕。這個每兩年一次全世界規模最大、最有威望的「模式識別」學術會議，由美、歐、亞、澳四大洲輪流主辦。有來自全球四十個國家地區的專家和代表壹仟多人參加。經過一星期熱烈地討論、切磋，共發表了數百篇論文。

從文字、語音識別的最新發展，到巡弋飛彈、機器人的未來趨勢、和生物醫療診斷的應用，幾乎涵蓋了人類生活的各層面，都有精彩的論述，影響深遠。與會人士彼此互相激勵出智慧的火花，並首次把厚達四千頁的論文集，印成小小薄薄的光碟片出版，成果豐碩。

但令人印象最深刻的是「傅京孫獎」。傅教授南京出生，

台大畢業，依利諾大學博士，是「國際模式識別學會」創辦人及首任會長，以及「中文電腦協會」創辦會長之一。也是中國北京科學院和台北中央研究院院士，美國科學院院士，是整個「語法結構模式識別」領域的開山祖師，經典著作專書無數。曾指導栽培出七十多位博士，大都在學術研究、工商企業、和政府決策機構任要職。影響至深、至巨、至遠、至廣，全世界無出其右者。很多人都認為，如果「諾貝爾獎」中有「電腦模式識別」這一項，那麼此項珠榮將非傅京孫教授莫屬也。可惜 1985 年五月，就在傅教授 55 歲英年，正準備回國接任中研院資科所所長，及新竹交大微電研究中心主任時，卻不幸在美國華府國科會「菁英中心」慶功宴中，因心臟病突發去世。誠中、美及全世界模式識別領域無法彌補的巨大損失也。為了紀念這位巨人對「模式識別」無以倫比的成就和貢獻，乃決定設立「傅京孫獎」，每兩年一次，頒給全世界對「模式識別」貢獻最大最有成就的人。

今年「傅京孫獎」得主，由全世界三維空間電腦映象視覺的泰斗，依利諾大學電腦系終身聘正教授黃煦濤（Thomas Huang）榮穫，誠眾望所歸也。這也是自 1988 年「圖型處理」大師，美國羅昇菲（Azriel Rosenfeld）教授在羅馬第一個榮獲「傅京孫獎」以來，首次由華裔奪得此殊榮。那天，魁北克市大型會議中心的隆重頒獎典禮，擠的水泄不通。在上千位來自全球的學者專家熱烈掌聲中，黃教授從會長義大利籍的仙妮緹．蒂巴萊教授那兒接過「傅京孫獎」後，一面回顧多年研究心得，一面很感性地緬懷故友，傅教授不僅是位偉大的電腦科學家，更是良師益友，桃李滿天下。並指出傅教授指導出的第一位博士，也是台大校友麻省州大的陳季浩教授。至於誰是傅教授最後一位博士生呢？或曰在美國的劉新來，或曰台灣的鄧教授，或曰大陸的郭博士…

由於定義不同，不清楚究竟誰才是傅大師的「最後一位博士生」。黃教授不覺感概萬千地結論道：「因此，我覺得傅教授並沒有所謂的『最後一位學生』，我們大家都是他的學生。願與眾共勉，世代薪傳下去。在模式識別領域裡，共同努力，繼續發揚光大，期許大家能作出更多的貢獻和更大的成就。」在全場起立致敬的如雷掌聲中，結束了這場感人的致辭。特別令人欣慰的是，在〈電腦模式識別〉領域裡，咱們中國人佔的份量很重。譬如 1994 年「國際圖型識別學會」第一次在耶路撒冷選院士（Fellow），就有三位中國人當選。除了黃煦濤教授和作者本人外，還有加拿大的孫靖夷教授，是傅教授生前至友，文件識別世界權威，也是這次大會的總主席。我不禁再度想起傅教授，其實不僅在學術專業有頂尖成就，更是平易近人有很高的藝文素養。無論是在奧立岡大學，GTE 公司，或是我現在任教的美國東北大學，每次我請傅教授來演講他都慨然應允。而且毫無大牌的架子，與學生親切打成一片，笑容可掬。演講完了，還參加學生座談會，大談求學之道和「蛇形刁手」。常召集學生一起打排球，更是生龍活虎體強力壯，不亞與年輕學生。而且為人善良，胸襟開闊能撐船。記得有一次我才剛出道當助理教授，不知天高地厚初生之犢不怕虎，為文批評傅教授在很有名的學刊 IEEE-PAMI 上的論文中方法之缺點，並提出改進之道。本來還有點擔心，以為他會生氣置之不理。沒想到他看後，不但不介意，反而馬上找專家來審閱，最後稍作修改發表在同一學刊 IEEE-PAMI，而傅教授本人正是該刊的創刊主編。我心中的鼓舞和對傅教授的感激和欽佩真是無以名之。世間很有成就地位的人或許不少，但像傅教授這樣謙沖虛懷若谷，有雅量能接受後進的批評，並竭誠盡力提拔新人者，幾稀？

記得就在傅教授意外去世前幾天，我那時身為紐英倫中華專業人員協會會長，為了邀請傅教授作為年會貴賓，特別在我東北大學辦公室商談細節。當他看見我書架上的有關西洋歌劇〈杜蘭朵公主〉和中國民謠〈茉莉花〉的文章，還很興奮地要複印本，並答應閱後一定告訴我他的感想心得。萬萬沒有料到，幾天後，傅教授竟因心臟病突發去世。惡耗傳來，晴天霹靂，令人難以置信，心痛如絞。波士頓春末夏初的季雨，如斷了線的淚珠，不斷打在我辦公室的玻璃窗上。我無語舉目問蒼天，為何斯人也而有斯疾也？如今痛失良師益友，以後我在模式識別和音樂藝文上的疑惑和論述，又有誰能分享，又該向誰去請求不吝批評指教呢？敬愛的傅教授，您在天上還好嗎？當您俯瞰所創辦的「國際模式識別學會」日益茁長壯大，從最早只有十多個會員國，幾百位會員，發展至今四十個國家地區上萬會員，好像一小型聯合國，您心中一定很欣慰罷？您走後發生好多事，我好想當面告訴您。1987 年，我和瑞士的伻克教授（Horst Bunke）為紀念您而創辦了《國際模式識別和人工智能學刊》（IJPRAI）由頗負盛名的新加坡「世界科學出版社」（WSP）贊助發行。如今已進入第十六年，遍及世界各地，您的理念受到越來越多人的共鳴。我最難忘的是您以身作則：「科學無國界，但科學家有祖國。」您熱愛您的事業電腦科學，但您更愛您的祖國。往往一年好幾次不辭辛勞，遠渡太平洋回到您熱愛的家鄉，在海峽兩岸三地往返奔波。鞠躬盡粹竭盡所能地把這「模式識別」尖端科技的最新知識，傳回給祖國莘莘學子和國內企業研究機構。憑著您的熱心和影響力，不斷促成國際大師到國內來交流。籌集龐大研究基金，引進技術培養人才，成立兩岸菁英中心和電腦博士班。對提昇中國學術國際地位和高科技水準，有著莫大的功勞。

但我知道您還有個心願尚未達成。那就是您多麼希望「國際模式識別會議」能在您所摯愛的祖國，海峽兩岸神州大地上舉行。告訴您一個好消息，我和法國勞瑞特（Guy Lorette）教授和 香港唐遠炎教授合起來，提議 2006 年之「國際模式識別會議」在香港舉行。經過兩年緻密的籌劃，無數次的沙盤演練，好像博士論文答辯的心情，在本屆大會上過關宰將，終于以絕大多數 65%的選票戰勝強勁對手日本 23%和印度 12%。台灣同胞代表中研院洪一平和清大許文星教授也不受日、印代表的分化利誘，認為香港提議最好，血濃於水地投下神聖一票。咱們中國人總算能掙脫狹窄地域枷鎖，展現團結力量，讓世人尊重刮目相看。當大會主席公佈投票結果時，我驚喜感動得禁不住落下淚來。慶幸努力沒有白費，有志者事竟成。傅教授，您的宿願終得報償，一定更覺欣慰罷？香港已於 1997 年回歸了您所鐘愛的祖國的懷抱了哩。

在大會畢幕晚宴上，主席邀我向全體一千多人宣佈這個好消息。剛巧，極富文化氣息的魁北克市會議中心正好播放出陣陣貝多芬第九交響曲為背景音樂。那是我最喜愛的音樂阿。一時激動莫名，靈光閃閃。於是我首先用中文向大家高聲朗誦孔子論語裡的名諺：「有朋自遠方來，不亦樂乎？」「四海之內皆兄弟也！」接著用英文說道：「這也正好是樂聖貝多芬〈歡樂頌〉的詩句。本著這種「四海之內皆兄弟，五洲天下本一家」的精神，我很高興地共同與中國大陸港澳和台灣所有從事模式識別的人們，熱烈歡迎大家 2006 年到這文明古國中華大地新興之都香港來參加第 18 屆國際模式識別會議」結束時，我用中、英、法、俄、西、德、義、韓、印、日語向大家道謝。會眾洋溢在臉上那種期盼興奮之情，令人難忘。尊敬的傅教授，多少年來，我總覺得您常在我們中間，好像並沒有離開過。祈禱慈愛天父多多保祐您所摯愛的多災多難的祖國，和〈模式識別〉的蓬勃發展。2004 年繼英國倫敦十七屆大會之後，歡迎您繼續來參加下一屆在祖國芬芳泥土上舉辦的大會。謝謝您的精神感召，您多年來的心願終於達成，真為您感到高興阿！再會罷，傅教授，2006 年，香港見。

註：對〈模式識別〉領域有進一步興趣的讀者請參考下列網頁：

http：//www.mit.edu/~patwang/

http：//www.iapr.org/

http：//ejournals.wspc.com.sg/ijprai/ijprai.shtml

http：//ejournals.wspc.com.sg/ijprai/mkt/editorial.shtml

上左圖：作者與《傅京孫獎》得主黃煦濤教授夫婦攝於魁北克市ICPR02 大會場。

上中圖：作者王申培教授於 ICPR02 大會場歡迎大家參加香港ICPR2006，旁為 IAPR 會長蒂巴英教授。

上右圖：傅教授身前演講神態。

下　圖：《傅京孫獎》得主黃煦濤教授發表演說，ICPR2002 大會場來自全球菁英專家千頭鑽動聽講，盛況空前。

也談信仰之旅

拜讀報上王鼎鈞先生的大作「信仰者的腳印」（以下簡稱「信」文），感觸良多。其中許多見解極為精闢，於我心有戚戚焉。譬如王君引用了林語堂先生親身經驗：「林氏學貫中西，他在書中檢閱東方西方的經典哲學，剖視當前的思想潮流，然復作了最重要的決定。他安排心靈的歸宿、有一個崇高的標準：誰能救世界、人類。所謂「救」，包括今世的安生和來世的立命，結論是只有基督。」其他還有很多見解我有同感，在此不再贅述。本文僅就不同的看法略抒管見，以就教於鼎鈞兄和讀者。

首先，「信」文中認為：「《聖經》並沒有把神的道理都寫出來，祂只寫出來一部份，也許是最基本的一部份，卻也是粗略大概的一部分，有待後世發展補充。」可惜這是很危險的誤解。《聖經》是神的話語和對人類的啟示，藉著先知寫下來，詳盡完整，並不只是「粗略大概的」一小部份而已。隨著時代的演變和語言文化種族風俗之不同，或許有著不同的釋義，但絕不可能任意由「後世發展補充」。很多陷害人於萬劫不復的邪教就是隨自己的利益「發徒補充」《聖經》而闖下大禍。《啟示錄》第二十二章 18：19 節更嚴正告誡世人：「我向一切聽見這書上預言的作見證，若有人在這預言上加添什麼，神必將寫在這書上的災禍加在他身上。這書上的預言、若有人刪去什麼、神必從這書上所寫的生命樹和聖城，刪去他的份。」

或許正因為有部份人以為「《聖經》沒有把神的道理都寫出來，只寫出粗略大概的一部分，有待後世發展補充。」所以林語堂才會說出：「保羅比彼得知道得多，第四世紀的教父比保羅知道得多，耶穌知道得最少。」似是而非的話來。這好比說：「孟子比子路知道得多，朱喜比孟子知道得多，孔子知道得最少。」或者：「丁肇中比楊振寧知道得多，李遠哲比丁肇中知道得多，愛因斯坦知道得最少。」其實愛因斯坦的相對論經過幾十年到現在，仍沒有幾個人能懂。孔子兩千多年前的至理名言：「知之為知之，不知為不知，是智也。」「三人行必有我師焉。」又有多少人真能瞭解其精義而確實做到呢？現代有幾位音樂家，詩人的造詣、成就敢說已經超過了古人貝多芬、莫扎特、杜甫、李白呢？偉大天才如牛頓、愛因斯坦都知謙虛誠懇地表示是「站在先賢巨人的肩膀上往前看。」更何況我們絕大多數的平凡人哩。「學海無涯、學無止盡」，「勿自暴自棄、勿固步自封」，唯有虛懷若谷，不斷努力奮發，才是進步的泉源。反之，一味自傲自大，漠視先聖先賢的成就而固步自封，是妨礙進步的絆腳石。更何況《聖經》說得非常明白，耶穌是神的愛子，自亙古宇宙創造之前到宇宙末日，是昔有、今有、永有，是與聖父、聖子、聖靈三位一體，全能全知的神。怎麼能說：「耶穌知道得最少」呢？

「信」文中還提到基督教，「禁止中國人敬祖先，等於剝奪他的中國國籍。」這也是很大的誤解。《聖經》舊約〈出埃及記〉中「十誡」講得非常清楚，「當孝敬父母！」

這與我們中國人固有優秀文化的精神不謀而合了。祖先不就是父母的父母的父母…的父母嗎？既然要「孝敬父母」，怎麼可能不「敬重祖先」呢？原來《聖經》所禁止的只是不要把祖先當「神」來膜拜。被誤會成「禁止敬重祖先」，是很可惜的。

至於「信」文中認為：「《聖經》可以廢除舊約」，也與耶穌的教訓不合。因為耶穌說：「我來不是為了廢除舊約的律法，而是成全。」「信」文中也引用保羅的話：「或是假意，或是真心，無論如何，基督完竟被傳開了。」而認定「假傳可以造成真信」，未必也。其實耶穌說：「信、望、愛，其中最大的是愛。」我們中國人祖先造字的智慧也早就已注意到：「愛是要誠『心』誠『意』地付出」，所以「愛」字中間有個「心」字。因此傳基督福音必然要誠「心」誠「意」才行。保羅那段話的真義需要看上下全文才不會誤解。《腓立比書》第一章 12：19 節：「弟兄們，我願意你們知道，我所遭遇的事更是叫福音興旺。以致我受的捆鎖，在御營全軍和其餘的人中，已經鮮明是為基督的緣故。並且那在主裡的弟兄，多半因我受的捆鎖，就篤信不疑，越發放膽傳神的道，無所懼怕。有的傳基督，是出於嫉妒分爭，也有的是出於好意。這一等是出於愛心，知道我是為辨明福音設立的。那一等傳福音是出於結黨，並不誠實，意思要加增我捆鎖的苦楚。這又何妨呢？或是假意，或是真心，無論怎樣，基督究竟被傳開了。為此我就歡喜，因為我知道這事藉著你們的祈禱，和耶穌基督之靈的幫助，終必叫我得救。」

因此可知基督福音被傳揚，是因為保羅在受捆鎖的苦楚下，仍然無所懼怕勇敢地傳福音，作見證。至於那些出於嫉妒分爭、結黨、不誠實的人，只是想要加增保羅受捆鎖的苦楚，卻反而襯托出保羅信心的堅定和信仰的力量。並不意謂著，更非默許或鼓勵「假傳可以造成真信」。研讀神的話語《聖經》必需上下文兼顧要有完整的了解，否則很易產生誤解。譬如另一很有名的例子，《約翰福音》中，法利賽人抓個行淫的婦女來刁難耶穌。耶穌對他們說：「你們中間誰沒罪就可以先拿石頭打她。」很多人因此以為基督教縱容淫亂行為。其實在「十誡」中有胡確的訓示：「不可犯姦淫，不可貪戀人妻！」這也是我們中華文化倫理道德的基本精神：「萬惡淫為首，友妻不可戲。」我們若詳細看完《約翰福音》第 8 章 11 節，就不會產生誤解。耶穌對那淫婦說：「我也不定妳的罪。去罷，從此不要再犯罪了。」顯示、；神之愛子耶穌基督降世以慈愛、憐憫、寬恕、救贖之心，成全了舊約中公義嚴厲的律法，其最終目的，是要將世人從罪惡的深淵中拯救出來。

「信」文中最易引起誤解和爭議的論點，恐怕就是：「若你能仁慈不自私，就是一個基督教徒」和「行善不能得救」。耶穌基督最大的訓示就是要我們「愛人如己」。因此當然鼓勵眾人多多行善。但是，因為人類的渺小、軟弱、和罪惡，光；靠本身的行善還不夠，不能得救。只有仁慈不自私，並不就是一個基督徒。因為「世人都犯了罪，虧欠了神的榮耀。」「罪的功價是死。」造物主賜給人類最大的恩典，除了生命一和靈魂外，就是自由意識。可惜人類從原祖開始就不斷地濫用這寶貝的恩典，開罪了神，種下了罪因。正如佛，教所說的苦海，人類從一生下來就生活在充滿罪惡的苦海中，沉浮不定，患得患失、漂泊流浪、生老病死。有些人醉生夢死樂此不疲，有些人深感罪惡的恐佈，卻不知應如何得救。其實《聖經》上說：「神愛世人，甚至將祂的獨生子賜給他們，叫一切信祂的，不至滅亡反得永生。」

「我來不是為了義人，乃是為了罪人。」「太陽光照好人，也照壞人。」創造宇宙萬物的主宰實在太愛依照祂自己的形像所造的全人類，因此神救贖的手，隨時都一直伸在我們的周圍。只要我們這些享受「自由意志」的人們，願意認罪、悔改、接受耶穌基督作我們的救主，聽隨耶穌基督的教誨，把我們的手伸向祂救贖的手，我們必能從罪惡的苦海中被拯救出來，獲得「新的、永恆的生命」。

因此，光是「仁慈不自私」未必就是一個基督徒，還得認清自己人性中的罪惡，願意虔誠悔改，接受耶穌基督作為救主，才是基督徒。而且基督教義的基本精神和我中華文化的精髓雖不完全一樣，也並不互相抵觸，還滿相容的。

以上是我拜讀王鼎鈞先生大作「信仰者的腳印 — 讀林語堂先生《信仰之旅》」的一些不同看法和淺見，特此就教於王鼎鈞先生和諸位讀者。謝謝。

碧海藍天青島行

若有人出價謎，「紅瓦綠樹碧海藍天」，打中國城市名，則謎底非「青島」莫屬。

好比一條龍的龍首

山東 ── 這個具有雄厚潛力的省，好比一條龍。青島 ── 這個僅有一百年歷史的年輕港城則是這條龍的的龍首。從機場出來，沿著濟青高速公路（濟南到青島,部分完成）轉三〇八國道向南行約三十分鐘,經過哈爾濱路再接上山東路即進人青島市區。一路上，你可逐漸感受到青島市依山（嶗山）傍海（膠州灣和黃海）的雄偉氣勢和涼爽舒適的氣候。即使在盛夏，也只是白天最高攝氏二十五度，晚間十七度，且乾燥宜人。

青島居民大都身強體壯，熱情豪爽，標準山東人的個性；待人熱情，請客吃飯，菜盤子都不收，一看堆得可以有一尺多高，久仰青島啤酒更是名不虛傳，香甜可口。即使平常不善飲的人，也可喝上好幾杯。且餐餐都有啤酒，好像喝水一樣普遍。一塊人民幣（不到兩角美金）就可以買到一瓶，在美國要好幾塊美金還很難買到哩！

這就是山東的門戶，父親身前常提到的青島，我從未踏過的故土，生平第一次來到這周遭的人講的話都和父親一樣口音的地方，怎不令人感到特別親切激動！

初來青島的第一眼印象是，這地方好美，到處都是青山綠水。大大小小的公園有十多處，很少有城市會有這麼多公園的。我登上市中心的小魚山公園，在觀潮閣頂樓，居高臨下，整個青島市盡入眼底。舉目望去，只見一片紅瓦綠樹碧海藍天「郁達夫說得沒錯，這正是青島的速描。

從數十層樓高的四星級旅館海星大酒店旁的東海路，沿海濱走去。左手邊是一連串天然海水浴場。只見島鴉一片片弄潮的人影在晃動，正是人山人海水洩不通，擠滿了成千上萬的人，淹蓋了沙灘。右手邊則是一處處充滿德國風味的房舍，我看了嚇一大跳，簡直和我在慕尼克看到的景色一模一樣，一時之間仿佛置身德國。想不到德國殖民統治青島期間還留下來的痕跡仍歷歷在目，其影響力真強啊！

所謂「療養院」是指：

嚮導告訴我，這些房舍現在都用作「療養院」。我一聽還好羨慕住在裏面的人，想不到這個政權還滿照顧小老百姓的，不覺脫口而道：「這麼幽雅舒適的好環境，能讓那些頭腦精神有毛病的人和老弱傷殘住進來療養，還滿有人性的，真不錯嘛。」誰知領導急忙尷尬地解釋道：「唔，不是這樣的。所謂「療養院」，是專供高幹領導避寒避暑度假的別墅，就好像北戴河一樣⋯⋯」

我聽後，「哦 ── 」了一聲，恍然大悟，楞在那兒，久久說不出話來。

整個青島市，德國式建築到處可見。除了那些「療養院」區域的房舍外，最顯著的要算是市政府大廈，當年是德國殖民總督府。還有火車站在天主教堂都充滿德國味兒。

尤其是天主堂又高又大完全是歐洲式的，每天都吸引不少觀光客來遊覽。可惜此天主教堂只有在禮拜天（大陸不稱禮拜天，叫做星期天）開放半天，僅供愛國教會的信徒來望彌撒。平常日子全是大門緊閉，教徒和遊客只能在外看，均不能進入朝拜或參觀。

青島市中心的街道，大致是按全國地理區域分佈而命名的，有點像臺北市。譬如西邊有「新疆路」東北有「哈爾濱路」、「山東路」，東南再有「臺灣路」、「基隆路」、「高雄路」等等，使得像我這樣從臺灣來的人倍感親切。

一般來說，青島街島很狹窄，有許多上下坡，好像西雅圖。街旁一排排高大的法國梧桐真美，讓人看著舒坦。可惜因為街道窄，排列又不工整：交通往往擁擠不堪。據說地下鐵系統已規劃完畢，正準備開始施工。一旦完成，或可紓解交通擁擠的窘況。

那只會像傻瓜一樣，我才不幹……

但真正令人擔心而始終不見改善的，是老百姓不守交通秩序不講公共衛生的情況非常嚴重、開車的人到處橫面直撞，超車超速，屢見不鮮、不足為奇為路邊的行人更是像螃蟹似的,隨時隨地會突然過馬路，而且是大搖大擺地，完全無視斑馬線和來往車輛的存在。人車互不相讓，彼此在比賽看誰看得精確，磨肩擦臂而過，好像雜技團裏的特技表演驚險鏡頭，看得人心驚肉跳，心臟病要發作更有甚者、人們隨地吐痰和亂扔垃圾的習慣依舊。街道上和公園裏的垃圾箱形同虛設，蚊蠅與蚊蟲彼彼皆是，情況嚴重。我在車內好幾次看到人吃完東西，隨手打開車窗把果皮紙盒往車裏外一扔自然大方得很，也不見有任何人規勸干涉，看得人痛心。車站、戲院、郵局只見人擠成一堆，大爭先恐後，不見有按規矩排隊的人。我曾私下跟些人談過，一般反應是：「上面的人光會享特權我們小老百姓就這不行那不行，哦，州官可以放火、百姓不許點燈？要我守規矩，那只能會吃虧像傻瓜一樣，才不幹……」可見上樑不正下樑歪。國家領導的人沒有好榜樣，社會缺乏完善健全的制度，是件多麼不幸、多麼可怕、多麼可悲的事。在這種情形下，受害的豈只是陸地上的生靈而已影響所及，連海水也不免遭殃。從青島大港一號頭乘遊輪駛向膠州灣，只覺好像進入一個巨無霸浴缸，風平浪靜。因為灣口和薛家島和團島兩個長的半島，形狀好像大龍蝦的雙鉗，把黃海的洶波濤阻擋在外。你可看見到處是帆影點點，汽艇呼嘯而過；還有水上飛機越過軍艦潛艇起降於附近水上機場。風細細的柔柔的，水平平的靜靜的。

長風破浪，雲帆濟滄海

但一出膠州灣進入黃海，情況就完全不一樣了。高浪急海闊天空，給人一種視野無限遼闊的感覺心胸也頓時開闊起來。此時船速加快，雲層漸厚天色漸陰，隨時會下雨的樣子。

我站在船緣，手扶著欄杆，迎風觀賞無垠的碧海天，整個青島市側影盡在眼底。遠遠青山，近處大海水浴場，數十層樓高的現代化建築、旅館，國際貿易中心林立，小魚山觀潮閣、魯迅公館，小島等一覽無遺。還有海軍博物館旁的回瀾閣棧橋據說清末慈禧太后曾在此檢閱過海軍。

我曾悠遊過基隆和高雄港外的臺灣海峽和太平洋。這還是第一次遨遊在黃海上，真是興備極了。很有李白的詩句：「長風破浪會有時，真掛雲帆濟滄海」裏的感覺。

此時驟雨突降。就在我轉身要回船艙之際，突然聽到「撲撲」幾聲有東西從樓下窗口飛出，掉進海裏。我回頭住下一看，只見幾個可口可樂罐子在海面上漂浮，我還來不及思索，又聽「撲一」的聲音，只見幾根冰棒棍和香蕉皮從另一窗口拋出。接著又是幾聲「哈一呸一」有人吐痰到海裏。

天啦，這是怎麼回事、我立刻聯想起青島街上看到的情形。此時雨漸大，我彷佛聽到黃海哭泣的聲音。放眼向船底望去，只見白色翻翻滾滾的浪花，夾雜著一堆堆的拉圾和幾條白肚朝天的死魚屍，在波浪裏翻滾。看得人心痛如絞。只覺風急浪高，有水打在臉上，一時也分不清到底是雨水還是黃海的淚水？

歷險應如此，平夷在後頭

在駛回港口的途中，雨漸收風漸停。一進入膠州灣，風浪又重歸於平靜。幾只海鷗在天空中自由自在地飛翔。使人想起鄭板橋的「弄潮曲」：

潮平浪滑逐海鷗歌笑青山水碧流
世人歷險應如此忍耐平夷在後頭

我依著欄杆，望著青島的紅瓦綠樹碧海藍天。高聳入雲的現代化大樓好像很諷刺地豎立在那裏。我心想，中國的現代化和進步，不能只靠表面有形的建築，更得靠全民守法精神和公共道德之提升。當然這還得靠完善制度之建立和在上位領導人以身作則之好榜樣。

我衷心祈祝這日之及早來臨，期盼哭泣的黃海不再流淚，能早日破涕為笑。

而一趟「青島行」下來，心思澎湃，浮詩一首，也願與眾人分享：

碧海藍天青島行　紅瓦綠樹麗山青
膠州彎上煙嫋嫋　風平浪靜點蜻蜓
灣外忽聞染汙腥　哭泣黃海翻白雲
淚雨齊下浪滾滾　打在臉上分不清

因緣際會

— 記西海岸「文學與藝術」座談會

三月，北美洲，當美國東海岸和紐英倫地區正遭受罕見的大暴風雨侵襲的時候，我卻因緣際會地飛到西海岸。在洛杉磯華氏八十度的春天氣候裏，參加了一場令人難忘的研討會。

意外參加文藝座談

這次「南加州中華科工學會」年會，我本來是應邀在電腦組演講「人工智慧」和「文字識別」。卻意外地參加了一場「文學與藝術」座談會。科工會議中安排文藝座談，是可喜的。這與我近年來參加華府、休士頓、紐約、波士頓及聖路易等地的華人學術會議情形類似。可見越來越多的中國人，包括學理工的，注意到精神文明的重要。文藝活動由點而線，線而面地全面蓬勃成長，是很可貴的現象。

座談會由北美華文作協洛杉磯分會會長蓬丹女士主持。主講人是著有四十二本書的臺灣名作家徐意藍女士，「棋王」作者、旅美中國大陸名小說家鐘阿城先生，和臺北雙大出版圖書公司創辦人及總編輯劉素如女士。三位主講人精闢地敘述個人文學經歷與生活體認後，主持人蓬丹很客氣地允讓我這位遠客多提些問題。

我提出我的一些淺見。首先我很同意徐意藍女士的看法，對世界常保一份關愛與好奇，能助長思維而為追求更充實更美滿的人生目標而生活，則是寫作的泉源。她所舉出的切身體驗如訂制書桌，因事先未注意尺寸大小而使新桌進不了書房，得親自動手鋸短。以及與星雲大師的對話：「帶著微笑的心，凡事看樂觀面。我覺得生命很長且有意思。」很值得我深思。

要讓一部作品廣傳，靠的就是出版。劉素文女士提供了一些出版業務及著作權法的寶貴常識，包括出版市場的趨勢和華人讀書口味的改變。過去五年多來臺灣出版業太靠翻譯美日作品。劉女士有心要扭轉這種歪風，尋求中華文化的根，多出版具有中國風格的作品，我十二萬分的贊同。我並舉例說明中國文化讓外國所謂中國專家牽著鼻子走有多可惜。譬如杜甫的「春日憶李白」中兩句：「清新庾開府，俊逸鮑參軍」美國極有影響力的中國文學專家就據此一口咬定杜甫看不起李白，否則怎麼會把李白比作失敗的人？實大謬，不知誤導了多少人。西方人不知中國文化是以人格不以成敗論英雄。史可法，岳飛、文天祥、鄭成功不都是失敗的例子嗎？但他們多受後人尊敬。可見要是咱們中國人自己再不爭氣努力，美好的文化會被糟蹋成什麼樣子。劉女士並同意我的建議臺灣應自己編印《西遊記》、《水滸傳》、《三國演義》等兒童漫書，而不要再翻譯日本的。這樣才比較真實且有味道。到底是咱中國人的文化嘛。

與阿城談藝術人生

阿城首先糾正一般人的誤會。最近他去義大利一趟，其實是應威尼斯市政府之邀往遊，而完成「威尼斯日記」一書。接著談藝術與人生。覺得這兩個題目都太大，一輩子也談不完。但人生不應模仿藝術，以免生悲劇，並以《紅樓夢》和俄國小說為例。確實高見。但接著又謂，其實人生，藝術完全是兩回事，無關系。中國字是象形文，不重邏輯，中國詩也不重邏輯。愚見不盡相同也。我認為藝術與人生有很密切的關係。藝術往往反應人生，豐富人生求美心理，而人生在有形無形中也深受藝術影響。譬如紐約世貿大樓中有一公司雖有數間豪華舒適的會議室，但不知怎的大家老是特別喜歡到其中一間去開會。後來才恍然大悟，原來這間牆上掛有莫內的「蓮花」和梵穀的「星夜」，使大家下意識覺得很舒服。又如巴黎市中心有幾家餐館價錢味道都差不多，服務態度都一樣好，但某位教授偏偏就特別喜歡去其中一家。原來他下意識地被經常播放的比才和白遼士美妙的音樂吸引去了。反之，一個人若整天生活在藝術品味極低劣的環境中或文化沙漠中，會苦不堪言。文化藝術實在有形無形間影響人們精神生活至鉅也。

至於中國字不合邏輯，是多年來很多人的誤解，中國字其實不止象形，還有會意、指事和形聲、轉注和假借。不僅與大自然觀察到的經驗一致，甚至對於抽象概念都能表達其意。譬如看不見摸不著的「愛」，是誠心的犧牲和付出。所以上面是隻付出的手揭開寶貴誠意的心給與接受的手而成。經少許演變成「愛」。徐意藍女士這時補充道「心」與「愛」的關聯，所謂「愛心」，沒有心是不會有愛的。可見簡化字把心去掉是多不恰當。其他如因、森、旦、尖、盲等，還有部首「木」、「廾」「氵」、「金」「魚」等表達字與字之間關聯和分類關係是相當邏輯、科學的。反應出中國人造字的高度智慧。

中國字不合邏輯？

中國好詩也有很嚴謹的，合情合理且具藝術真實，否則不可能美、感人、流傳下來，正如旅美蘇聯作家那比可夫說的：「科學離不開幻想，藝術離不開真實」中國詩也一樣，否則不會有「推」、「敲」的佳話。即使天才如李白也會字字斟酌。如「行路難」中，究竟是「欲登太行『雪暗天』還是應該『雪滿山』就琢磨了又琢磨。」即使其「白髮三千丈」也是接著「緣愁似箇長」，與我們日常生活中「跳起八丈高」「怒髮衝冠」唯妙唯肖傳神入微之譬喻有異曲同工的藝術真實感。令人欽佩折服。可惜我讀的詩不多，真想知道到底有什麼中國字（除了轉注、假借以外）和什麼經得起歲月考驗流傳至今的好詩是不合情理、不重邏輯的？

或許因為時間不夠，對這些問題，阿城只謙虛地回答了一句話：「每個人都有不同的看法，不必討論了」令人覺得可惜、悵然若失，如入寶山空手回。原本一肚子對「棋王」的感想和問題都沒有機會問出口。

好在會後與大夥兒繼續交談，周愚的各地遊記和對人物生動的描寫非常有名，經常見報眾所周知。北美華文作協洛杉磯分會副會長王仙女士是虔誠天主教徒，她的音樂素養和對越南華僑苦難遭遇所付出的關愛，表現在她的大作《心樹》一書裏，很感人。滿頭灰髮雙目有神的紀剛本是醫生，卻以《滾滾遼河》成為暢銷小說家。有一次陳映真採訪他時，提出了尖銳問題使他無法回答，卻因此點燃了他認真研究中國文化核心的問題。多年埋頭苦修而完成「群我文化觀」的理論架構。這使我想起馬友友不以既有成就滿足，而去哈佛選課苦修，終使大提琴造詣更上一層樓。令人敬佩。可見虛心學習，腳踏實地努力下工夫，而不為名利虛榮所迷惑、絆倒、是多麼難能可貴，多麼重要。

三年前三毛寫過一封公開信給柴玲。可惜該信內容怪異不知所云，我大惑不解乃鼓起勇氣寫了一封公開信，請三毛指點迷津。不幸得很，過了不久三毛自殺而去，再也不可能得到她的回音。我很驚訝地發現在座幾位文友居然對這封寫給三毛的公開信記憶猶新，不少人還剪下來存了檔。想不到短短數言亦會引起共鳴，大概也是「緣」罷。我多麼希望國內出版界能建立健全的審稿和評論制度，對文不對人。以免尚未成名的人的好作品被埋沒，或名人不好的文章帶來負面影響。劉女士說國內的確在朝著這個方向努力。若然，則誠讀者作者之福也，亦誠中華文化之幸也。

以文會友滿懷喜悅

在回波士頓的飛機上，覺得好困好累，但心情是興奮的，剛才文藝座談會的情景還在腦海裏盤旋、回蕩，心中覺得好豐收，好充實。說也奇怪，本來彼此不相識，初次見面。但一談之下卻好像多年不見的老友，這不是文化的力量，是什麼呢？大家雖然來自各方，各有不同的行業，但心中所系的，雖然是「在那遙遠的地方」，不也近在咫尺就在身邊嗎？我不覺再度想起徐意藍在：「結緣廣世」裏說的：「因為有緣，所以我們相聚。」在這分崩離析天災人禍的大動亂時代裏，咱們大家不都是黑眼黃髮的炎黃子孫嗎？這不正是很大的緣份嗎？

部分 LA 華文作家協會：左二起 紀綱（滾滾遼河）、作者、作者母親、右二為作家周愚（周平之）

阿娜河的美麗與哀愁

— 參加瑞士伯恩「國際結構圖型識別會議」有感

一到瑞士著府伯恩城（Bern），我立即就喜歡上了這兒的清靜典雅。來往的車輛行人皆不慌不忙徐徐而行。人人面部表情友善祥和。沿街好多啤酒飲食店，桌椅都擺在店外。每天下午後高朋滿座，把酒言歡暢飲享受人生。這要空氣多麼清新不受污染的城市才做得到。國會大廈旁的廣場上，一大群民眾圍觀的西洋棋高手在羽毛球場般大的棋盤上，挪動半個人高的棋子一較勝負作君子之爭。整齊清潔的街道，油綠似海的公園，陪襯著陳年古堡和現代高樓，無不在默默敘述著瑞士過去的光榮與如今的驕傲。

美得像鄉下姑娘

但最令我心曠神怡的。還是那懷抱市區的 Aare 河。從高達數丈的橋上往下眺去，只見 Aare 河蜿蜒迤迴，河水緩緩而流。雖不如萊茵河寬闊壯麗，但卻可愛得像鄉村下的小姑娘，令人想起黃友棣的「杜鵑花」，嬌小玲瓏阿娜多姿。故譯名之曰「阿娜」河。沿階梯下數十公尺來到河畔，順著羊腸小徑漫步。陶醉在河水汲汲的呼吸聲裏，我好像能感到大地的脈動。河水清澈可見底，仔細一瞧，有一群魚兒在快樂悠遊。好一副「水面落花慢慢流，水底魚兒慢慢遊」的景色。河中有人在游泳，還老遠伸手向我招呼。抬頭一望，一群鳥兒在青天白雲下振翼，飛過。使我想起「鱒魚」、「請聽雲雀」，再向河邊草地看去，不正長滿了一片「野玫瑰」嗎？據說這些名曲就是當年多瑙河畔舒伯特在像這樣的環境裏激發靈感而譜出來的。好一個揉合了視覺與聲覺的交響世界。

望南遠看去是雪皚皚的阿爾卑斯山。如果這好比突出雲霄的玉山。那麼眼前的阿娜河不正是如臺大校歌中所描繪的「近看蜿蜒的淡水，她不舍晝夜的流動」，不同的是，阿娜河水清潔得多了。

熊城有名市旗招展

我情不自禁彎下身子，用雙手捧著河水往臉上撲去，好清涼啊，河水乾淨到幾乎可飲用。真難想像這樣的一條溫柔的河過去曾是護城功臣。正如數百年前的熊群一樣，每當城危時即出現協助居民抵禦外侮。所以至今在城中心廣場仍豎立著熊雕像紀念碑。伯城市旗上面畫的就是熊。據說連 Bern 的名字都是源自 Bear 這個字。好一個熊城。

往郊區繼續走去，兩岸房舍減少，逐漸被一片片樹林取代。林中有一所小學。好多小朋友在草地上打滾，在球場上嘻嘻哈哈踢足球。我注意到此段河兩岸每隔幾步就有一救生圈掛在欄杆上。真是個重人命的國家啊！這樣的文明國大概不至用坦克機槍輾殺手無寸鐵的同胞罷？瑞士人何其有幸。

被選為下屆主席

過了小吊橋，右手邊山坡上有一座鑲有大大的「A」字的十二層「大使」旅館。哦，那就是我來熊城的目的地 — 國際結構圖型識別會議（SSPR’92）的場地。此次會議聚集了來自二十八個國家的百餘學者專家，除了發表論文外，另一重要任務就是選舉下屆主席。我僥倖被提名並當選。次日傍晚，在阿娜河上游源頭敦湖的大型遊艇上的慶祝宴會中，好多圖型識別泰斗如貝爾實驗室的貝爾德（Baird）和華大的哈拉立克（Haralick）等向我賀道：「過去三屆主席全是歐洲的，這還是第一次我們美國來的當選哩！恭喜！」我聽了心情很複雜。不錯，我名牌上印著「東北大學」，的確是來自美國。但我更是中國人，是來自美國的中國人（I came from USA，come from Taiwan，R.O.C.）。好多人問我臺灣在哪裡？這也難怪。這次會議亞洲有日本、南韓，甚至香港、新加坡和印度的代表，卻無人從臺灣來，難道又是簽證出了問題？說來也真教人感慨，原來這次會議本應在臺灣舉行的。

三年前，當時會長法國的摩爾教授（Mohr）有鑒於歷屆會議皆在歐美，希望能另開新途在亞洲召開，並請我洽商。由於結構圖型識別的開山祖師故中研院院士傅京孫教授有很多大弟子都在臺灣，想像中在臺灣舉辦是順理成章再合適不過了。於是我揣帶著摩爾教授的計畫書與邀請函興致沖沖回國，卻萬萬沒有想到沒人願意接辦。使臺灣白白失去一次提高國際聲望，激勵研究風氣，讓國內學子直接受惠於國際大師的機會，實在非常可惜。

無人接辦在臺開會

這使我想起另一件事。十多年前傅教授有鑒於圖型識別在學術研究及工商醫軍事等方面之應用日益重要，乃發起成立國際圖型識別協會（IAPR）並任首任會長，且聯絡國內相關單位希望加入與另外十國成為創始會員國，卻一直得不到回音。數年後，會長易人。在加拿大蒙特屢奥的大會上，新任會長興高采烈的宣佈歡迎「中華人民共和國」正式加入成為會員國。發展至今，幾乎所有先進國甚至開發中國都已加入，唯獨缺中華民國臺灣。

會員國獨缺臺灣

更早罷，記得還在國內念中學時，有一屆亞運會本應在臺北舉行，但臺灣卻不接辦。結果易地舉行，終導致中華民國會籍被排擠由大陸取代。

每思至此總是感慨萬千。對於國內同胞屢屢損失這麼多機會未能在各種場合與世界各國同好切磋琢磨公平競爭，深覺可惜。而很多這些機會原本是可掌握在自己手中的，卻平白丟去，終導致在國際舞臺上日形孤立，怎不教人感到格外痛心？

來瑞士前，剛知悉南韓以極惡劣的手腕與臺斷交。當時相當憤慨。但再一想，還好有此一巴掌打醒夢中人，使得臺灣終於明白到以片面最惠國待遇單向討好別國的作法是行不通的。既維護不了國家利益更會招致更大羞辱。若因此教訓而能直起腰杆重新做國，痛下決心「從此對外關係必定兼顧國家利益和國格尊嚴」，則未嘗不是塞翁失馬因禍得福也。

自外於國際舞臺

然而另一方面，大陸政權既拿不出德政以服民心，還得對內以坦克機槍杆子保政權。更不惜以一切手段企圖將彼岸的生存呼吸空間緊縮。只顧狠下心腸煮豆燃豆箕，那管它相煎何太急？虎毒不食子，手足相殘何時了？中國人何其悲！

想到這裏，對整個國家的前途，在審慎的樂觀中，仍不免浮上一絲憂心。啊，美麗的寶島，我可愛的中華，你究竟將何去何從？

一陣渡輪汽笛聲打斷了我的思緒。抬望眼，只見白日依山盡，夜暮漸低垂。此刻敦湖上一片霧氣彌漫煞是美觀。乍看之下好像日月潭，只是不見湖中島，大概是被白茫茫雲煙遮蓋了罷。浸浴在一片濛濛朧朧中，感到一種濃得化不開的情。腦海中不禁突然浮起：「日暮鄉關何處是？煙波江上使人愁」。多美的詩句。而當時崔灝和李白思鄉憂國的情懷，不正也反映現代多少中華兒女的心境嗎？

會議結束了，各方好漢紛紛束裝準備打道回府。還有不少人要去荷蘭海牙參加另一大會。翻了翻手上的議程單，上面印著：開幕典禮在梵穀會議廳。心中又好感慨。我在羅馬開會的時候去過米蓋郎基羅廣場，維也納有莫箚特巷，巴黎有小仲馬劇院，連波士頓都有郎費羅橋。所有文明先進國無不以自己的文化為傲為榮，且大力發揚之。但稱號文化大國的我們呢？竟然聽過有人建議在香港村建「女王街」，卻從來不見「杜甫街」，我們的「黃自會議院」又在哪兒呢？

飛機漸漸加速，越爬越高，往雲端沖去。地面房舍山川顯得越來越小。再見伯恩城，再見阿娜河，再見敦湖。我有緣到這麼可愛的地方，與來自四面八方同好相聚，雖僅短短數天，卻留下永難忘的回憶。回首眺望那逐漸遠去的青青高山和藍藍澗水，我突然有一種好濃好厚的感覺，好想念山的那一邊，那遙遠的地方。不覺低聲吟道：

因緣際會敦湖畔
阿娜雲煙映好漢
熊城聚別紛飛去
遙望何處是鄉關

美麗的瑞士阿娜河，河水好清爽安靜，藍中透綠，山清水秀，猶如人間仙境。

爲什麼沒有「貝多芬」？

今年一月起，歐洲十一國貨幣統一，正式進入歐元（EURO）元年。這種歐洲經濟貨幣聯盟的法定貨幣，為歷史上第一個不以一國主權作為信用基礎的貨幣。歐元的誕生，將對國際金融和國際貿易的發展，帶來極為深遠的影響。確實是本世紀結束前，人類經濟史上最重要的事件之一，使得歐盟的經濟實力駕乎美、日之上，成為另一個新的世界經濟超強。並有可能為歐盟各國最終走向統一拉開序幕，那麼不僅在經濟上，實際在政治、文明上之影響力更不容忽視。自二次大戰結束後，蘇聯解體、兩德統一、和捷克斯拉夫分裂以來，實為國際上最具影響力的事件之一。

歐洲一向極為重視文化藝術，這種優良傳統自然反應在新出爐的貨幣設計圖案上，我興奮好奇地欣賞著這些歐元貨幣，有二十元、十元、五元等紙幣，以及各種硬幣，其中又以一元硬幣最為醒目。果然，義大利用的是達文西著名的人體像。法國印的是生命樹，有「千湖之國」之稱的芬蘭設計的是「兩只天鵝飛過湖面」圖案。酷愛豎琴的愛爾蘭則用的是「愛爾蘭豎琴」。

不過最引人注目的是奧地利的音樂神童，被世人尊稱為「樂仙」的「莫札特肖像」，半側著臉龐，一幅天真無邪，充滿著「神之愛」（Amedeus）神賜天才的模樣。令人想起他的歌劇「費加洛的婚禮」和「第 21 號鋼琴協奏曲」。我下意識趕緊向德國設計的歐元硬幣看去。只見「聯邦老鷹標誌」，我心裏不禁驚問道：「怎麼沒有貝多芬？」老鷹雖然象徵勇猛有力，以隱喻歐元將成為強勢有力的貨幣。但也很容易使人聯想起二次大戰時的「第三帝國」的標誌，想想小時玩的「老鷹捉小雞」遊戲，以及在動物園中看到的兇猛老鷹，心裏就不覺得很舒服。而且怎麼越看越面熟？馬上從口袋裏掏出一枚美金硬幣來一看，哎呀，原來也是一隻老鷹，而且像極了德國歐元硬幣上的《聯邦老鷹》。乍看之下，一時還分不清，很容易混淆哩。我再把美金硬幣翻過來看，上面是美國國父華盛頓肖像，極具美國特色，加上他對美國功勞特殊，故用來作為美金硬幣上的圖案很恰當，很有意義。但再看歐元硬幣上比利時的「亞伯特國王側面肖像」、荷蘭「壁翠克絲女王側面肖像」、和西班牙的「卡若斯國王肖像」，就覺得陌生得多。或許他們都是傑出的政治家，對本國有巨大的貢獻，做為當地國的貨幣圖案很恰當。但作為歐元貨幣上的設計圖案，意義夠深夠遠大嗎？難道就找不出更偉大的，對歐洲甚至對全人類有巨大貢獻的偉人了嗎？就算如此，但是德國呢？不是明明出了個偉大的永受世人崇敬的「樂聖」嗎？那麼在歐元貨幣設計圖案上，卻為什麼沒有貝多芬呢？

我很佩服奧地利人，把「莫札特肖像」印在歐元硬幣上，真是高瞻遠矚很有意義。「樂仙」不僅是奧地利的光榮，更為整個歐洲和全人類敬愛。這位天之驕子、神之愛，在音樂上的天分極大。人類歷史上恐怕無出其右，唯有「樂聖」能與之比較。貝多芬的作品，無論是交響樂、協奏曲、奏鳴曲、或歌劇，在量上雖不如莫札特，也沒有他那種一氣呵成的華麗、不似他無與倫比的巨大天才。但比起創作的意境和質則各有特色，是個超級大人才，像苦吟「詩聖」杜甫一般，慢工磨細活。他不僅是大音樂家，更是大仁道家，關心國家世界，體諒民間疾苦。其對人類的愛心表現在音符上，往往充滿奔放的熱血，如火一般燃燒，產生無比的震撼感人的力量。尤其是對人性的啟發、鼓舞人生向善奮發向上，其意境之高絕不亞於「樂仙」莫札特。誠可謂是不分東西南北，無論男女老少，天賜最佳禮物，乃人間共用至寶，永被世人尊稱為「樂聖」，良有以也。

貝多芬熱愛民主自由，對世人道德有很高的啟示，譬如第三〈英雄〉交響樂，威震叱吒風雲、不可一世妄想稱帝的拿破倫；貝多芬認為人皆平等，絕不在皇帝面前先低頭，其風骨和膽識超過大文豪歌德。他那傑作中的傑作，第九合唱交響樂〈歡樂頌〉被譽為藝術精華之精華，金字塔中金字塔，更為全人類終將走向世界和平，實踐世界大同崇高理想的最高啟示。君不見二次大戰後，德國分裂為二，一東一西，卻以這首第九合唱交響樂作為共同國歌。奧林匹克運動大會每次都在開幕式中演奏「合唱交響樂」。最感人的一次是最近在日本長野的冬季奧運會上，由遠從美國波士頓去的名指揮家小澤征爾（出生於北京），指揮當地合唱團加上五大洲的合唱團，透過人造衛星同步從亞洲、歐洲、非洲、澳洲、和美洲傳來的〈歡樂頌〉，再透過人造衛星現場實況轉播到全世界各地角落，在億億萬萬人的心中產生巨大共鳴。歌聲雷動、博海騰歡，天籟之音、感人至深。

當我看到大銀幕上傳來自北京百人龐大合唱團的情景，黃皮膚黑頭髮，龍的傳人，炎黃子孫，齊聲高唱〈歡樂頌〉。一種血濃於水的特殊感觸不禁從胸中油然升起，使我想起多年前在臺大合唱團時，為慶祝貝多芬兩百周年誕辰，與臺北十多個合唱團，在中山堂聯合演出第九合唱交響樂「歡樂頌」的情景。盛況空前，非常感人，我竟忍不住流著淚從頭唱到尾。中國人和德國人實在是有一種特殊的淵緣啊！除了國運相似外，「樂聖」貝多芬的這首合唱交響樂「歡樂頌」中所引述德國大詩人席樂的詩句：「四海之內皆兄弟也」，不是與我們論語中的名言不謀而合了嗎？而這種崇高的「世界大同」的理想，咱們中國人早在兩千多年前就提出來了哩！聖經上不也開宗明義地說：「起初神創造天地…神創造世人…」嗎？啊，原來不論古今中外，人同此心，心同此理，人類實在應該是不分種族，不劃國界，大家情同手足，相親相愛，本來都是一家人才對呀！「樂聖」這首偉大的傑作〈歡樂頌〉給世人的啟發、感人震撼力之巨大和影響之深遠可想而知。難怪紐英倫波士頓古典樂電臺 FM-102.5 WCRB 舉辦的聽眾票選最愛的曲子，連續十二年合唱交響樂〈歡樂頌〉都得到第一名。不僅在世人心中永垂不朽，更透過太空船「探險號」雲遊宇宙，不斷撥放合唱交響樂，把〈歡樂頌〉帶給了神所創造的整個宇宙啊！

聰明、熱愛藝術，又有悠久文化歷史傳統的德國人不可能不明了樂聖的偉大。其實，當一九八九年柏林圍牆倒蹋時，上百萬的東西德人民蜂擁而到布蘭登堡齊聲歡唱「歡樂頌」，由大指揮家伯恩斯坦親自指揮，並賦添與新名「自由頌」，場面至為感人。貝多芬在維也納故居之遺物，包括鋼琴、樂譜、手稿、用過的傢俱、桌椅、甚至一針一線都被運回德國波昂，陳列在「樂聖」誕生的家「貝多芬紀念博物館」裏，供世人瞻仰憑吊。德國人以他們的這位同胞為傲為榮，對樂聖倍加尊崇敬愛，是勿庸置疑的。

然而，在歐元貨幣設計圖案上，為什麼沒有多芬呢？久思不得其解。不過我這次回國到臺灣大陸講學，順道造訪香港、澳門、深圳、珠海各地。心中頗有感觸。香港已回歸祖國一年多了，但在「一國兩制」的情況下，不僅政治制度、社會體系未能統一，就連最基本的金融體制和貨幣也無法統一。而且生活水準和國民收入兩地相差太大，譬如從國內徵調到香港的軍人薪水馬上要增加十倍才能與當地經濟水準相融！而且澳門和臺灣亦各有各的幣制，就算兩岸和平統一了，在可見的未來，光是貨幣就不可能統一，而且幣值、生活水準和國民收入相去甚遠，遠比東、西德統一前的差距大得多。可見光靠四個現代化促進經濟繁榮是不夠的，還得加強第五個現代化讓政治制度上軌道才行。能做到真正的民主自由才是正招。

想想看真叫人感慨呀。咱們中國人偉大的祖先首創「四海之內皆兄弟也」、「世界大同」的崇高理想，可是，如今眼看歐洲十一國都已統一了貨幣，而號稱只有一個中國的我們炎黃子孫，卻不得不在兩岸四地保持四種不同的貨幣。多諷刺啊！怎麼會到這般田地的呢？

無論如何，咱們中國人的祖先既然早就有「四海之內皆兄弟也」、「世界大同」的崇高理想，我們這些龍的傳人就不該妄自菲薄。「勿自暴自棄，毋固步自封，光我民族，促進大同」盼我所有炎黃子孫能夠早日痛定思痛、排除私欲、精誠團結、奮發圖強。不僅早日實踐一個和平統一，自由民主，富強康樂的新中國，以作「新中國人」為傲為榮。更要能進一步起帶頭作用，領導全世界走向「四海之內皆史弟也」「世界大同」的目標。我常想，神一定是很愛中國人的，所以他創造了十三億之多；同時，神一定是很愛全人類的，所以他創造了一個貝多芬！那麼，讓我們一起來祈求神明賜給我們大智大慧，和大慈大悲的仁愛之心。我多麼希望有朝美好的一日，全世界的貨幣都能統一。到那時，各國所印製的貨幣，一面保有本國的風格和特色，另一面則統一印「樂聖」貝多芬的肖像。象徵全世界的和平、統一、歡樂、永恆，藉著合唱交響樂〈歡樂頌〉，唱出對造物主的讚美，並宣揚、彰顯、敬拜、感謝神的大能和慈愛。那麼不是非常有意義非常可愛嗎？啊，難道德國人也預期到這一天的來臨，所以才暫時不把貝多芬的肖像印在歐元上，而把世人所愛戴的樂聖的肖像，保留用在將來統一的世界貨幣上？我衷心地祈禱這一天日早日來臨。

附：〈歡樂頌〉歌詞，德國席勒原著，貝多芬改編成第九「合唱」交響樂（前三行為貝多芬所加），本文作者譯。

哦！朋友，不是這樣的聲音

讓我們用更愉悅的歌聲

唱出滿溢的歡欣！

快樂美麗神彩飛揚，天國的女神在歡唱，
我們藉著聖火激蕩，踏進那神聖的殿堂，
藉著你神奇的力量，癒合了撕裂與創傷，
四海之內皆兄弟也，乘你的柔翼在飛翔，
誰曾享受永恆之友誼，贏得真誠相愛的嬌妻，
即使一生只有一個知己，請一起來贊高聲歡唱，
倘若天下無一知己，只好離開獨自飲泣。

在大自然的懷抱裏，全人類暢飲歡樂杯爵，
公義與罪惡，皆他所賜賞，
他給我們香吻與美酒，真正的友誼地久天長，
連蟬蟲都受照顧，小天使護守上蒼。

快樂！快樂！像天上的星光，
他使天星律動，使穹蒼發出萬丈光芒，
弟兄們你們也當自強不息，
像出征的英雄氣宇軒昂。

億萬的人們啊！我擁抱你們，
給這世界無雙的一吻，
弟兄們在繁星帳幕之上，
必常照臨著，慈愛的父神！

萬千的眾人啊！你虔誠敬拜嗎？
渺小的世界啊！你認識造物主嗎？
在天上尋找他的行蹤，
繁星之上，必有父神照臨天空！

〈歡樂頌〉禮讚

（遊樂聖故居維也納、聆聽貝多芬“第九《合唱》交響樂”有感）

『不分東西南北 無論男女老少；天賜最佳禮物 人間共享至寶。』

晨星燦爛現光華 谷中幽幽百合花
眾樂聲中最美好 萬人歡唱韻天涯

荒漠枯渴逢甘泉 夜航迷途有燈塔
悲愴哀慟得安慰 卑微渺小不懼怕

四海之內皆兄弟 五洲天下本一家
東西文明同此心 中華文化真偉大

藝術精華之精華 金字塔中金字塔
比一切智慧哲理 有更高深的啟發

誰能 參透你音樂的意義
誰就能 超脫常人無法振拔之苦難與憂殤
誰能 浸浴你歌聲的洗禮
誰就能 治癒心靈難以復合的撕裂與創傷

饑寒煎熬受苦辛 鋼鐵鍊爐鑄堅兵
坎坷燃己亮他人 歷經患難得歡欣
聾疾肆虐吐天韻 貧病交迫譜佳吟

孤舟飄零無伴侶　博海歡騰享仙音

你給　被擊倒的人
帶來　復甦的希望
你為　受迷惑的人
指點　生命的方向

灰心者　受你激勵
重新與　命運較量
喪志者　因你鼓舞
再踏向　人身戰場

沒有　黑暗嚴寒的冬天
烘托不出　光明溫暖的春天
不經　妻離子散的苦楚
體會不到　親人團聚的甘甜

未遭　國破家亡的悲痛
不知　統一富強的可貴
未受　專制奴役的迫害
怎識　民主自由的滋味

完美上帝之傑作　遠比皇帝更尊貴
清新爽朗春田園　亮麗雍容夏玫瑰

柔和中帶剛強　卑微中顯輝煌
溫馨撫慰大地　拂面皎潔月光

不分東西南北　無論男女老少
天賜最佳禮物　人間共享至寶

維也納到波士頓　柏林牆到天安門
光芒四射永不朽　長相伴隨烈士魂

詩樂美力之融和　彰顯上帝的大能
蘊函神奇的力量　造物主愛的化身

如今兩德已統一　布蘭登堡唱歡歌
祈禱天祐我中華　撕裂神州早癒合

可敬的詩人與樂聖
親愛的席勒貝多芬
偉大心靈天上來
延綿不斷感世人

春拂萬華柳鞠躬　寒梅一束敬英雄
請納謙誠獻禮讚　美哉至愛< 歡樂頌>

註：樂聖貝多芬　第九【合唱交響樂】〈歡樂頌〉是根據德國大詩人席勒的詩而譜成。被公認為世界上最偉大的藝

術作品。其中詩句「四海之內皆兄弟」與我國論語中所闡述的禮運大同篇中的「世界大同」的崇高理想不謀而和了，但是中國人早了兩千多年哩！樂聖一身未娶，孤苦伶仃貧病交迫，在耳朵全聾時竟能作出這麼偉大的作品，真是不可思議！除了上帝的旨意、大能外，別無解釋。樂聖曾說「被當我作曲時，都感到有一位天使在觸動我的手指寫下每一個音符」。一九八九年六月四日，北京示威群眾在天安門高唱〈歡樂頌〉，同年十一月九日柏林圍牆倒蹋，東西德人民在布蘭登堡齊聲歡唱〈歡樂頌〉，被撕裂了多年的兩德終於重歸復合統一，至為感人。去年筆者再度訪樂聖故居維也納，至貝多芬墓前，獻上寒梅一束敬英雄，感慨萬千，為詩以誌。

註：本詩句中引用多處樂聖貝多芬作品之曲名，如：悲愴、命運、皇帝、田園、月光、愛、英雄、和歡樂頌等，並將其連貫起來，而成本詩文。

樂聖貝多芬墓（維也納）

樂聖貝多芬墓（維也納，中央公園）

德國的詩人席勒雕像（德國黑森林自由堡）

貝多芬誕生地 波昂（德國）

新書救一命

我最近出版的新書散文集《哈佛冥想曲》，有很多篇章都是從麻省理工學院的「劍橋合唱團」那兒得來的靈感發展而成。其中又以哈佛恩鹿音樂會的感想為主。譬如「詩中樂有樂中詩」為送別前任指揮陳麗芬有感而發：「仙樂飄飄處處聞」是演唱全套黃自《長恨歌》清唱劇的感言：「當晚霞滿天」則是因演唱黃友棣作品深受感動而成，或許是心有靈犀一點通的默契罷，前任二位指揮姜宜君和施宜良所選的練習曲包括了義大利歌劇大師韋爾地的名作「鐵砧合唱」和「引酒歌」，剛巧與拙作「墓園中訪茶花女」中探討維爾地作品的精神不謀而合了，兩位音樂學院的高才生指揮家虛懷若穀，不嫌棄我們這些業餘歌手的外行見意，坦然將李白作詩屈交中作曲的「白雲歌送別十六歸山」重覆演唱，以增加美的效果，令人格外由衷欽佩，有人覺得奇怪為什麼不是「夜雨聞給『斷腸』聲」而是「腸斷」聲？哦，原來是為了配合上句「行宮見月傷心色」的平仄而揣牲對仗。黃永熙的《遊山樂》裏，竟不曉得「唐宋明元」而不是「唐宋元明」，不是有異曲同工之妙嗎？有了這樣的討論和瞭解，掌握了原曲的意境，唱起來會更覺有味兒，表現得更加自然親切。

拙作承蒙臺灣省政府「獎勵優良作品出版」的贊助，由九歌「健行」出版社印行後，我特別優惠「劍橋合唱團」的團員，並將在國內獲得的書款一半捐給合唱團作為運作發展基金。那天由合唱團的榮譽團長，也是合唱團這個大家庭的大家長蘇媽媽熱心帶頭領先，不少團員一擁而上共襄盛舉，熱誠購買拙作先睹為快，令人感動得暗中落下淚來。

其中領唱臺灣山地歌「快樂的聚會」一曲，優美嘹亮的歌聲驚四座的女高音陳宜珍，因為曾傷到腳，看醫敷藥苦惱了好一陣子。因此我在書裏簽名除了寫上一般的祝福外，還特別加上一段「請特別注意第 25 頁到 92 頁，但願貝多芬的音樂能給你帶來神奇的治癒力量！」果然，後來她告訴我多聽貝多芬的音樂真能帶來神奇的力量，幫助她減輕不少腳痛之苦，因此顯得特別高興。

可惜由於團員大家平常都非常忙碌，一直也沒有機會正式聽到什麼讀後感和指教。倒是有一次，非常意外地，從一個完全想不到的人那兒，聽到對拙作的感想。那天，星期五晚上，又到了「劍橋合唱團」例行練唱的時間。七點半，我準時到達查爾士河畔麻省理工學院刻有大大「NEWTON」標記的二號大樓 190 教室。只見一位新面孔靜靜地坐在右邊，於是下意識禮貌地握手打個招呼：「你好，新來的嗎？歡迎歡迎，請問貴姓大名？」「我姓黃，剛從華盛頓首府畢業來波士頓作事，你呢？」「喔，我在東北大學教書…」「啊，那你一定是王教授囉」「是啊，你怎麼知道？」我詫異地問。「因為我看過你的書，而你的書還救了我一命！」天哪，我更是嚇一大跳。那既不是醫學的書又沒有什麼祖傳秘方，怎麼還會救人一命呢？簡直是丈二和尚摸索不著頭腦，一副又驚喜又好奇的表情。「哎，是這樣的…」

原來黃君是宜珍的大學同學，政大合唱團的團友。剛搬到波士頓來就業，新租的公寓還得過一周才能住進去。剛好宜珍幾位室友有一空房間，可以暫時棲居幾天。愛好音樂的人自然而然注意到書架上的拙作《哈佛冥想曲》。於是，不知怎麼的，大概是因為愛不釋手罷，居然連上廁所都是正襟危坐，直著上半身，與地面成九十度。但那天黃君為了賞讀敝拙作，上身特別前挺約四十五度。正讀得津津有味陶醉於渾然忘我的境界，忽然，說時遲，那時快，只見頭頂上一塊天花板，「嘩！」的一聲掉將下來，大概還是受到臺灣 9/21 餘震的影響罷。不過卻不偏不倚剛好打在黃君背上疼痛了好久，驚魂未定之際回首一想，怪怪，好在當時是在向前頃看書，所以只打到背上。否則萬一沒看書而直坐著，那豈不正好打到頭頂天靈蓋上嗎？那還得了，後果不勘想像。真是「好家在，好家在」，有驚無險，總算是不幸中的大幸。現在回想起來尤有餘悸深覺慶倖。「所以讀你書的最大感想是，它救了我一命！」

我聽得出神，詫異不已，驚喜交加，皇天不負苦心人，總算有人告訴我讀後感了，趕快安慰道：「感謝老天保佑，還好你背也沒事兒了，要是發生再早一百多年，很可能你因此而發現了地心吸引力萬有引力定律也說不定。」我不禁想起胡適之的《讀書的樂趣》。昔日學生時代也常遇到作文題目是要我們申述「讀書的好處」。往往絞盡腦汁也就是那麼幾條可以發揮，想不出什麼新意。如今總算有了新的發現原來讀書還可以救命！想不到區區拙作竟然還會對社會人類提供這麼一點點小的貢獻哩！

莫把淫亂當愛情

— 從電影麥迪生橋到鐵達尼號

〔鐵達尼號〕（Titanic）在奧斯卡的頒獎典禮中囊括了十一項大獎（平〔寶漢〕紀錄）。在此地放映時，打破票房最高紀錄。引起很多人熱烈討論，最近錄影帶上市，再掀高潮，其影響之深之廣勿需贅言，但是做為一個觀眾，有些感觸令人深思。不吐不快。

本文不想對此片做什麼評估，它能得到那麼多獎必有不少優點。我只想針對現世關於「愛情」與「淫亂」的一些混淆觀念稍抒己見。首先，「鐵達尼」確有其感人之處。尤其是男主角傑克為求女主角羅絲而犧牲生命的那一幕。令很多觀眾感動的熱淚盈眶。暫且拋開傳統的道德和社會不良風氣不談。此片所以給人有一種「純情」的感覺，主要是因為羅絲是閨女。並非是有夫之婦；而且她與未婚夫之訂婚，並不是經由交往、相識、相戀，只是由於女方母親貪圖男方是貴族富家子弟，而勉強羅絲為之。再說傑克是單身漢，亦非花花公子類。因此，當羅絲和傑克由感情變成愛戀，進而決定不帶走任何貴族家任何財產，毅然離開未婚夫，與傑克私奔，才會自然而然地在觀眾潛意識裏，產生感人的張力，令人同情。

可惜，一些觀眾忽略了前面分析的心理因素，忘了為何而感動，誤以為只要是離經叛逆的男女色情私通私奔、亂發生性關係、只要故事情節寫得精彩、演員導演表現優異；就一定會感人，誤把「淫亂」當「純情」，是非常遺憾且危險的。我們不妨看下面的比喻，就可能更易明白些。假如傑克是是有婦之夫。且寡人有疾。背叛太太到處拈花惹草，與別的女人私通，就是俗稱的所謂「姦夫」（有些衛道人士不喜歡看到這種字眼，就姑且以英文拼音的第一個字母 CF 代之）。假如傑克是 CF，那麼。「鐵達尼」還會這麼感人嗎？更有甚者，假如這裏 CF 表面上道貌岸然，衣冠楚楚，滿嘴巴仁義道德。卻瞞著太太不僅到處玩女人、始亂終棄，甚至騙得女友懷孕又狠心拋棄私生母女，然後再勾引救命恩人的太太私通私奔、破壞恩友家庭，使其妻離子散家破人亡，把自己的快樂建立在別人的痛苦上，為滿足自己的欲望而破壞恩友的家庭。這樣的淫亂獸行還稱得上是愛情嗎？那麼傑克的角色則只會令人感到口噁心、幽冷，而不易為影迷所接受，欲群起而攻之。

再說羅絲。假如她是有夫之婦，已與相戀多年的的男友結婚。在上天與法律面前，曾公開宣佈「永結同心、終身相許、白頭偕老，絕不背叛」之神聖婚姻哲約，且已兒女成群，但卻暗地裏屢屢與勾引她的有婦之夫私通，就是俗稱的「淫婦」（暫且以英文拼音的第一個字母 YF 表之），假如羅絲是 YF，那麼〔鐵達尼〕還會這麼感人嗎？再說，就算 YF 已不再愛自己的老公，移情別戀 CF。但在存心離棄結髮夫時，卻千方百計貪圖夫家財產，以供其與 CF 享樂，並利用其情不二，信任無疑的丈夫做家事，帶孩子、付最貴的（比如哈佛大學）的學費長達十多年，以贊助她完成最難最高的學位（比如文學博士學位），一旦目的達到，馬上一腳踢開大鬧離婚，並拐騙走夫家一半財產、存款、退休金、與 CF 遠走高飛。享淫亂肉慾去也，這還能稱得上是愛情嗎？恐怕只是獸戀、貪念之發洩和虛榮心的滿足罷了。我想鐵達尼號故事之所以這般的使人感動，男女主角純真無私的愛情故事占了很大的因素。

可惜現代社會世風日下，道德敗壞，淫亂成習。近來 Monica 和 Clinton 之間的性新聞是最明顯的例子。堂堂總統利用職權。與女兒般年齡的屬下女子，在白宮屢屢行淫。且在直誓的情況下脫罪，作為偽證，公然欺騙全國民眾和世人，自毀人格、國格與公信力，成為舉世笑柄，丟盡了美國的臉，蒙羞受創的豈止 Clinton 妻女一家人而已。這已夠駭人聽聞，更糟的是，據民意調查，多數民眾仍然認為他應繼續留任，不該下臺或被彈劾。主要因為經濟情況良好，失業率低。好比為人師表的老師，只要會教書。文化好，行為淫亂欺騙也沒有關係。悲哉，說句不中聽的話，這與家裏養的貓狗豬羊、禽獸牲畜何異乎？這樣的學校、社會、國家，不正是典型的「笑貧不笑娼」嗎？這與當年羅馬大帝國亡國的前兆相去幾何？嗚呼哀哉，道德之淪喪，心靈之腐朽，有時候，連法律的尊嚴和效率也遭殃。美國雖然一向以法治著稱而自傲，然而可悲又諷刺的是，刑法明明列「通姦」行為違法應受罰，但只有少數幾州遵守執行（如北卡州去年轟動全美國的

Hurtelmeyer vs Cox 的案例，裁決‘通姦’者須賠償受害配偶一百萬美金）。絕大多數州（包括麻州在內）檢察官一律以不起訴處分。且離婚雙方財產存款各一半，不論是否有姦情，這無形中等於變相鼓勵通姦，貶低家庭、婚姻價值，提升淫亂行為，助長家庭毀滅，加深社會亂相。難怪近來離婚率高的離譜，超過 50%，且有越來越高的傾向，造成多少支離破碎的家庭，殃及無數可憐無辜的小孩，這些國家未來的主人翁。社會棟樑，如此惡性循環下去，後果不堪設想。究其根源，不外「淫亂」，「貪欲」，與「笑貧不笑娼」的心理作祟。有識者焉能不以為誡？

我不禁想起多年前曾看過的另一部電影〔麥迪生橋〕，女主角趁丈夫和孩子在外時，耐不住寂寞，與陌生男子邂逅，進而產生姦情，雖然僅只一次，也沒有害得男女任何一方妻離子散家破人亡，但已引起廣大觀眾熱烈反響。「淫亂」乎？「愛情」乎？的確迷惑了不少人。我曾想，或許是因為「原罪」，人類下意識喜愛有犯罪行為的男女色情故事，比較新鮮、刺激、吸引人，而誤認為偉大的文學藝術作品一定得由不正常的和變態的淫亂情色性愛才能產生。這想法其實似是而非也。試看李清照愛情多專多深，她作有無數偉大的作品，比如〔一剪梅〕，因想念親夫而寫下許多膾炙人口的、永垂不朽、感人肺腑的詩詞，譬如：「雁子回時，月滿西樓」，輕解羅裳獨上蘭舟，花自飄零水自流，一種相思，兩處閒愁，才下眉頭，卻上心頭」，好美好感人。不是與李白的「春思」：「當君懷歸日，是妾斷腸時，春風不相識，何事入羅幃？」意境很像歌劇〔蝴蝶夫人〕裏楚楚可憐的「蝴蝶樣」的忠貞專情雖然沒能及時扭轉丈夫的花心，但其著名的詠歎調〔美好的一日〕和〔永別了可愛的寶寶〕卻令負心郎平克頓懺悔終身，永為世人傳頌，為負情者誡。再說，普希金小說中的達吉亞娜，雖曾暗戀過英俊瀟灑的奧涅金，但在與夫結婚後，卻能發乎情，止乎禮，拒絕奧涅金屢屢勾引挑逗，嚴辭道：「我必須對丈夫忠貞！」多令人欽佩崇敬！凡此實例多得不勝枚舉，伏拾皆是。「科學離不開幻想，藝術離不開真實」，在真實生活中或是一部文學藝術作品中，真正令人感動永恆不朽的，不是那表面的華麗辭藻或迷人情節，而是隱喻其中的崇高人格和偉大情操。前者雖乍看為美，終會與草木同朽，後者雖暫不起眼，終會與日月同光。〔麥迪生橋〕與〔鐵達尼號〕當小說電影來欣賞或有娛樂價值，可消遣一時，但在人生實際生活中，應警戒之，不宜輕易效法嘗試。

那麼，究竟什麼是「愛」呢？我苦思探尋良久。從英文字“Love”看不出，“Make Love”更是誤導，只要男女雙方做那種事，就叫“Make Love”，與愛不愛無關。但中國字很妙，從原形來看：會其意為：一隻付出的「手」將最寶貴的東西「心」，誠心誠意地給予接受的手「需要的人」。簡明扼要又優美地闡述了「愛」的真諦。我曾在梵蒂岡西斯丁小教堂參觀天花板上米開朗其羅的名畫〔創世紀〕中，神從天上伸手把（最寶貴的）生命靈魂賜給伸出手的亞當，那不正是「愛」的源泉嗎？天啊？怎麼與中國字這麼吻合？此巧合乎？天意乎？一東一西，隔了半個地球，相去近一千年，真是人同此心、心同此理，除了「同是天涯神造人」外，還有更合情合理的解釋嗎？我抬頭仰望西斯丁天花板上米開朗其羅的油畫，久久不忍離去，心靈的驚喜、震撼和激蕩真不可言喻。

人既是按神的形像所造，那麼「愛」的意義就最好從神的話中去尋找。聖經〔哥林多前書〕說得非常清楚：「愛是恒久忍耐，有恩慈、不嫉妒、不自誇、不張狂、不作害羞的事、不求自己的益處、不輕易發怒、不計算人惡、不喜歡不義、只喜歡真理。愛是永不止息。」對於「淫亂」〔出埃及記〕〔十誡〕中更有明確的訓示：「不可犯姦淫，不可貪戀人妻！」。我們中國也有一句名言：「萬惡淫為首」良有以也。再看〔希伯來書〕：「婚姻，人人都當尊重，床也不可污穢。因為苟合行淫的人，上帝必要審判！「但是在大審判日來臨前呢？行淫的人就可逍遙法外，盡情享淫樂乎？非也！」中國人不也說：「色字頭上一把刀」嗎？放眼看去，淋病、梅毒、愛滋病、兇殺、慘劇等等，真是觸目驚心，慘不忍睹，多可怕！亂搞婚外情行淫的人結局往往如此，不能不令人有「巫山雲雨曾幾時？反目成仇愛變恨」的感慨！難怪聖經早就清清楚楚地告誡我們:「只作一個婦人的丈夫」，明明白白地訓示眾人：「夫妻應該對另一半忠貞不二」，更指出：「才德的婦人、賢良的妻子，是丈夫的冠冕！」這使我想起另一句名言：「成功男人的背後需有一個女人，即妻子（而非豔麗虛浮的情婦），反之亦然。」誠哉斯言也！

那麼，已經行淫亂的人怎麼辦呢？就註定要毀亡無救了嗎？非也，聖經新約耶穌基督說：「我來，不是為了義人，乃是為了罪人！」當一個全心全意信靠他，且真心實意認罪悔改時，「罪必得寬赦，人必得拯救！」〔鐵達尼號〕裏的主角傑克為了救羅絲一人而犧牲了自己的生命，已感動的無數觀眾聲淚俱下，耶穌為了拯救全人類而被釘死在十字架上，其感人震撼之力有多巨大、多深遠！當虛偽的法立賽人抓來一個淫婦，存心要刁難考驗耶穌時，耶穌對他們說：「你們誰沒罪就可以第一個用石頭打她。「於是」他們就從老到少一個個（灰頭土臉地）離去。「然後，耶穌對那淫婦說：「我也不定你的罪，去罷，以後不要再犯！」當我在耶路撒冷時，特別沿著耶穌當年走過的足跡一步一步地踏去，聖經裏記載的歷史故事又都一頁一頁地展現在我的眼前，心中興奮激動莫名，仰望以色列的天空，我突然體會到，當年猶太人的祖先包括大力士參蓀及他們最英明、最被神所鍾愛的大衛王，不都是在最巔峰、最輝煌時跌倒，犯淫亂罪，觸怒了神而遭到遠遠超出常人無法想像、無法承受的極其嚴厲的懲罰嗎？但後來他們不都衷心痛悔而重新蒙福得力嗎？還有華格納筆下的好色鬼「唐懷色」因貪女色荒淫無度，而受到極大極痛苦的懲罰。但在他覺醒悔悟後，不是也重新受到祝福嗎？就連當時教皇都認為不可能的死樹枯枝乾木，竟然會因他的緣故而發出嫩綠的新芽來！

「前世不忘，後世之師！」歷史的軌跡，乃未來的指標。孔子也說過：人非聖賢熟能無過？知過能改善莫大焉！這又與聖經裏「浪子回頭金不換」的故事不謀而合了。東西文化在此再度融合，為人類文明拼發出智慧的火花。

想不到從〔麥迪生橋〕到〔鐵達尼號〕兩部電影說起，會給我帶來這麼大的啟發，產生這麼多的感想。

她把世界縮小了

說來與中央日報海外版也真有點淵源。一九八六年春我去維也納開會，順道造訪響往已久的樂聖貝多芬故居，一償宿願深受感動。回到波士頓之後，寫了一篇長達萬餘言的散文：「踏尋貝多芬的蹤跡 — 記維也納春之旅」承蒙國際版刊登，想不到因此而結識了不少音樂同好，也斷斷續續聯絡上好些臺大合唱團舊友和同窗。

更想不到的是，一九九〇年夏，臺大合唱團來美巡迴演唱到波士頓時，當時紐英倫臺大校友會會長黃紹光兄，亦是我們在臺大合唱團時團長，要我代表校友會上臺致贈紀念品。儀式完畢後，有兩位小學妹興致沖沖特別來找我。原來她們四年前在中副上看到拙文，喜愛之餘剪報存檔。她們再也想不到四年後會在波士頓會見到這位從未謀面的作者廬山真面目。興奮之餘竟雀躍三尺，我也感受到那驚喜的氣氛，令人終身難忘。多虧中央日報國際版，把世界縮得真小啊！

近來各地紛紛成立「華人『作家』協會」，我也應邀參加，可是我雖喜好寫作，卻實在不夠資格稱為「作家」；而且很多寫作同好虛懷若穀，雖應邀參加而裹足不前，因為：「我不是作家」。這樣一來難免滄海遺珠，誠屬可惜。這激發我的靈感而作文投書國際版副刊呼籲：「必也正名乎籲！

何不稱為作協會？」

想不到區區逆耳之淺見竟引起趙淑俠女士、符兆祥兄等海內外作家的共鳴。其中兆祥兄還來越洋電話和傳真侃侃而談當初協會成立之背景和困難，並願在適當時機與諸會友討論正名之事。另外並得知其令朗是歌劇愛好者兼評論家。驚喜之餘以〈又見杜蘭朵〉、〈墓園中訪茶花女〉等拙文相贈。能結識音樂與文學同好，誠人生大樂也。這些意外收穫，都是托國際版之福，由衷感激。

欣逢中央日報國際版三十五周年紀念，可喜可賀中央日報已逐漸發展成海外華人主要精神糧食和資訊來源。我尤其要特別感謝諸位勞苦功高的編輯及工作人員，提供這樣一塊美好的園地供大家開墾耕耘，以文會友。我願繼續努力在這塊園地上與同好互相切磋琢磨，以期迸發出智慧的火花，為了我們所共同熱愛的中華文化略盡棉薄之力。

台大合唱團與台大交響樂團聯合演出，最後排左一為作者

重遊美麗的華爾敦湖

「我住到森林裏，是為了專心生活，體會生活中最基本的需求，看看有什麼是從中學習不到的；這樣，在我臨終時，就不會覺得白過了。」

— 梭羅

波士頓郊區華爾敦湖是一個令人嚮往的地方，不僅是因為它的寧靜、美麗，更是因為它是梭羅的故居。是旅客百遊不厭之地。

可愛的北美陽光普照在查爾河（Charles River）上。紐英倫一股暖風籠罩著大地，輕輕地、柔柔地、細細地、軟軟地，陪伴著查爾河畔熙熙嚷嚷的車潮和行人。一群群小孩在河岸如茵的碧草和成蔭的柳樹之間與蝴蝶蜻蜓喜戲追逐，一對對情侶靜靜坐在綠椅上欣賞著藍天浮雲和哈佛橋邊的點點白帆。偶而還會看見幾只水鴨子在波浪中快樂地悠遊，好一幅「春江水暖鴨先知」的畫面。

查爾河兩岸不知產生了多少偉績，為人類文明史上留下極其深遠廣汎的影響。海倫凱樂、愛迪生、貝爾、霍桑、愛莫生、郎費羅等舉世皆知。當年著名的〈茶葉黨〉（Tea Party）就是一群移民不滿英帝國暴虐無道的殖民統治，憤而聚集在波士頓港口，將成頓的茶葉丟進海裏，釀成暴動，觸發革命，終於導至美國的誕生。西郊的鄰城康克鎮（Concord）建了一座〈民兵雕像〉，是紀念民兵遏阻英軍，並展開反攻英軍的第一槍響之地。喔，談起康克鎮，這再度勾引起我的回憶，怎能不教人想起十九世紀大思想家、哲學家、人道主義、文學家梭羅（Henry D. Thoreau）？如今，我再度來到梭羅故居，在他當年居住過的「遺址」憑弔這位偉人。那真是一頓豐盛的文化饗宴，回想起來，猶如查爾河波滔在腦海裏浮現。瀝瀝如繪，盪漾、盪漾……

從波士頓沿著與查爾河平行的二號公路往西行再轉 126 號公路南下不到一哩的右手邊，是一片叢林。沿著斜坡向下走去，不一會兒，華爾敦湖就展現眼底了。只覺得眼前一亮，好美好綠，整個湖包圍在樹林中，天色好藍，使人想起湖邊詩人華茲華斯（William Wordsworth）詩中的「蔚藍的天」。湖面平靜好像是一面鏡子，照著四周圍綠林的倩影，飄浮於藍色天空的朵朵白雲倒影在澄清的湖水中，白雲在天上有多高，在湖中就有多深。與成群的魚兒一起快樂地悠遊。一付與世無爭的模樣，好一幅美麗的圖畫，靜靜地躺臥在大自然的懷抱裏。好像是一帖清涼劑，尤其是當炎炎暑夏熱浪滾襲的季節來到這世外桃源，令人特別地感到清爽自在，與喧嘩緊張的都市裏那種要窒息的感覺形成強烈的對比。

我沿著當年梭羅踏過的足跡一步一步地走去，一路上盡情欣賞周圍的湖光山色。微風迎面吹來，華爾敦碧波盪漾，激起陣陣漪漣。望見澄清見底的湖水，華茲華斯的詩句又隱隱約約從腦海中浮現起來：「聽溪水崢淙，看溪水漪漣。我們竟日遨遊，出了林叢，穿入山巒…」這首詩裏所描繪的大自然景色雖然是在大西洋彼岸的英格蘭，卻好像美國這邊新英格蘭的華爾敦湖的寫照，意境這樣相似。

沿著湖邊的碎石子沙地走到湖的另一端，可看到一個牌子：「梭羅故居遺址」。從這塊木牌上箭頭指的方向沿著一條羊腸小徑往斜坡上爬去，很快就到了當年梭羅住過之處。只剩下九根殘餘的地基石柱。遺址旁邊豎立了一塊比較大的牌子，上面刻著的就是梭羅在華爾敦湖畔獨居兩年所完成的曠世傑作《湖濱散記》裏最有名的一句話："I went to the woods, because I wished to live deliberately, to front only the essential facts of life, and see if I could not learn what it had to teach, and not when I came to die, discover I had not lived."

這段話好像詩一般充滿了人生哲理，看似簡單，沒有一個生字。但要瞭解其中涵意卻不容易。使我想起我們中國人的格言：「由簡入奢易，由奢入簡難」。在牌子的後面堆積了很多石塊，高高的好像一座小石頭山，是歷年來到此遊覽的人堆放的，以表示對梭羅的懷念和崇敬。從這裏往上到丘頂和往下到湖邊都有一條人走出來的小路。當世人都在追求豪華奢侈享受之際，梭羅獨自一人來到這幾哩內不見人煙的林野，在他設計建造的極為簡陋的小木房子，獨居了兩年两個月，過著反樸歸真魯賓遜似的生活。整日與林間松鼠鳥獸為鄰，時常與湖中魚群蝦蟹同泳。他覺得神所造的萬物，不僅飛禽走獸花草樹木有生命，就連風沙水石都是活生生的。兩年下來，梭羅把從大自然中觀察研究所得豐富的經驗和感想寫成不朽的記錄，譜出詩樣的〈湖濱散記〉。這在美國文學史上非常有名，影響極深遠。

梭羅甘冒生命危險大聲急呼政府應該無為而治，並強調道德的法律超越人為的法律。假如政府強迫人民做違背良心的事，人民應有消極反抗的權利。據說，梭羅的這些反奴隸的人道自由思想和消極反抗的主張對印度國父甘地，以絕食和不合作運動來反抗英帝國殖民壓迫統治，促成印度獨立，有很大的影響。並且對後來馬丁路德金恩（Martin Luther King Jr.）以非暴力的和平手段為黑人爭取平等民權運動，起了很大的激勵作用。正應驗了我們中國的名言：「柔能克剛」。

在梭羅「遺址」附近，有一座小房子，是完全按照當年梭羅的小屋所複製的。木房裏面除了壁爐，一張書桌，三張椅子，一張床，和床上放著的一根枴杖，一頂高禮帽，和一根笛子外，什麼都沒有。真可謂家徒四壁。使我想起：「賢哉回也！一簞食，一瓢飲，居陋巷，人不堪其憂，回也不改其樂。賢哉回也！」兩千多年前我們至聖先師孔子在中國大陸所贊許的精神，在美洲大陸上的梭羅也將之切身實踐並作書發楊光大。賢哉梭羅！你真是美洲之顏回也！

的確，梭羅的一生可濃縮成三個字：simplicity, simplicity, simplicity（簡樸，簡樸，簡樸）。這使我想起俄國作家普希金之小說尤金奧涅京 Eugene Oregin 中達姫雅娜。正如梭羅的思想後來給美國青年帶來深遠的影響，據說，達姫雅娜對後來俄國婦女產生很大的激盪。她們深受感動紛紛拋棄繁華熱鬧的都市生活大量湧入鄉村，幾乎改變了俄國的社會結構和生活形態。

當時他的曠世傑作《湖濱散記》其實並不受人歡迎。出版商印了九百冊，其中七十本贈給評論家斧正。其餘的久久乏人問津。直到他逝世後幾十年到一次大戰期間才慢慢開始受人重視，當作寶典。人們終於注意到原來梭羅早在幾十年前就已提倡這種簡樸的生活的概念，人們在梭羅的作品中可以拾回已喪失的人生價值。這些價值對世人的心靈建康、活潑和安寧越形重要。因而在梭羅死後五十多年，他的才華和成就終於漸漸穫得世人的認可，以至永垂不朽。

這次訪華爾敦湖時忽聞湖濱樹林後傳來火車聲，爬上山去一看，只見一輛長長的火車沿著鐵軌從西向東而行。這條鐵路當年主要是為了運煤礦和冰塊，給寧靜的湖畔頻添了不少噪音。梭羅如果再世，一定會不勝感慨。

傍晚，夕陽西沉。在離開康克鎮回家的路上，我腦海中仍盤旋著華爾敦美麗的湖光山色和「梭羅」影子。回味所看到的、聽到的、和想到的種種，經過碧野綠林間大自然的洗禮，我仿佛享受了一頓豐盛的文化大餐和上了一堂精彩的人生之課。我多麼希望人們能儘快達到其理想目標，防止華爾敦湖被污染，保護大自然美好環境，發揚梭羅熱愛大自然的人道精神，以繼續啟示全人類。懷著滿心歡欣和憧景，腦海中不盡浮現詩樣的歌：

藍天白雲映湖光　碧波綠嶺風暖陽
華爾敦湖憶梭羅　達姬雅娜伴爾旁
湖濱散記柔勝剛　甘地金恩非凡響
自然人道啟萬世　康克顏回閃光芒

美國波士頓郊區的華爾敦湖

梭羅小屋「遺址」（複製）

作者在梭羅雕像前留影

梭羅的名諺和旅客留下的紀念石山堆

梭羅小屋「遺址」（複製）内景

作者在華爾敦湖畔的鐵路上小憩（請小心安全，切勿輕易模仿）

作者與華爾敦湖夕陽夜景——當晚霞滿天

梭羅小屋原址（只剩下地樁）

輯四：中西文化有感

從〈金字塔與十字架〉說起

近閱報上乙文〈金字塔與十字架〉有云：「中文最美，美在具體象形。你看，“pyramid”有哪一點像『金字塔』？你再看看，the“Cross”也完全不像『十字架』，只有中文最像，其他任何國家的文字都比不上。你們祖先能在幾千年前，就造出這樣優美的文字，真是了不起啊！」於我心有戚戚焉。

其實，中文字不僅美在具體象形，更有極其豐富且有邏輯關聯的涵意和語義。例子很多，譬如：人，山，水，天，日，火，田，目，心，口，木，等等。再者，人言為「信」，水火成「災」，日出為「旦」，田力為「男」，白水為「泉」，山石為「岩」，人被限制在框框內為「囚」，木之根為「本」，人本位「体」，一人跟著另一人為「從」（或作「从」），更多人為「眾」（或作「众」，為了美觀和省空間，一人擺在另二人之上），小土為塵，「小在土上為尘」，少數木聚為「林」，多數木聚為「森」，再多為「森林」，亡目為「盲」，亡心為「忘」或「忙」。還有，一口田，可以使人致「富」，帶來「福」氣，也可以「逼」死人，「水能載舟能覆舟」，「人為財死，鳥為食亡」，「貪財為萬惡之源」（提摩太-I 6：10），不是嗎？等等，例證府拾皆是，多得不勝枚舉。中文字往往與人的日常生活和在大自然中觀察到的現象關係密切一致，而且形象很美，往往能望文生意。易學易記易認。其優點和特徵的確在其它任何語言中罕見。我們祖先能在幾千年前，就創造出這樣合邏輯又很優美的文字，真是了不起，的確值得我們光榮和驕傲啊！

其實，即使沒有具體象形，對看不見摸不著的抽象觀念，中文造字更是有其獨到之處。譬如「學」和「愛」。都是抽象觀念，而且很難用一字表達。「學」的上半部中間代表「父」。而「父」又是從「人手拿著一根鞭棍」演變而來。象征「權威」或「老師」。中國自古就有「一朝為師，終身為父」的說法。所以「師父，師父」，「師」與「父」往往是不分的。學子頭上的疑雲，被師父用雙手揭開，為之「學」。雖然有一點被動的味道，但不失畫龍點睛地道出了「學」字的內涵。而且也滿吻合「師者，所以傳道，授業，解惑也。」的道理。這樣的涵義，在西方拼音系統的文字裡，譬如英文“learn”裡卻完全看不出來。

再說「愛」，上面是一支付出的手，下面是一支接受的手。那麼，在付出與接受之間，最能代表「愛」的是什麼呢？世上能代表「愛」的東西有很多，但人身最重要的部份，象征生命，又要能代表誠心、誠意、情意、耐性、恆心、專心、專情、專意、寬恕之心、体諒之心、容忍之心，還有什麼比「心」更好更恰當呢？所以「心」已被普世公認是代表「愛」之意。連一個幼稚園小孩看到“I ♥ NY”都知道是“I Love New York”之意。但是英文的“Love”在字面上就無法表現出其內在的精髓涵義。

我們再回頭看，十字架這幾個字，不但美在具體彰顯「十字架」的象形，其實還蘊涵著更深奧的寓意。展開任意一張 8×11 大小的紙張。先將長方形紙張的一角對折到另一邊的邊上。形成一由直角等邊三角形和一較小的長方形所組成的四邊梯形。然後再把直角等邊三角形的底點對折到直角等邊三角形的另一底點，形成由較小的直角等邊三角形和較小的長方形所組成的五邊形。接著再從此五邊形的中間對折，形成一更小的梯形。然後將此一梯形最長的一邊對折這到中間 1/3 的位置，形成一六邊形。最後，用剪刀沿著狹長梯形的中線一刀剪到底，造成一堆分散的零零星星的紙塊。然後，把其中一條長長的細細的紙條，展開一看……不正是一個「十字架」嗎？多有意思阿！還有，用剪十字架的紙張所剩下來的總共八塊碎紙片，居然可以排列出豆大的兩個中國字兒：「死、亡」！或簡體字的「灭、亡」。而且，不僅如此，更進一步，如果再加上用「十」字架一起排出來的，竟然就是不折不扣的「永生」！

如果我們把一張紙相徵整個人生。「十字架」就代表「生命」、「愛」和「救贖」。那麼，離開十字架呢？那就意味著「死亡」！這是靈命的死亡，不是肉身的死亡。人身自古誰無死？因為人的肉身是神用塵土所造的。人的軀殼只是暫時的過眼煙雲。所以塵歸塵土歸土，人老終必一死，是大自然無可迴避的定規，沒有任何人可以例外。但人的靈魂是可以永恆，肉身會復活的。從剛才所挖掘出來的，隱藏在大自然界中，所觀察到的現象來看，不是已經很明明白白清清楚楚地告訴我了們嗎？離開祂就是「死亡」！而且，更令人驚異的是，用「十」字架排出來的居然就是「永生」！信靠耶穌基督的愛和十字架的大能就能獲得「永生」！這不正應驗了聖經的那句精髓，「神愛世人，甚至將他的獨生子賜給他們，叫一切信他的，不至『滅（灭）亡』，反得「永生」。」嗎？」（約翰福音三章十六節）。這種可「愛」的「巧合」令人驚歎！從「死、亡」「灭、亡」到「永生」的警世寓意和惕勵多令人震撼！

這真的只是巧合而已嗎？難道不是神有意潛藏在十字架裡，讓人們挖掘，有所啟發，繼而發揚的嗎？哈里路亞，感謝讚美神的奇妙大能和大愛。兩千多年來，雖然不知有多少國家民族，億億萬萬的人，用他們自己的文化語言傳揚耶穌基督的救恩、十字架的真理和福音，但是恐怕很難再找到另一國的語文，像中國文字兒這樣能簡明扼要又奇妙地彰顯十字架的救恩和愛的涵義罷？真想不到源自西洋，好像與咱們中國人八杆子打不著的外來的信仰和基督教，居然和我們中華文化有著這麼密切又神奇的關聯！即使不信仰基督教，作為一個中國人，難道不也覺得這其實很有意思，而且頗為值得深思嗎？

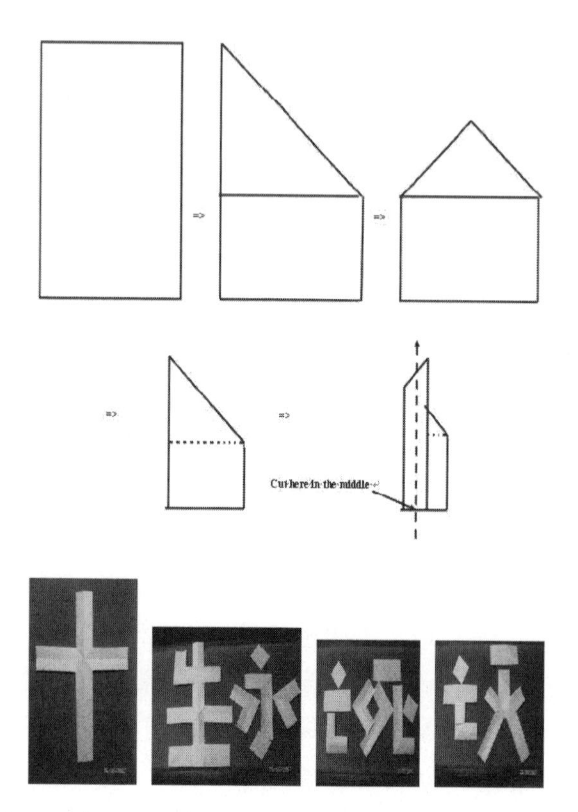

Prof. Patrick S. Wang, Ph.D., ECNU Zijiang Visiting Chair Professor, www.sites.google.com/site/mozart200（617）281-5345（cp），

IAPR, ISIBM & WASE Fellow and Co-Chief Editor, IJPRAI and MPAI Book Series, WSP, pa.wang@neu.edu, patwang@ieee.org

MIT Research Consultant, Harvard University Adj. Faculty，

http：//ejournals.wspc.com.sg/ijprai/mkt/editorial.shtml

數典請莫忘祖、飲水切記思源

— 聽「台語文學」有感

帶著關懷臺灣的心，最近我參加了由北美華文作家協會主辦，在哈佛大學燕京圖書館舉行的「台語文學：詩想與詩行」座談會，由在哈佛任教「閩南語」的李勤岸博士（以下稱李君）主講。感觸良多，不吐不快。首先，肯定其熱心和努力，發揚臺灣省本土文學、文化，令人欽佩。但其方法和方向可能值得再商榷。尤其是研究、發揚文化，除了主觀熱情，也應注意客觀真理和歷史事實，避免以偏蓋全。譬如演講內容都是「閩南詩」，完全沒有論述其它臺灣流通的語言如「客家詩」、「原住民詩」和「國語詩」等等。子曰：「必也正名乎！」因此，準確地說，應是「閩南語文學」才對，以免誤導大眾。否則置「客家」、「原住民」等於何地？難道「客家人」、「原住民」等就不是台灣人囉？只有「閩南話」才是「台灣話」嗎？

想不到李君答曰：避免用「閩南」字眼，因為其中有「虫」字，有被歧視、侮辱之嫌云云。聽了令人「霧煞煞」。其實眾所周知，「閩南」是個再自然不過的地理名詞，延用了幾十代千百年，怎麼會扯上「歧視、侮辱」呢？如果帶著「虫」

字就被解釋為「歧視、侮辱」，那麼，「蝴蝶、虹、風」呢？如此文字獄法，那麼「濁水溪」也有「歧視、侮辱」的味道囉？如此類推下去還有更糟的字，令人易聯想起門縫裡瞧人，好像薄薄的蟑螂。而且，又偏又騙，上棄祖宗下欺子孫無上下為尸，多糟糕多不吉祥啊。那麼按照文字獄邏輯，我臺灣同胞豈不是也應該避免用之，趕快把它換下去，以好的、誠實正直、有遠見能力、不心胸偏狹的取代之？不是嗎？

因此，坦承祖先來自大陸閩南這個歷史事實，有什麼好覺得羞恥難於啟口的呢？能「飲水思源」不數典忘祖，以自己祖先為榮為傲，珍惜愛護傳統文化，有健全的土壤、根和吸取母親文化臍帶的營養，才能傳承、發揚光大本土文化，不是嗎？

在整個一小時多演講中，這位夏威夷大學博士除了在唸「閩南詩」時用「閩南話」外，其它從頭到尾都是用國語（普通話）表達，不加思索心想口出，如同母語一般，流暢自然，毫無生硬翻譯的感覺，令人欽佩。在偶爾碰到極少數幾個字詞不知如何表達時，還很誠懇地感慨道：「唉，就是因為有些心中的感受一時找不到國語來表達，所以才想為何不用自己的（另一）母語來寫詩？」不過，李君的很多疑惑已被一些聽友當場釋疑了。譬如，「眼白、折翼、連襟、熱血⋯」等等。有學者之風的李君謙虛驚喜地發現：哦，原來還有這些漢字能表達阿。這給我帶來不小啟發，不禁檢討自己。我相信，我或任何臺灣同胞，若能在母親臍帶文化漢字文學上稍下工夫，有比較深刻完整的瞭解，那麼，一定會對臺灣本土文化之體認和發揚有所助益。畢竟同文同種血脈相聯、骨肉相親息息相關，心有靈犀一點通阿！反之，硬生生剪斷文化臍帶，不在傳統的文化土壤上想要生長茁壯，無異數典忘祖、本末倒置。如此事倍功半，恐怕對本土文化殘害大於助長也。

聽這次演講更加強了我這樣的信念。譬如李君所舉「閩南詩」例中，都帶有拉丁字母來表達。本來，如果拉丁字母僅是用來幫助發「音」的符號，就好像國語用 bo po mo fo，也不失為一種方法。但李君竟有意用拉丁文來取代漢字，甚憾。譬如：「媽媽 kap（及）我」、「出門 e（的）時 chun（辰）」「是 m（不）是」等。在優雅的漢字中硬是夾雜一些不必要的拉丁字母，顯得很突兀不協調，不中不西、不論不類。把漢字除掉全換上拉丁字母，更是烏鴉鴉「霧煞煞」一片，不知所云。既不美觀更無助於了解語意，實在非常可惜。令人不覺想起當年日本帝國主義殖民統治台灣期間，強制台灣同胞禁用母語漢字、姓名，逼迫改用日語、姓名。妄想毀滅斬斷台灣與大陸母地之間的文化臍帶血脈關聯。「好家在」，「好家在」，在很多有骨氣有民族自尊心的台灣同胞，拼死命反抗下，日寇的陰謀毒計幸未得逞。如今，我台灣同胞明明有優良文化傳統，又為何要自殘文字臍帶、自斷文化命根呢？

何況從發揚文化效果來說，當然是希望越多人懂越多人使用越好。那麼除了上述「及、的、辰、不…」例子，還有更多實例。試看李君喜用的「詩死時詩始是詩。」漢字表達清清楚楚一目了然。而且馬上就有好幾億海內外華人同胞，以及成千上萬學中文的外國人能懂。但若改用拉丁字母，只見一大片「shi shi shi...」再在頭上加上些什麼^ `'- ,等怪符號，看起來眼花潦亂，弄得只有極少數人能懂，且易認錯。兩相比較，何種方法更能幫助發揚光大我台灣本土「閩南語」文化，不是很明顯了嗎？

長久以來，很多人都誤以為漢字太難，是妨礙國家進步的阻力，民族積弱的原因。其實這是天大的誤解。中國四大發明並沒有受到漢字的阻礙阿，漢、唐、元、明、清等全盛時期不也用的是漢字嗎？可見國家積弱是因制度、人為錯誤等因素，非文字之罪也。相反的，經得起五、六千年的演進和嚴酷考驗，鍥立至今。即使在蒙古和滿州人入主中原後，不但消滅不了漢字，反而被漢文同化。其中一定有它道理，而絕非偶然也。簡而言之，咱們漢字主要有下列優點：圖像表達、形義合一、邏輯關連、知識豐富、文化延續、和藝術優美等特徵。與我們在日常生活和大自然當中所觀察、體認到的現像、經驗、和文化習俗等，往往能緊密結合渾然一體。譬如：田力為男，舌言為話，亡目為盲，亡心為忘，水火成災，根枝為木，多木為林，集林為森，日出（地平線）為旦，半月為夕，小大（對比）為尖等等。學會了冰、箱、電，就會「電冰箱」。拼音語系如英文就沒有這些優點。譬如："farm, labor, male"，"tongue, words, speak"，"dead, eyes, blind"，"absent, mind, forget"，"water, fire, disaster"，"root, branch, tree, woods, forest"，"sun, horizon, dawn"，"moon, half, evening"，"small, big, sharp"，等組字詞，明明彼此之間語意有很密切的關聯，但在字形上卻完全看不出來。學過了 ice, box, electrical 後，還得從新花力氣去學 refrigerator。這樣的例子俯拾皆是，多得不甚枚舉。因此，我們若能了解漢字特徵和優點，就會發現其實並不難，不僅易學、易懂、易記、易認，還蠻藝術很有趣味「醋迷」的哩。一旦拼音化，這些漢語文化特色和望文生義的優點全喪失了。因此，漢字並非像李君所說只是一種符號而已，還有很強地表達語意、邏輯、知識、文化的功能。是任何拼音字母無法取代的。難怪，即使像日本這樣長久受中華文化深遠影響，而又極為現代化，科技文明發達的國家，雖曾千方百計想要廢除漢字，卻仍不得不保留兩千多常用漢字。至今，在很多正式國際會議裡，來自日、韓代表掏出名片，大多數用的是「漢字」。並毫不諱言驕傲地說：「越是有學問、地位崇高有文化水準的人士，越是愛使用漢字。」誠良有以也。

當然，拼音文字也有其優點，漢字也有缺點。譬如有些字筆劃的確太多、難寫。因此適當的簡化是有益的。譬如：人本為体（體），小土為尘（塵），鹿眼為丽（麗）,一人跟着另一人為从（從）等等。但若太簡化則過猶不及，失去了形義合一、指事會意的優點，容易造成混淆、一語雙關（ambiguity），反而有礙學習。當年陳獨秀、錢玄同等大力提倡消滅漢字，企圖拉丁拼音字母取代之，以及後來所謂的「文化大革命」，全國各地紅小兵瘋狂地推動漢字拉丁化，卻不成功。連第二批簡化字都胎死腹中。如今，李勤岸君等人主張用拉丁文取代漢字來表達閩南語，何不以歷史前車之鑒為誡為惕，不要從蹈覆轍，以免誤導蒼生。

我從小在新竹長大。許多同學好友街坊鄰居來自中華大地海峽兩岸大江南北四面八方。雖然各有不同方言，幸賴國語和漢字成為我們彼此之間溝通互相了解水乳交融的共同語文。即使有些不懂國語的家長：客家爺爺、閩南爸爸、寧波奶奶、廣州媽媽等等，在一起相處時，拿出紙筆，彼此寫來些去，往往就能溝通。中華文化漢字融合力之深、廣、厚、強、可見一般。連到了東京、漢城講學都不例外。有些英文他們聽不懂，我就寫些漢字如「新幹線、一級棒、八刀分米粉、一大夭口吞、此木為柴山山出、因火成烟夕夕多…」等，連他們這些外國人看了都能「望文生意」，茅塞頓開豁然而通。好有意思好「醋迷」喲！

寶島台灣是多元文化融爐，多宗族群相聚一起，教育普及，文盲率極低，保守估計百分之九十五以上絕大多數人都受過教育，懂漢字會說國語。正因藉著這母親臍帶文化的強大自然融合向心力，經過五十多年來團結奮鬥一致共同努力「打拼」，才有今日傲人的成就。得來不易，應加愛護珍惜啊！像李君這樣有雙重母語而又熱愛鄉土的人非常多，表現在文學詩歌、小說散文等方面的作品也不少。就拿詩歌來說罷，我在台大合唱團和現在的美國劍橋合唱團，都經常演唱台灣歌曲。包括〈望春風、六月茉莉、鄉村飲酒歌、板橋查某〉等閩南語歌，和不少國語表現的台灣歌，如〈阿里山姑娘、美麗寶島、山旅之歌組曲、花蓮舞曲〉等等。從霧社春晴唱到合歡飛雪，展現寶島美麗的山河風光和濃郁的鄉土氣息。不知感動激勵了多少台灣同胞海外游子的懷土幽情、思鄉熱淚。因此，李君所主張「只有閩南語才能表達台灣鄉土感情」的說法實在站不住腳。更何況雖然文學家藝術家有祖國，但文學藝術無國界。美國人賽珍珠用英文創作名小說〈龍種〉、〈大地〉展現炎黃子孫在神州大地英勇抵抗日寇侵略的史實故事，榮獲諾貝爾文學獎；弘一大師李叔同用漢字結合英文作曲家歐德威的音樂，而譜出膾炙人口家喻戶曉的歌曲〈送別〉；意大利歌劇大師普西尼用中國民謠〈茉莉花〉的旋律為骨幹，而創作出曠世傑作〈杜蘭朵公主〉；李白詩句鑲入瑪勒交響樂中，孟郊詩句配合布拉姆斯〈大學慶典序曲》，渾然天成「遊子吟」之歌，不知感動了世間多少人的心靈。樂聖貝多芬更藉著德國大詩人席勒的詩句，與孔子所闡述的偉大思想：「四海之內皆兄弟也！」不謀而合，心有靈犀一點通，而譜出永垂不朽〈第九合唱交響樂「歡樂頌」〉，永被世人讚譽為藝術品中傑作的傑作，精華中的精華，與日月同光，天地並存。

這些古今中外無數的例證，都一再說明了只有心胸開闊，融合包涵的雅量，高瞻遠矚的目光，文化才能光大發揚。反之，自絕文化臍帶，自斷文字命根，心胸扁狹，畫地為牢，固步自封，排除異己，閉門造車。為了短暫的便利，而廢除母語漢字以拉丁文取代之。如此想要發揚文化，無異削足適履，攀木求魚，揠苗助長，因小失大。長久下來，恐怕經不起文化時代巨輪之嚴酷考驗，而會逐漸枯萎，終將消失於「無形」也。

許多台灣同胞家中，都擺設有祖先牌位。仔細一看，不但可追溯到福建廣東，更有很多來自黃河洛水一帶中原黃土大地者。難怪閩南話又叫做「河洛」話。《易經》繫辭有云：「河出圖，洛出書，聖人則之。」就是今日「圖書」館一詞之來源。河洛一帶實是中華文化的發源地。易經八八六十四卦中的「遯」卦就是指「倒轉歸去」。正是閩南語中「遯去」（回家去）之意。可見河洛話保留有先民古語，實是保存母親臍帶中華文化的又一明證。海峽兩岸中華兒女兄弟手足血脈相親，近在只尺臍帶骨肉相連，關係密切實不可分也。可惜極少數自稱為日本皇民倭寇餘孽，數典忘祖認賊作父。為滿足爭權奪利私慾，不斷挑撥離間台灣族群，妄想割斷台灣與大陸之間的文化臍帶血緣關聯，是不可能得逞注定會失敗的。但願現在寶島的天怒人怨脫序混亂，不幸沉淪之怪現象只是暫時的。我非常欽佩絕大多數台灣同胞「數典莫忘本，求新不斷根」的精神。這正是母親臍帶中華文化的精髓。我深信只要這種「慎終追遠，飲水思源」的文化精神力量不斷繼續發揚光大，那麼，台灣的前途仍然是樂觀有希望的。

想不到聆聽「閩南語文學：詩想與詩行」座談會，會激發出這麼多感想。願向主講人林君和所有關心愛護台灣的同胞請教，共同為台灣努力「打拼」，並互勉之。

註：有關中文之優點和拉丁化害處，請參閱拙作《從人工智慧談中國文字之優點》，發表於國際會議 1.和《「中文拉丁化」一條死胡同》，發表於《世界日報》2.及作者網頁 3。

1.International Conf. On Chinese Language Computing, Chicago, USA, 2000

2.「World Journal Weekly「, Feburary 7, 1993

3.http：//sites.google.com/site/mozart200/research ＝〉Chinese OCR（Optical Character Recognition） http：//blog.sina.com.cn/s/blog_5939836d010002eb.html,

http：//508208.com/blog96/

http：//tw.myblog.yahoo.com/jw!aLIPWKGWBQ1OLgySSYoVI5w_U4nt6w--,

http：//508208.com/blog96/,

http：//alumni-voice.nctu.edu.tw/394index.jsp,

http：//alumni-voice.nctu.edu.tw/Alumni394/394-88-92.pdf

獅子守護著的哈佛燕京圖書館大門

談「中英夾雜」

來美十多年，深深體會到這個國家的確有不少優點，值得咱們中國人借鑑。別的不說，「幽默感」就是其中之一。從總統到販夫走卒，大部分的美國人都生就一種幽默感，不僅能在日常談笑之間，自我解嘲一番，化解許多尷尬場面，有時甚至深具智慧，產生驚世的力量，收到令人意想不到的效果。就拿在報章雜誌上最常見的「包可華」專欄（Art Buchwald Column）來說罷。在越戰打得最如火如荼的時候，美國在當時國務卿季辛吉的謀略下，使出了最厲害的空中武器 B—五二密集轟炸北越。同時，美國國內的反戰聲響翻了天。包可華這位仁兄甘冒大不題，居然作文主張將諾貝爾和平獎頒給季辛吉。有人氣衝衝地責問他，他從容不迫地回答：「當然囉，你看，我們平均每天有一架 B-52 栽在北越，照這樣下去，不出幾個月的工夫，所有的 B-52 不全完了？仗還怎麼打？天下不就太平了嗎？」

還有，在水門醜聞鬧得最凶的時候，幾乎所有的輿論，尤其是新聞界的記者們，都對白宮痛加讜伐，非得要把尼克森罷免而後快。唯有包可華這位仁兄反對尼克森下臺，因為：「要是他下臺了，我們那來這麼多笑料可寫？」他甚至呼籲乾脆把水門日訂為國慶紀念日，「是日也，老闆可以詐欺夥計，所有的竊聽設備，錄影帶也應一律半價出售……」這種反諷的方式，其效果往往比正面說服要大。其例證實在多得不勝枚舉。

好了，話說記得曾經在海外中文報上所看到的思果先生的大作「基本中文」就是這樣一篇「反諷」的文章。雖然腹文引起部分讀者小小的誤會，而有遠人先生發表〈也談「基本中文」〉加以反駁。其實兩位先生的立論基本上是一樣的，只是表達的方式不一樣而已。其用意也都是基於愛講中文，說來令人佩服，感動，於我心有戚戚焉。並激起了隱藏在心胸中已久的一些感觸，深覺不吐不快，特此志之，以就改於大家。

首先，我很同意思果先生對所謂「基本中文」的看法，但也有一些地方值得斟酌。譬如說「薨」這個字在現代中文裏的確不太適用，因為跟本就已經沒有皇帝這檔子事兒了。我問能說：「美國甘迺迪總統於今日『薨』了」嗎？不太好罷。還不如說：「甘迺迪總統今日被刺身亡。」又即「馬丱」這個字也的確太古太俗了一點我相信絕大部分的人根本不知道還有這種馬，也從來沒見過這個字，道不如乾脆說：「左後足是白色的馬」來自在些。不過，當然其他的像「小孩子『夭』折」，「路有餓死『殍』」，「飽受摧『殘』」，「家有良『駒』」乃至「不要『挑撥』是非等等，都已根自然地融進現代中文裏，這與遠人先生所闡述的立論「間單是間單了，文學作品怕也就從此消逝了」並沒有衝突。

我覺得在思果先生的「基本中文」裏，最有意思且最具有創見性的見解就是：「將來基本中文趕上英文，見到 Do。就‘做’，大家的日子會好過得多」。這句反戰的話真是一針見血，精彩至極，叫人拍案叫絕。不過，思果先生所觀察的似乎可以更徹底，更入微一些。就我十多年來居住在美國的心得，我國更進一步地指出：「現代基本中文已經趕上了英文，見到‘Do’就‘Do’，連換成‘做’都不必，大家的日子更是好過得多。」諸位說者千萬不要以為我在這裏胡說八道，危言聳聽，盡說些駭人聽聞的話。其實我說的全是實話，而且有例為證。

好友某君，是個道道地地的中國人，國學程度很好，且是美國某著名大學博士，受過高等教育，學有專長。有一天打電話給我說：「Hello，老王，你能不能 Do 我一個 Favor? 因為我家的洗衣機不 Work 了，我已經 Do 了我的 Best，還係不好，只好到洗衣店去 Do Laundry。偏偏車子也 Break Down，你不是要去 Down town 嗎？能不能順便給我一個 Ride？Do 我一個 Favor，好 o？」你聽聽看有多輕鬆，多愉快，多不費腦筋，真的連把 Do 換成「做」都懶得，這種日子豈不真的是更好過嗎？我沒有胡蓋罷？不信我再舉一例：「你們家小弟弟好可愛，要不要到我們那裏去 play 啊？我們家有兩個阿姨 S，兩個小妹妹 S，還有好多 Key Keys，Car Cars，和 Horsies，好好玩哦……。」諸君只要稍加留意，就不難發現在你周圍聽到的盡是類似上述的語言，（說不定就包括了閣下自己在內，你已融於這偉大的文化中了而不自覺）。這樣的例子實在太多了，俯拾皆是，不勝枚舉。

我不覺在想，這種偉大的語言，既然已經默默地在華人圈中無孔不入地傳播蔓延開來，看樣子將來還會再繼續發揚光大下去。但可惜的是，還沒有人給它正式取個名字。孔子不是也說：「必也正名乎」嗎？還曆偉大的一種文化，將來是要留芳百世永垂不朽的，怎麼可以連個名字都沒有呢？太不像話了罷？我雖然不是個語言學家，也不是最有資格給它取名字的人，但我畢竟是個有心人，不忍心看見這麼高級美麗的文明產物沉沒荒湮蔓草之間，任應自生自滅，像個私生子似的，連個名分都沒有。

於是我左思右想，該給它取個什麼名字才好呢？說它不是中文嘛，它又是道道地地的中國講的。說它不是英文嘛？卻又零零星星地掛了些英文單字在上面。嗯，能說這種語言的人一定不簡單，一定很有學問。你看，中文是全世界公認最難的語言，一句話裏居然一半以上都用得是中文，這不證明是很有學問嗎？再說，還種人的英文程度也一定很好，不然怎麼曆那些英文單字都掛對了地方，就連英文字母都用得恰到好處，該多數的地方都沒有忘記加個“S”，叫人一聽就懂，真是中、英文俱佳啊!啊哈，有了，我想通了，這種語文一定是夾雜了中、英文的精華，表面上看，是不中不西，不倫不類，其實是又中又英，學實中西。這樣好了，乾脆就叫它做：「中英夾雜文」簡稱「夾雜文或『夾雜話』」。不是再恰當不過了嗎？不過，我要再申明一次，我並不是語言專家，不敢班門弄斧，專類於前。我只是拋磚引玉，諸位讀者中若有那位語言、文學專家想出更好的名字來，請趕快投給給中副，以饗讀者。

好了，名字已經有了，下麵的問題就是如何使之發揚光大了。其實，在美國我倒是不太擔心這個問題。因為正如前面所述，這種「夾雜文」已經相當普遍，深入華人圈子的各個角落，進入民心。不僅在個人與個人之間，或家庭之間，大家愛講受用「夾雜話」，就連在中國人的團體，中文教會，中文夏令營，甚至中文學校內，聽來聽去也都是這種人見人愛的新文化產品「夾雜話」。別的例子不說，我有一次就在美國中文學校協會的聯合會議裏，聽到某著名的中文學校校長大人（道道地地不折不扣黃皮膚黑頭髮的中國人）致詞道：「今天很高興各位來開這個 Meeting。大家都知道我們 Chinese School 的宗旨就是要發揚咱們的 Chinese Culture……現在我們就來 Discuss 一天大家所共同 Concern 的 Problem……」聽得我肅然起敬「夾雜話」在這樣英明能幹的校長領導下，以身作則地推廣發揚下去，我還擔什麼心呢？

我真正擔心的倒是，這麼美麗優秀的語言只在美國流行，而不能回歸祖國，讓廣大祖國同胞，億萬炎黃子孫分享，那實在太可惜了。因此，前幾年我回的講學的時候，就準備好了順便把這種時代的寵兒「夾雜文化」的基本精神帶回去，好讓國內同胞大開眼界，一飽耳福。萬萬沒有想到回去後才發現我真是杞人憂天，既落後又孤陋寡聞。臺灣不僅經濟繁榮，生活水準高，各方面都很進步，快要趕上先進國家之列。甚至就連「夾雜文化」也沒讓別人專美於前。雖然不像在美國的中國人那樣廣值各個角落，但還是相當普遍流行，尤其是在受過高等教育的所謂：「高等知識份子國」內。茲試舉數例，以饗諸者：

×××

某名大學負責人還請我去參觀：「Hello，是 Professor 王嗎？歡迎你來敝 Campus 參觀，今天的 Program 我們已為你 Arrange 好了……」

在電梯裏，兩個大學生模樣的女生在交談：「好了，這種 Shampoo 已經不錯了啦，不要再 Complain 了啦……」

某高級政府官員的簡報：「我們對 Singapore 的 Trade 每年成長廿三個 Percent……對美的有 Trade 順差再大下去的話，會有 Trouble……」

某夫婦的談話：「Either 你到 Bank 去 Deposit Money or 我到 Post Office 去開張 Check……」

某友人請吃飯：「Anyway 我們就 Expect 你們回來吃 Dinner 啊！」

甚至在某名大學中文系的座談會裏，也可聽到下列極其精彩的話：「請大家翻開 Page 第十五頁……現在我們有一個 Problem 就是不知怎麼去 Take Care……其實這也並不是什麼 Big Deal，我很 Sure 可以 Make 一個 Decision,還 Consider 什麼嘛？……」

xxx

好了，再舉例下去，講十天十夜也講不完，就此打住。總之，來往於這些高等知識份子，猶如置身美國華人圈。當然，我並不是說每一個高等知識份子都愛講愛用「夾雜話「，其實還有不少人頑固不化，到現在還看不出這種文化的寶貴，也不懂得順應時代潮流。這些人士居然認為，像「夾雜文」這麼美麗，這麼優秀的語文，之所以會產生，並能流行，是因為國人民族自尊心的普遍喪失，自卑感及盲目崇洋心理作祟。他們認為，其實用「夾雜文」完全是錯誤的，也無此必要，因為除了少數尚未譯成中文的專業術語，和已經約定成俗成自然的中文以外，所有的意念，基本上都可用純正的中國話來表達。這些人居然還主張把西方先進國家發明的科學述語一律讀成中文，說是要讓科技在中國生根，要讓大專物理、化學、數學等課本全是用中文寫成的。

這真是多麼駭人聽聞、禍國殃民的論調？因為，這樣做得多花錢、多費事啊？幹麼這麼麻煩，這麼費腦筋，讓洋人永遠牽著鼻子走不是很好嗎？不是活得很輕鬆愉快嗎？

尤有甚者，居然還有少數有心人士敢主張把咱們中國人老祖先所發明的國粹，也要用純正的中國話來表達。比方說罷，最近在國內常常聽到的明明是：國際“GO”比賽。偏偏有人要說應該是：國際「圍棋」比賽。這樣說，多彆扭，多繞舌，多不順口啊—也多對不起日本友人，實有礙日華親善也。

能瞭解目前國人的普遍心態，也就不難理解為什麼以前臺北街頭的商店還用「拍賣」或「減價」等字眼。如今放眼望去皆盡是如「原宿の町男師」“Sale”或“Discount”等字典裏還找不到的新中國字。而且越來越多的青少年、學生開始在衣服上刺繡自己的洋名、日文名字。在這種到處是星條旗、太陽旗的文化阻擊下成長起來的我們的孩子，不正是我所大力提倡的「夾雜文化」的最佳傳人嗎？總之，我慶倖的是，「夾雜話」的確已逐漸普及，而那些常用常說的人雖然目前主要是高級知識份子和社會顯達人士。但是，他們是整個社會的中堅，對整個國家民族的文明和文化的發展有舉足輕重深遠的影響力，在他們這批人潛移默化下，老百姓耳濡目染，假以時日，咱們的「夾雜文化」定能落地生根，取代舊中國文化，遍植民心，發揚光大，到那時普遍的程度一定不亞於在美華人圈。我慶倖還來不及，何擔心之有？

現在，倒是真有一件事令我擔心的了。那就是在海峽的另一邊，還有十多億炎黃子孫，大陸骨肉同胞啊。他們長期生活在另一種制度裏，閉關自守，與世隔絕，加上不斷的政治動亂，人民生活水準普遍很低，經濟落後，聽說所有學校關閉，教育停頓過十年之久。在這種情形下，咱的「夾雜文化」恐怕很難打進去，更別說推廣發揚了罷！

哈哈，想不到這次我又錯了。近幾年來，無論是在美國、歐洲、加拿大或日本，我在許許多多的機會、場合裏，有幸遇到過很多大陸上派出來的極其優秀的、受過高等教育的，甚至具有地位和影響力的人物。從和他們的交談中，我發現「夾雜文化」在大陸流行的程度還比我想像的要大。例子很多，我印象最深的是，記得那次在加拿大的國際電腦會議裏，我演講完下來，只見一位西裝革屨履中年模樣的中國大陸的高級幹部，對者我這位「臺灣同胞，我骨我肉」迫不及待地走來，滿面笑容，極其友善地說道：「嘿嘿，Dr.王，你們臺灣來的，真了不起，你的 Speech 裏有好多 Good Points，我聽了非常 Share，也非常 enjoy……」我聽了大吃一驚，真是驚喜交加。想不到這批喝馬克斯列寧的奶水長大的，高呼史大林為爺爺的「中國人」，見風轉舵的應變力這麼強。昨天還穿著列寧裝在高喊要打倒美帝、埋葬西方，要向蘇俄老大哥一面倒，今天轉眼就能穿著西裝說出一口這麼流利標準而又極其純正的「中英夾雜話」來。我真是驚喜交加，心中感到莫大的欣慰。可見中國人的確是很聰明很優秀的。更可見我所提倡的「夾雜文」的確是順應時代潮流下的必然產物，其生存力和繁殖力之強，絕不亞於過街的老鼠，真是無孔不入，有縫就鑽，任何人也阻擋不住，就連銅牆鐵壁似的，對關了四十年的中國大陸也都不能例外。美哉！萬歲！「夾雜文」。

說到這裏，我又重新替在美國的中國人擔心了。眼看「夾雜文」在國內逐漸普遍，日益興旺，我們要是不加倍努力，將來一定會被國內同胞趕上的，那還像什麼話？到底美國是「夾雜文」這偉大的文化的發源地呀！因此，我在此鄭重和大家疾聲呼籲，我們一定要加緊積極推行傳揚「夾雜文」。無論是在家裏夫妻之間，兄弟姊妹之間，父母子女之間，以及在外面中國人與中國人之間，講話時一定要用「夾雜話」。所有中國人的社團，以後一律用「夾雜文」作正式語……哦，不，作 Official Language。這還有一個附帶的好處，可以解決長久以來吵論不休的難題，那就是中國人開會的時候到底該用中文還是英文？以後何必煩惱呢？用「夾雜文」不就得了嗎？真是刀切豆腐兩面光啊！怎麼早沒有想到？

還有，全美各地的幾百所中文學校，更要義不容辭地肩負起這神聖莊嚴的時代使命。我主張各校增開「夾雜文」的課，並經常舉辦「夾雜話」演講比賽，優勝者頒佈與厚獎，以資鼓勵，並頒發獎狀，可掛在胸前，獎狀上曰：「我愛說『夾雜話』，我村說純粹的『夾雜話』，不懂『夾雜文』的人是可羞恥的……」。「夾雜文」考試通過的人才能畢業。能用「夾雜文」寫出高水準論文的人，授與「夾雜文」碩士學位，程度更高的人，則可授與「夾雜文」博士學位。事實上，哦，In fact,這樣的一個博士學位可真是非同小可，因為它夾雜了中文和英文的精髓，簡直等於兩個博士學位哩！你懂我的意思罷？唔，understand？

如此這般積極推行下去，「夾雜文」豈有不光輝燦爛，流芳百世，永垂不朽之理？過去五千年來，我中華民族的文化和文明全靠了舊中文的維繫和發揚，看來今後的五千年得靠「夾雜文」了。將來到了西元，譬如說，say，三〇〇〇年的時候，小學生坐在教室裏，一面學「夾雜文」，一面心裏在想：「這麼美麗的語言，當初不曉得是何方神聖發明的？」哦哦，各位看官可千萬不要把目光投向我，我本平凡教授，躬耕於北美洲，苟全性命於亂世，不求聞達於諸侯。資實平庸，既非身懷異秉，又無三頭六臂，怎麼可能發明出這麼偉大的語言來？充其量，我只過是首創「夾雜文」這個名詞而已呀。這麼偉大的語言和文化是要靠億萬同胞大家一起來愛惜、維護，認識它的寶貴價值，大家正確地說，大家愛護著用，並且不斷地發揚，才能慢慢演變成一種光輝燦爛的局面。相反的，如果大家都不珍惜它，極賤之，濫用之，糟蹋之，則再寶貴的語言，再優秀的文化，再美麗的文字，也會變成四不像，甚至終逃不出毀壞滅亡的命運。這是千古不變的真理啊一能不真慎重乎？豈是我升鬥小民一人說發揚就發揚，說毀滅就能毀滅得了的？對罷？嗯，我的意思是 Right？

所以，拜託拜託，各位讀者千萬不要把我的名字與「夾雜文」聯在一起，中副的編輯大人，也請千萬不要把我的本名透露出來。我是絕對擔當不起這麼大的榮耀和美名的。好嗎？嗯，我的意思是 Ok？

我不是在謙虛，我講的全是實話。真的，哦，不，我的意思是說，我 I mean it。

中國正體字之美

上周從芝加哥參加二兒子在西北大學的畢業典禮後，在機場等機回波士頓的時候，看見有乘客的 T-衫胸前印有大大的四個字元“I ❤ N Y”。一個約兩歲大的小孩兒一面牽著媽媽的手一面說道：「Mommy,look，‘I Love New York’！」（我「愛」紐約。）這常常可以在公共場合看到的一幕，使我再度聯想起咱們中國文字結構的獨特和美妙。

文字是文化之根基和語言溝通的基本元素，其重要性毋庸贅言。中國文字本來有很良久的歷史傳統和許多非常優美的特點。可惜近百年來，由於國力積弱，屢受列強欺淩，民族自尊心喪失，盲目崇洋心普遍，因而很多人誤以為中國文字太落後、不科學、筆劃太多、形狀太複雜，太難學、難記、難認、難懂。尤其電腦資訊高科技時代來臨後，更有人悲觀地認為中國文字勢必終將遭到淘汰的命運，因而主張中文「拉丁化」、「拼音化」、或「徹底簡化」。其實真正情況剛好相反。中文很合乎科學和邏輯，不僅易學、易記、易認、易懂，而且很優美，是非常美好的藝術。

我曾作文探討中國語言結構之邏輯和美，發表在報章雜誌上。簡言之，其中包括：（1）中國字的結構和特徵：非拼音、非字母，有象形、會意、指事、形聲、轉注、假藉等特徵，以及字形（Syntax）、字意（Semantics）、知識 Knowledge）和文化（Culture）彼此有密切關聯。（2）從邏輯（Logic）和人工智慧（Artificial Intelligence）的觀點，中國字的優點和美感益發彰顯。譬如：易學、易記、易認、易懂。（3）子句（Phrase）和句子（Sentence），優點亦彰顯。（4）例證：詩、對聯、迴文、大自然現象、美術、音樂等。（5）東西文化之比較：譬如：孟郊的詩「遊子吟」、布拉姆斯的「大學慶典序曲」、巴哈的交響樂、拿破崙的名言等對稱、平衡、迴文之應用。

本文再談談正體字和簡體字之比較：語意、邏輯性和文化承傳和美的藝術觀點。

本來，有些中國字筆劃的確太多。若能適當合情合理簡化以助學習記憶也無可厚非。譬如：人本為体，小土為尘，對斧為鬥，三人為众，鹿眼為丽等等。簡體字有些地方的確可以省一些書寫的時間。但隨著科技的發達，印表機和電腦輸入的進步和流行，人們用手寫字的機會越來越少。而且用印表機打一個簡體字並不會比正體字更省時，因此簡體字的優勢越來越不明顯。萬不得已若某些過於複雜的字需要簡化，則必需符合中國字造字的結構和原理,諸如：字形、會意、形聲、指事等原則。不可胡亂濫簡一通，以免喪失了原意，造成一語雙關的混淆（ambiguity）。甚至失去了文字中原來函有的邏輯、知識、文化的傳承、連續性和藝術之美感，那就有如削足適履，本末倒置，得不償失。這方面的例證伏拾皆是多得不勝枚舉。

就拿「愛」這個字來說罷。表面上筆劃好像很多。但其每一筆劃都有其含義。最上面的四筆劃是代表伸出來給予的手。接下來的無頭寶蓋代表揭發或給予。此會意字型在其他很多字也都有。譬如「學」就是受教的子弟頭上的疑雲被師父的雙手解開，謂之「學」也。「愛」字最下麵的部份代表伸出接受的受。所以「愛」包括了付出和接受。那麼，付出與接受之間的介質，以什麼來代表最為適合呢？那就非「心」莫屬了。因為「心」代表「真心」、「誠意」、「需要」、「珍貴」、「重要」、「專心一意」（人只有一顆心），那不正是表達「愛心」的涵義嗎？無論古今中外，在不同的種族文化語言裏，幾乎早已約定成俗地見到「心」就知道它所象徵的就是「愛」。同樣的，想要表達「愛意「的時候，最簡易和最常想到的就是用「心」。這就是為什麼連兩歲小孩都一目了然知道“I ❤ N Y”就是「我‘愛’紐約」的意思。可見「心」在「愛」這個字裏的份量有多重要。它其實是「愛」的精神和靈魂。是整個「愛」字最重要最不可缺的精髓。我真的不得不佩服咱們中國人祖先先聖先賢的智慧，能夠把大自然間人文倫理觀察的這麼透徹入微。並且很技巧地簡明扼要地造出「愛」這個字，恰如其份地將那看不見摸不著抽象的「愛」的涵義和精髓，形象化地具體地彰顯出來。不但可以幫助學習的人瞭解字的語義內涵邏輯性，和傳達知識文化背景，而且還很有藝術感。多美多好多有意思阿！如果有人覺得「愛」這個字筆劃實在太多，非得簡化不可的話，那麼拜託拜託，請千萬不要把「心」挖掉，好嗎？

可惜不幸得很，簡化後的「愛」字，偏偏就把「心」給挖掉了。就為了省這麼小小的四劃？卻把「愛」字最重要的涵義和精髓喪失了！而且簡化後的「愛」字極象「受」字。

從此看到想到談到「愛」時，下意識只知道接受，不知道付出。夫妻互稱「愛人」的時候,連不起來也想不到還需要「真心」、「誠意」，為配合對方的「需要」，把對方當作最「珍貴」、最「重要」的「心肝寶貝」來疼愛。如此長久耳濡目染潛移默化之下，其對整個人的心靈，人際關係，乃至社會國家的負面影響不言可喻。而且草率胡亂簡化的結果，弄得后、後不分，干、幹不分，里、裏不分，製、制不分，游、遊不分，蕭、肖不分等等。極易造成混淆，反而妨礙學習，降低文化水準,自斷文化根基。欲速則不達。削足適履，本末倒置，因小失大，真是得不償失阿！我曾數度造訪羅馬凡蒂岡的西斯丁小教堂，其天花板上中世紀文藝復興巨將米蓋朗基羅的大幅油畫，敘述聖經舊約神創造宇宙和人類的故事。其中上帝從天上伸出右手，向下將靈魂和生命賜給人類的祖先亞當向上伸出的迎接手。令人感覺到那顆充滿熱血的「愛」「心」，活生生地有力地在跳動著，令人震撼。我每每仰望天空中浩瀚的宇宙，陪伴著渺小的地球，日復一日年復一年無休止地律動著。「使宇宙星辰律動的是‘愛’♥」。宇宙大地的一切，日光、空氣、水，這些生命中不可或缺的必需品和萬物，都是造物主伸出的「愛」的手，使人由衷地不得不伸出手去迎接神的大「愛」。我驚訝地發現，地不分東西南北，人不論男女老少，地球兩端不同的文化種族背景，居然會有這麼人同此心，心同此理的共鳴。我也再一度的體認到咱們中國人造字的智慧。其中豐富的象形、會意、指事、形聲、邏輯、知音、文化延續性和藝術之美的特徵，與大自然合而為一。有了這樣的體會，就再也不會誤認中國字的筆劃太難。不但不是負擔阻力，反而是幫助學習的助力了。總之，長久以來，很多人都有一種誤解，以為中國文字太落後、不科學、筆劃太多、形狀太複雜，太難學、難記、難認、難懂。其實，若能瞭解中文的結構和造字用意，則不難發現其實中文很合乎科學和邏輯，不僅易學、易記、易認、易懂，而且非常的優美。是一般其他語文和西方語文所望塵莫及者也。身為炎黃子孫的我輩龍的傳人，切莫自暴自棄，勿固步自封，而應感到光榮驕傲，從而努力不懈地繼往開來發揚光大此優美的文化也。

字可以簡化，"愛"豈能無"心"？ "親"人需常"見"面

上海浦東國際機場及二號地鐵總站大型海報："愛"和"親"到處可見，無從躲避之，不可能視而不見。

普希金與王節如（如姊）

『我愛你，但我已嫁人，對他，我要永遠忠貞。』

『豺狼寡義情/老婦病孤舟,蒼天無語問/淚泣淡江流！』

『淚滴淡江(水)流滿海，嗟嘆嚎啕哽咽喉！』　— 棄婦吟

六月六日，這不平凡的一天，當歐美注意力都集中於諾曼地登陸 55 周年紀念日之際,俄羅斯全國卻熱烈地慶祝普希金兩百歲誕辰紀念。各地億萬人民以他為傲為榮，家家戶戶都掛起普希金的照片。一連好幾周全國上下掀起陣陣普希金熱，電台、電視台、學校、公共場所都在朗誦他的作品。普希金的誕生地莫斯科的廣告牌、商店、辦公室、信用卡，到處都印著他的肖像。就連一向對文學不甚喜好的的葉爾欽總統也來湊熱鬧，一聲令下設立了「普希金獎」，六月六日當天親自頒獎給全俄羅斯 28 名在藝術文學方面最有貢獻的人，其中包括音樂家艾琳娜阿希波娃、藝術家雅莫雷耶夫、和聖彼得堡國家圖書館館長柴澤夫。當天清晨，首都「普希金廣場」萬頭鑽動，來圍觀總理史泰巴辛和莫斯科市長魯茲柯夫在普希金銅像前獻花致敬。

普希金，這位被尊稱為俄國現代文學之父、代表俄國文學的真實心靈，也是象徵俄羅斯民族和精神的詩人，他的作品在各學校列為必讀，全國找不到沒有讀過他作品的人，也

很難找到一個不愛普希金詩作的俄國人。一位建築工人在電台上說：「讀普希金的詩，可以觸動你的情感。」且聽這首：「我的人民將永遠愛我/因我已喚醒善惡和良心／歌頌在無情的世界／為自由而倒的士兵。繚思呀，不要背叛神意／不求榮耀，不怕侮辱／不怨咀咒，不喜稱讚／也不要和蠢人爭辯不休。」據說受到羅馬詩人荷拉修斯的頌詩影響。還有：「心中燃燒著自由的火燄／只期待著正義之心不死／朋友阿，我們把美麗高昂的心獻給祖國／同胞阿，要有信仰／令人興奮的幸福之心即將升揚／祖國即將甦醒/把我們的名字烙刻/在崩倒的專制的廢墟上！」充滿光和火的熱力，這不正是六·四精神的寫照嗎？的確，普希金實是俄羅斯最受敬愛，最被尊崇的人物。

可惜相較於英國的莎士比亞和美國的馬克土溫，作品影響力超越國界，普希金在俄國以外地區的聲望卻遠不如托爾斯泰、契可夫等人。但在俄國人心慕中，這些人遠不如普希金。或許是因為普希金的詩很難翻譯的緣故罷，所以才不像其他俄國文學家那麼在國際文壇上享大名。

這使我想起我國俄文專家，普希金小說權威王節如女士來。十多年前她從香港中文大學到波士頓大學來訪，我們見面暢談過好多次，受啟發穫益良多，知道她原來也是京劇專家，當年趙元任女兒趙如蘭教授在哈佛大學讀博士時，很多京劇及地方戲的資料都是王節如熱心幫助收集合作愉快。台灣那時還是「反共抗俄」時代，俄文專家不多，且常被監視，想要宣楊俄國文學猶如大逆不道，危險且吃力不討好。我還是來到波城後，從王女士那兒才知道普希金。在他所有作品中，我最喜歡那充滿俄羅斯鄉土風味，像詩一般感人的寫實韻文體小說〈尤金・奧涅金〉。這是他最重要的作品，深受拜倫和莎士比亞的啟發，卻擺脫兩人的窠臼，獨創俄羅斯風格。從 1823 年起，歷盡八年心血完成。他以自由奔放的筆觸，詳盡細膩地描述奧涅金和達姬雅娜的戀情與命運。生動刻畫出當時俄國社會和生活的世態萬端。被名批評家伯林斯基讚譽為「俄羅斯生活的百科詞典」。普希金藉著男女主角命運的衝突，提出他銳利的社會批判和哲學思索，描繪真摯情感和道德勇氣的困迫。字裡行間充滿錯綜複雜的抒情意象，寫實的描敘中也隱含著對大自然的讚美。說明了健康的真理與責任觀勝過了犬儒式的思想和西方的膚淺。所用的四音步抑揚格詩體的十四行詩，對後世俄詩的發展更有莫大的啟導作用。難怪杜斯妥也夫斯基讚譽本書為「俄羅斯的民族史詩，達姬雅娜是俄羅斯純樸與篤誠的化身。不但表現了俄羅斯的過去和現在，同時更啟示了無比的美之特性的未來。」

且聽其中最精彩的一段，達姬雅娜說：「…哦！奧涅金啊，這些可詛咒的財富，這些糜爛的奢華。脂粉的裝飾，上流漩渦的殘渣，美奐的家宅，晚會的喧嘩，在我，是一片空虛」「…我寧願拋卻這假造的面具，撕碎這璀燦的衣裳，屏絕這些繁華，這些喧囔。換上我們初見面時的地方，那裡的房舍是那樣的寒傖，裡面有一架書，供我們流覽；周匝有一所荒園，供我們盪徉。奧涅金啊，我們初見時的那個鄉村，如今深鎖著寂寞的煙雲。十字架與幾株數枝的陰影，覆蓋著我祖母的荒墳…幸福曾經那樣可能，日子是那樣的近…」「我愛你（不必掩飾），但我已嫁人，對他，我要永遠忠貞。」

多令人由衷欽佩祝福！這使我想起一首棄婦吟：「豺狼寡義情/老婦病孤舟，蒼天無語問/淚泣淡江流」多麼強烈的對比！又想起《湖濱散記》的作者梭羅一生崇尚簡樸並身體力行，他的思想後來給美國青年帶來深遠的影響，「華敦湖濱懷梭羅／達姬雅娜伴爾旁」據說，達姬雅娜對後來俄國婦女也產生很大的激盪。她們深受感動紛紛拋棄繁華熱鬧的都市生活大量湧入鄉村，幾乎改變了俄國的社會結構和生活形態。難怪會感動得令另一音樂大師柴可夫斯基聲淚俱下，把淚珠譜成曠世傑作大型歌舞劇〈尤金・奧涅金〉來。與〈一八一二年序曲〉、三大〈巴雷舞劇〉和〈第一號鋼琴協奏曲〉齊名，充滿美不勝收的俄羅斯廣大田野的鄉土風味，永遠膾炙人口，可見大師惺惺相惜，英雄所見略同也。

不禁又再聯想到王節如女士。難怪她會這麼熱愛宣揚〈尤金・奧涅金〉，因為她也有很多像達姬雅娜般卻是中國婦女式的美德：純樸、愛大自然、愛夫。當其夫在英苦讀博士最艱難窮困之際，王女士從台灣不但寄錢連牙刷都寄去救急。1987 年蕭錦綿訪問記〈春風又來的時候〉中曾讚歎「同林鳥／同林相知曉／情也多，愛不少／人間第一好」1988 年其夫在波城腦疾突發，需住院緊急開刀除腦瘤。斯時王女士本人臥病在台，不克來美。特請我們就近照料，還很體諒特別叮嚀一定要把長途電話帳單寄去，不好意思讓我們破費云云。我們當然沒寄去。記得她事後還問了一句:「他從 Brigham and Women Hospital 出院有沒有變成女生？」肅穆中不失幽默感。蕭錦綿在文中稱她「如姐」，我們稱她「大嫂」，她卻說：「其實我是你們爺爺輩，因為在北平（京）時，吾夫與當時號稱「玉石娃娃」的立法院長 童冠賢 平起平坐，與他們同輩。跟據〈等量遞等原理〉我不也就是你們的爺爺輩嗎？」幽默中還帶著數學哲理。她非常熱愛中國鄉土文化，頗有研究。譬如：「福建方言稱早飯為『吃天光』，因為是早上天剛亮時吃的。」又如「我一般不贊同簡字，但有些還合情理，例如：小土為〈尘〉，人本為〈体〉」。這些見解都對我研究電腦識別中文有不少啟發。

前幾年每次回國講學還偶而與王女士見面暢談。近來得知她臥病在床，無法出台北家門，需用心律調整器。前幾天，王女士之老友思果兄告訴我說，她已病危住院，不太認得人了，好可憐。我聽了好難過，不覺鼻一酸，淚潸潸。望著波城夜晚浩瀚的天空，無數閃耀的星光，我祈禱上蒼，藉著這些星星把我的祝福和願望帶回太平洋彼岸那遙遠的故鄉。祈求神保佑她早日康復出院，美麗的〈達姬雅娜〉的故事，再給眾人講。在這普希金 200 周年誕辰的今天，求神成全我這小小的心意和願望。我祈禱上蒼。

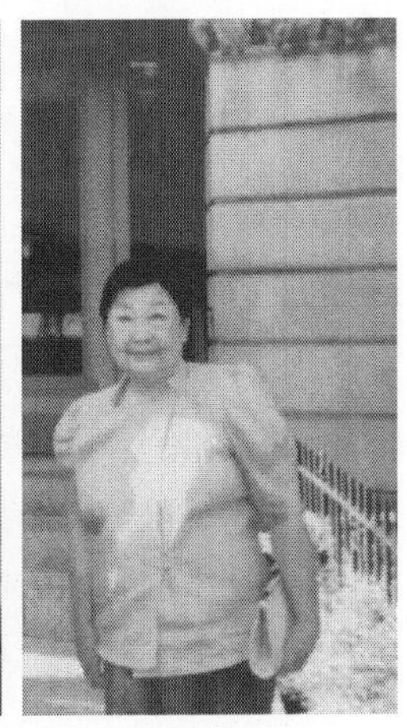

俄文專家 王節如（如姊）女士 居家生活照

從牛頓到明斯基

— 人工智慧　腦力革命

「沙莫風暴」波斯灣之戰，以美國為首的聯軍贏得意外的快，傷亡率出奇的低。因素固然有很多，但無可否認的是，高科技「智慧型」先進武器扮演了極其重要的角色。其實，不僅是軍事，其他在醫、工、商、甚至人文法律的應用上，專家系統、知識工程、電腦視覺、機器人、文學語音識別等，近來都有突破性的進展。無形中在改變人類生活的面貌，提高人類生活的品質。一種近幾年來慢慢發展成型的學問，已漸漸從理論走向應用，從實驗室走向社會大軍。這門學科就叫做「人工智慧」(Artificial Intelligence)提起「人工智慧」，人們不禁會想起這行的開山祖師馬文•明斯基教授來(Marvin L. Minsky)。前年秋天，我從東北大學到麻省理工學院訪問一年。剛搬進「人工智慧」實驗大廈八樓，萬萬想不到我的辦公室就在明斯基的旁邊。真是驚喜交加。更令人詫異的是，這位六十出頭，光禿著腦袋，說話不時帶著微笑的大師，居然還記得十年前在費城會議上的一面之緣。其實早在二十多年前，我還在交大念電子工程和臺大念電研所的時候，就已看過他的書：「有限及無限循序機」(Computation：Finite &

Infinite Machine）。當時在國內還沒有人能開這門課，僅當自習用。是我生平第一你次接觸到「自動機理論」和「神經網路原理」，深受啟發愛不釋手。對於我後來決定出國並改行念電腦有很大的影響。明斯基教授的這本書可以就改變了我的求學方向和一生的前途事業。

日皇親頒「日本獎」

明斯基教授雖著作等身，但他最引以為毫的，是六〇年代初期所作「走向『人工知慧』的階梯」（Steps Toward Artificial Intelligence）。該經典之作開創了一個嶄新的領域，使他成為「人工智慧」之父，並奠定了全世界歷史最悠久，規模最大，最有威望的麻省理工學院「人工智慧實驗室」的基礎。他因在這領域的巨大成就和貢獻，而獲得不少國際知名的大獎。最有名的大概要算是去年得的「日本」獎，其面值與「諾貝爾獎」相當。不僅由日皇親自頒授，而且在頒獎典禮前，日皇獎派了專人特地到劍橋來為得獎者（Laureate）舉辦盛大慶祝雞尾酒會，對他近作「心理社會」（Society of Mind）一書倍加推崇。然後再陪同明斯基全家人去東京參加頒獎典禮。

繫鞋帶人容易機器難

一般人只知道明斯基教授在理工方面的成就。其實他在音樂方面的興趣和造詣也非同小可。在他辦公室裏就有一架電子琴,用來研究電腦音樂。他在布魯克蘭的家有一小型實驗室。裏面除了有文字語音識別器外，還有好幾套他自己設計的音響設備。當我把拙作「維也納頌」的英文版向他請教時，他立即回報以登在電腦學刊上的〈音樂、心理和意義〉(Music Mind & Meaning) 乙文,是從「人工智慧」的觀點探討美學，並以貝多芬之第五〈命運〉交響樂作例子，請起來真是美不勝收。與明斯基教授促膝長談往往是談音樂比談人工智慧更有意思,很有發人深省,誠可謂「聞君一席話,勝讀十年書」。

「活到老，學到老」。明斯基教授大概也是一個典型的例子。他從不以既有之成就為滿足，還是不斷學習，而且興趣很廣。在我從麻省理工學院回到東北大學後,有一次應「人工智慧」實驗室之邀回去演講「中國文字識別」，百忙之中的明斯基教授赫然出現在聽眾裏。而且還問了不少很有意思的問題，令人欽佩。後來他應邀到東北大學電腦學院來演講「電腦感覺」，更是造成轟動。會場擠得水泄不通。事後我問他：「何以電腦識別中國字這麼困難？」他想了一下，回答說：「繫鞋帶也是人容易機器難。記得去年耶誕節我轉給你的電子賀信？不就是用中文打的嗎？我相信中文難識別非字之罪也，而且因為現在電腦技術還太嫩，不夠成熟。有朝一日,電腦‘智慧’進步到一個程度,一定會處理中文自如。」這正與我多年來的看法不謀而合了。如今出自「人工智慧」之父一個外國人口中，那些本末倒置存心削足適履搞「中文拉丁化」的人能不汗顏乎？

明斯基教授在科技上的成就，加上人文方面的素養，使他成為二十世紀資訊時代最受崇敬的電腦學者之一。第一次工業革命可溯源到牛頓發現微積分和力學。演發到以機器力代替人力，而大大提升了人類生活的水準，創造了現代文明。如今，第二次工業革命正在默默進行，以電腦學習人腦，模擬人類行為，輔助人類解決許許多多問題。再次提異人類文明到一個更高的境界。具有這樣遠大眼光和智慧的人，其對世界的貢獻真是不可同日而語。從第一次「勞力」革命到第二次「腦力」革命，使人們很自然的從牛頓想到明斯基。難怪上次在歐洲開的「人工智慧」會議的主題就叫做「知識表達：從牛頓到明斯基「。

今年暑假，明斯基教授夫婦將去日本和澳大利亞。我特別為他們安排在八月二日訪問臺灣。承蒙國科會贊助。由交大和中研究出面邀請，加上駐波士頓協調會全力配合，使得訪問籌備事宜進行順利。交大素有「中國的 MIT」之稱。更巧的是阮校長大年博士不僅是理工學者，也是個貝多芬迷。四年前應邀到波士頓參加「紐英倫中華專業人員協會」年會演講時，還曾幽默的提到：「貝多芬的音樂分享的人越多越好，也不會就變成了貝『少』芬。」令我印象深刻，至今難忘。

但願明斯基教授此行順利成功。能激勵國內研究風氣。提高中華民國之國際威望，促成中美在高科技的進一步合作。同時，也讓國內同胞目睹一個結合理工與人文素養的活生生的榜樣。他預定在新竹和臺北的兩場演講都是深入淺出式的，聽眾並不僅限於電腦資訊科學專家，希望能獲益的人越多越好。但願祖國同胞能好好把握這個難能可貴的機會，乘這位「現代牛頓」第一次訪華的期間，能勇躍去聽他的演講。那就像聽貝多芬的音樂一樣，不但不會越聽越少，反而

能迸發出「智慧」的火花。教人心理充充實實，滿載而歸。（本文作者：東北大學教授，兼任 MIT 研究顧問）

從左起：李素英教授、明斯基教授夫婦、張俊彥校長、作者

文化怪胎

近聞劉紹銘之「文學怪胎」和王康的「無獨有偶」談及發生在中國文字之一些怪現象。巧的是，兩篇文章舉的例子，一為文章名人如魯迅、徐志摩、周作人、劉牛農、郭沫諾等。一為政壇巨人如蔣經國、郝柏村、谷正綱、毛澤東等人，煞是有趣。王康君並謂從前大人物講錯字無人敢出面糾正，如今真如郝柏村用錯詞馬上有人指正不為奇怪。這是言論自由民主進步的好現象，可喜可賀。其實，「文字怪胎」在我們小市民之間更是屢見不鮮。有些甚至牽涉到文化層面。茲略舉在升斗小民間常見之一些實例數則，以拋磚引玉並請教諸高明。

試看「男（女）性人」：難道「男（女）性」不足以表達其為人耶？明明兩個字就可心表達得清清楚楚卻要用三個字，白白浪費百分之五十的篇幅和寫作閱讀時間，豈非怪哉？再看「反思」：明明有「反省」難道「反思」會更好？為何既有之詞不用而標新立異自創不必要之新詞？此事值得反省一番。還有「於我心有『戚戚』焉」，本意馬「有同感之意」，如今卻被誤解為「悲淒」之意。「研究半天『終於』不懂」，其實應為「始終」、「還是」、「仍然」不懂。再看這段報紙標題：「李鎮源：指責孫震不公平」一看得丈二和尚摸不著頭腦，琢磨了半天才「終於」弄懂原來是「指責孫震」不公平，而非指責「孫震不公平」。但同一標題所代表的二者意思卻完全相反啊—想不到小時候聽過的笑話：「下雨天留客天留我不留」和「我騙你是豬」的雙開語已具體實踐到報紙大標題上了。

發音錯誤的例子也很多，最常見的恐怕是民以食為天的「吃」應念“chi”，但很多人都不捲舌念成“ci”。「造『脂』」應是四聲「意」而不是三聲「旨」。「『調』查」是四聲「掉」而非二聲「條」。「『滲』透」是四聲「符」而非平聲「參」。還有「知之為知之，不知為不知，是知也」最後的「知」應念做四聲如「智」，是「智慧」之意，而不是如前面四個知字念做「知道」的知。

還有許多受外來語侵觸而產生的怪胎。本來文化互動互受影響自然而然約定成俗也不乏其例，如：巧克力、沙發、引擎等皆是。但很多字詞中國明明就有很好的且可望文（形）生義，卻棄之不用，真不可思議。buffet：布菲，其實不就是「自助餐」嗎？Grapefruit：葡萄柚，應是「小柚」（較小的美國種）。DOGWOOD FLOWER 狗木花，應是「茶萸」。如此這般濫用下去難保不會有「鳳梨」叫「松蘋果」（PINE APPLE）。更有甚者，「我的車‘不做了’」，想必是 DOESN‘T WORK 投錯了胎，還有不少人乾脆說：「我家 TV 不 WORK 了。」中西合璧美不勝收，教人大開眼界。其實就是「電視壞了」。不過，這樣說太簡單明瞭了，顯得沒學問，好像沒喝過洋墨水，亂沒面子。

這種中英夾雜產生的怪胎實例多得不勝枚舉，俯拾皆是。隱藏在這些怪胎背後的是，國人文化自尊自信心的普遍喪失，盲目崇洋心理作祟，以及人云亦云的怠惰心態。這些實為當今中華文化之隱憂，值得我們大家反省，警惕。

此外，紹銘君還提到最近大陸上流行「我夫人」、「我令尊、你家母」等稱謂關係混亂之匪夷所思。與文字污染之例，幾次雖不盡相同，為害之烈等量其觀，「於我心有戚戚焉」。另外我還注意到不少說：「我貴姓×大名×，我府上是××」。究其根源，很可能是因接著問話的人順口而來：「請問貴性大名？府上是？」這類問題其實是要稍加注意養成好習慣，就不難改正。無奈正如思果在「基本中文」中所說。大部分人懶得費心，以免「頭髮都想白了」。這樣因循苟且，馬馬虎虎的結果，很易積非成是，約惡習成陋俗，文化臍帶一旦被剪斷，優良傳統喪失了，還剩下什麼呢？難怪文化怪胎會有機可乘，應運而生。

文化怪胎如果像細菌般滋生下去，到底會產生怎樣可怕的後果呢？遠的不談，對記否中國近代史上會出現一位領導人物，率眾高呼：「嗚拉 — 偉大的『屎大淋』爺爺，祝您永遠健康！」每思至此，能不教人起雞皮疙搭不寒而慄？更可悲的是，屎大淋早已為全世界所唾棄。如今，就連蘇聯「老大哥」也已洗面革心重新做「國」了，但「偉大爺爺」的陰影仍陰魂不散地騎在十多億生靈頭上。可憐中國人噩運連連何時了？「偉大爺爺」這個政治意味濃厚的超極「文化怪胎」果真會「永遠健康」乎？

湯恩比說：「一個文化之免於死亡，只有自我的覺醒和努力」。以前對這句話並沒有太注意。如今重讀這段語重心長的警語，覺得深具智慧，令人震憾，發人深省。有如暮鼓晨鐘，一直在我腦海裏迴過著。良有以也。

教授甘苦談

作教授雖然清寒欲有「甘」的一面。每當指導出一個研究生，教化出一批大孩子，看到桃李滿天下，或辛苦寫成的論文在一流學刊上發表，那種如喜獲麟兒般內心的滿足和愉悅真不可言喻。

但也有「苦」的時候。尤其在這缺乏尊師重道觀念，有「秘書節」卻無「教師節」的美國，一切價值主要以金錢和商業利益來衡量。學生姍姍來遲大搖大擺進教室，招呼也不打一聲，蹺個二郎腿一面啃麵包喝咖啡，一面聽課。高興起來直呼老師名字以表現親熱，不高興起來在期末評鑒上整你一記，甚或作出：「你的薪水是從我學費裏付的！」的姿態。想想從前在國內上課，學生起立向老師致敬的禮習是多麼可貴、可愛。「師者，所以傳道、授業，解惑也！」「一朝為師終身為父。」師生間的互相尊重和關係的和諧，與家庭間親子關係和兄恭弟及的倫理一樣重要，是一切人際關係行為規範的基石。

可惜在美國，這樣的倫常關係已無人重視。學校不再教導學生：「你們應孝順父母，尊敬兄長。」而只注重知識技術之傳授。教授甚至不能專心把書教好，因為得日日夜夜戰戰兢兢地面對「努力發表論文，否則無法生存」及「爭取研究經費，否則就是作廢」的巨大壓力，逼得人喘不過氣要發瘋。我雖已僥倖獲「終身聘」並熬到正教授，壓力相對減輕，但也不是沒有。尤其，每每看到新來的教授為了爭取升等「終身聘」而不得不拼命，甚至犧牲家庭乾脆搬到實驗室去住，我就會人饑己饑人溺己溺的產生憐憫之情。

近來數次回國，發現國內教育情況和大學校園內師生關係，有越來越「美國化」的傾向。社會脫序現象及暴戾之氣日趨嚴重。酗酒、吸毒、賭博、家庭破碎、性關係混亂、未婚媽媽、墮胎、愛死病、經濟犯罪、兇殺、搶案等直線上線，令人驚訝痛心。只有默默祝禱，寄望國內於經濟起飛、大力發展科技之際，不要忘了精神文明的重要。在努力吸取優點的同時，更要好好把握自己文化的根，以免重蹈美國覆轍！（寄自麻薩諸塞）

作者於母校交大「飲水思源」校訓前留影

歡樂頌明天

— 回母校有感

今年秋天，應資工所和「思源基金會」邀請，我再度回到母校來講學。屈指一算，距上次應電子中心之邀陪同「人工智慧之父」一明斯基教授訪華已不知不覺有三年的工夫。在這期間母校有不少變化。最明顯的是硬體設施的增進，新圖書館，新校舍的擴建，新型電腦實驗設備之更加充實等等。連校園都比以前更美更有味道。學生活動中心，室內體育館、大型演講、音樂廳，到處張貼的文藝、音樂會活動海報等等。這些是我們三十年前在母校讀書的時候連想都不敢想的。可見校方已注意到學生不僅有追求科技知識的渴求，更有充實精神生活的需要。當年交大在臺復校，我們電子工程和電子物理的第一屆八十位新生興致沖沖地到風城學府路來一看，心情差一點沒涼半截。堂堂中外馳名的交大校園比小學還小，東西南北可一眼望穿。連個宿舍都沒有，得借新竹市教師會館暫住。化學課得到清華去上，打籃球得借隔壁鄰居華語學院或新竹中學的球場，全校沒有一架鋼琴。男生人數之比是七十八比二…其他的就別提了。可以說是一點「大學」味道都沒有。難怪當時的交大會贏得「最小的大學和最不像大學的大學」的美稱。就在這篳路藍褸，艱難刻苦的環境中我們這些交大先鋒敢死隊居然也就如此這般地熬了過來。看到現在學弟學妹們能有這麼優雅舒的環境安心讀書，又有文藝活動的薰陶使身心得到健全均衡的發展，實在太幸運了，令人羨慕。

不過，在這日新月異的交大，似乎有一點沒有太大的不同。那就是學生還是很保守，上課不太發問題。或許是因為這次回母校時間太短，還來不及看到全貌。不過在兩天將近八小時的講學中，的確很少人發問。大家都只是在默默地聽講埋首抄筆記。這使我想起來以前在交大上課也就是這個樣子。記得有一次對母校在臺復校有莫大貢獻的傑出校友故朱蘭成博士從 MIT 回來演講。那天在「九龍」招待所裏，朱教授除了講他的專長電磁學以外，更是侃侃而談當年交大的故事和他赴美留學的經過以及對交大未來的期許。我們大夥兒就圍繞在他四周乖乖地坐著聽講，一言不發。儘管朱教授一再要我們問問題，大家還是默默無語，只是兩手緊搓擺在雙腿間，身體筆直地挺著，稍向前頃，不靠椅背，連大氣都不喘一下。偶而被朱教授逼急了，才會有兩個吃了豹膽不怕死的同學問問題表達一點意見。大致來說，同學是害羞，保守，不太問問題的。想不到過了這麼多年，情況並沒有太大的改變。這實在是非常可惜的。別的不說，我們中國學生出國留學在這方面不知吃了多大的虧。更何況好奇，發問，有不同的意見是追求真理，創造發明的原動力，牛頓，愛迪生，愛因斯坦，及至李遠哲等不都是最好的例子麼？

為了這次回母校演講，我綜合了過去多年來在 MIT 和東北大學研究心得，並準備了許多投影片，還特別到電腦中心坐在工作站面前把我在美國的軟體程式一個個轉到交大來。由於牽涉到三度空間的彩色圖型，有些程式和影像數據又複雜又長，一直折騰到淩晨三點鐘。不僅如此，我還準備了在哈佛大學兼任電腦教學多年來的一些心得，想要與大家分享。可惜由於大家沒有足夠的好奇心，或者時間太短，我所準備的材料和想要表達的未能充分地發揮預期的效果，實在非常可惜。我不禁想起曾在巴黎和維也納講學的情景。那裏的學生反應熱烈得多。雖然英文不是他們的母語，而且他們的民族自傲感很強，平常都不說英語的。但是我在的那幾天，他們儘量抓住機會與我交談，問問題，表達他們的意見。不僅在課堂內如此，下課後，甚至連晚餐、聚會都不放過我。透過交談分享，彼此受到啟發，大家都獲益良多誠可謂「教學相長」，「三人行必有我師焉」。我們中國人說：「聞君一席話，勝讀十年書」，「讀萬卷書不如行萬里路」，誠哉是言也。雖然他們的英語很生硬，卻洋溢著歐式的熱情和奔放。難怪歐洲人會在文藝科技上有這麼大的成就貢獻，創造出這麼高的文化文明，實非偶然，良有以也。

其實中國人不一定就都這麼保守。可能與所處的環境有關。交大地處較單純的風城新竹，學風樸實，卻可能較少外在刺激和腦力激蕩的機會。幾年前我在臺大講學的時候，情況就不一樣。那兒的學生比較會發掘問題，熱烈討論問題，進而積極解決問題。有一次，我發給他們看一篇很有名的論文。有些同學深受啟發，並對某些內容很不滿意。展開熱烈討論。到我回美後還繼續研究，經過一年多的探討，我們終於在第一流的學刊 Communication ACM 上合發表了一篇論文，不僅更正了前人的錯誤，更提出了新的、更好的關於平行細化影像的方法。類似的例子還很多，各種新的想法也都紛紛在 IEEE-Computer，IEEE-PAMI，PR，PRL，IJPRAI 等學刊上發表過。過去二十年來，除了單獨的著作以外，我還與圖型識別的泰斗如 Rosenfeld，還有 MIT，加拿大，歐洲，日本等地的學者合出版過不少專書、論文。唯一遺憾的是還未能與交大師生合作過。希望有機會也能將我的經驗回饋到母校來。

另一感想，希望母校能儘早成立中文系。乍聽之下，以理工著稱的交大與中文何干？其實不盡然也。即使是學理工的為健全的人格發展，必須要有均衡的人文素養，身為中國人，不注重中文又該注重什麼呢？交大素有中國的 MIT 之稱，就拿美國的 MIT 來說罷。他們非常注重人文，有很強的人文課程，其中尤以英文寫作系為最。最近甚至增加了中文課。有一位物理系的萊特曼（Lightman）教授不僅教英文寫作，更寫了一本極為暢銷的小說「愛因斯坦的夢」Einstein's Dreams，並已翻成中文。這些都是文理素養均衡的例子。再近看我們芳鄰清大，他們很早就有了中文系，的確使學生受惠不少，也培養了不少人才。交大很可能是國內所有大學中，極少（或唯一的？）還沒有中文系的。實在可惜。雖然還好的國文組的課和籌備中的中國文哲所，廖勝於無。但那還是不夠的，總不如有個中文系來得更札實。更何況中國文化博大精深美不勝收。我們盡情享用之餘，能忍心不致力發揚光大祖先遺留下的寶貴遺產嗎？現在是交大發揮遠見的時候了，君不見母校的先輩們如淩鴻勳，趙曾玨、趙錫城等不都是理工專長以外更具很高的人文素養，如虎添翼，在人生的旅途上，才能掌握正確的方向，盡其才能，為國家為社會作出極高的貢獻，為母校爭得「世界之光」？我們難道就不能以他們為榜樣，設定崇高的目標，以期青出於藍而勝於藍嗎？

這趟回母校，還有兩個小小的願望。十月間在耶路撒冷從 LAPR（國際圖型識別協會）主席手中接獲院士（Fellow）證書時，我禁不住激動的落下淚來。感念故傅京孫教授，這位 IAPR 創辦人，圖型識別開山祖師，母校電子資訊中心和電腦博士班的催生者，雖不曾直接教過我，卻對我有著莫大的影響。是傅教授帶我進入 IAPR，是在傅教授鼓勵下我才創辦「國際圖型識別與人工智慧學刊」IJPRAI 的。多年來，從喬治亞到奧立岡到麻州，從 GTE 到 MIT 到東北大學，我每到一處，傅教授總是欣然應邀來演講，給中國人打氣。即使我在臺大的短期講學期間，傅教授都抽空來講兩小時坐鎮，使學生獲益非淺，感動不已。今年 LAPR 是二十多年來首次選舉院士，若非傅教授英年早世，他一定是第一個夠資格當選的人。真可惜博教授未能親見他一手創辦的 IAPR 茁壯成長。更令人遺憾的是，這次當選的 35 名院士中，只有三位中國人，與中國人在這方面的成就遠不成比例。因此，我這趟回國，希望能就近借瞭解情況，以期在下次（兩年後）的 LAPR 院士候選人提名時能多提一國內尤其是母校的學者專家。近幾年來國內，尤其是交大在這方面很有建樹，應該獲得國際應有的認可和聲譽。

另一方面，我和瑞士的 Bunke 教授合創為的（IJPRAI）

已進入第九個年頭。如今「飲水思源」，我們正在籌備慶祝十周年特刊和紀念傅教授逝世十周年專刊。希望能在國內邀到精彩的稿件。同時，IJPRAI 又到了更新編輯委員會（Editorial Board）有時候，我希望能在母校物色新血。交大這方面的人才很多，不僅要有傑出表現，有國際聲望，還要能有服務熱誠，有強烈責任心。我相信已有幸得人。只要回美後獲得編輯委員的認可就可以正式發佈了。IJPRAI 就要多一位交大的編輯員了。諸位學長且拭目以待罷。

在此特別謝謝友聲編輯羅瑞仙的邀稿，讓我有機會暢言回母校感想，並略述管見，是我心中基於對母校的熱愛誠懇肺腑之言。或有不成熟冒犯之處，尚請諸學長海涵不吝指教。最後再次些謝謝資工所長黃書淵教授的邀請和費心安排，很高興見到多年不見的同窗老友哲和、素英兄嫂，更謝謝鄧校長啟福和資工系主任李錫堅教授的熱情接待，使我賓至如歸，好像回到了娘家一樣。果真如一句西言“Be it ever so humble，there is no place like home!”。在那遙遠的北美洲，我會常思念你們。但願我默默的祝福，能常飄回太平洋彼岸新竹美麗的交大校園。我那可愛的故鄉，從小長大的地方。在這母校百周年既將來臨之際，讓我們共勉，為創造一個如貝多芬在第九交響樂〈歡樂頌〉裏所描述的「更美好的明天」而共同努力。

一個理工人的人文經驗

— 母校交大專訪記 佘妮蘭

母校電工系 68 級的王申培學長，是交大在臺復校大學部第一屆畢業生，大學畢業後又相繼取得臺大電機工程碩士、喬治亞理工學院資訊與電腦科學碩士及奧立岡州立大學電腦博士。現任東北大學電腦學院終身聘正教授，並在麻省理工學院擔任研究顧問，及在哈佛大學兼授電腦課。回顧學長的主要經歷，不難發現他是一位標準的理工人，但在專業之外，學長在藝文、音樂更是積極涉獵參與。他早期是臺大合唱團的團員，也是王安電腦公司合唱團的創辦人，前幾年則與劍橋合唱團在趙如蘭教授的指導下於哈佛大學表演長恨歌等曲目。除了熱愛音樂，寫作也是學長的興趣，不時在報章雜誌發表散文、詩作及音樂感想。可常在友聲的「友聲有聲」單元中，看到學長發表的短詩及散文。

什麼時候開始與音樂、藝文結緣？學長表示其實在初中、高中時代，「寫作」似乎只有上作文課的時候才有的經驗。第一次看到自己的作品被印成鉛字印出來是在念交大時，他回憶大三那年參加一個教會舉辦的夏令營活動，由於活動讓他深受感動，便把活動情形寫成一篇報導，沒想到竟被教會刊登出來。當時看到自己作品被印成鉛字時的愉悅心情，讓他從此喜歡將心中想法化諸文字。在各種文學體中，學長對於詩是情有獨鍾，尤其喜歡律詩，對於古人能在律詩嚴謹的平仄音韻規定下，以短短幾十字充份表達意境與文字的音樂性更是感到佩服。

從學長談及對律詩的喜愛，不難發現相較於文學，他其實更愛音樂。嚴格說來，他之所以浸淫寫作過程文字組合的樂趣，其實是來自幼時的音樂啟蒙。由於家裏姐姐川培學音樂，從小耳濡目染的他對音樂也極有興趣，總喜歡跟著留聲機哼唱幾句。正因為喜歡唱歌，唱著唱著他發現有些歌詞即使朗誦也很有趣，從中也發現文字組合的趣味及聲韻之美。

正是對音樂的熱愛，他經常為文發表對音樂的感想。一生中第一次領有自稿酬的文章，內容亦與音樂有關，該文乃是學長對於義大利歌劇大師普契尼以中國家喻戶曉的民謠「茉莉花」作為歌劇「杜蘭朵公主」的主旋律，簡單的旋律卻將劇作的意境完美地烘托呈現的有感之作，文章發表後更是引起廣大讀者迴響。在音樂家中，學長對於樂聖「貝多芬」最為推崇，甚至曾遠赴德國和維也納踏尋樂聖足跡，更在樂聖墓前沈思良久。學長表示命運多舛的貝多芬，不但未被命運擊倒，反而以無比的毅力扭轉命運。屢屢創作出偉大動人的作品。其鬥志令人感動，以後若有機會，他希望到一些機關團體，特別是殘障人士團體演說貝多芬的故事，激勵人心。去年 12 月 16 日貝多芬誕辰紀念日當天，學長還特地發電子郵件昭告朋友「這是一個令人歡欣鼓舞的日子。」學長對貝多芬的熱愛敬仰，可見一斑。學長讚歎表示貝多芬的曠世傑作〈第九合唱交響樂〈歡樂頌〉是在耳朵全聾後譜出，多麼不可思議。更有趣的是其中引用席勒的詩句：「四海之內皆兄弟也！」更與我國至聖先師孔子的名言不謀而合！

新竹交大創校以來，一直以理工見長，學生長期處於於理工研究環境，「人文藝術味」難免缺乏。從微觀角度看，為了理工人的健全人格著想，應該有均衡的人文素養；從宏觀角度看，再偉大的科學發明終究還是要為人所用，因此在專注科學研究的同時，也應該有多一些的人文關懷。尤其今日交大若要立足國際舞臺，成為國際一流學府，兼具理工與人文素養更是必須的。至於如何為交大注入多一些的人文氣息？學長表示可以從「由上而下」及「由下而上」兩方面作起。

「由下而上」即是從學生本身作起。學生除本身課業外，更應該積極參與各式社團活動，藉以豐富個人，而不是只有一味的死讀書。學生參與各式活動熱絡，學校氣氛亦可因而帶動，所謂的人文氣息也才有空間得以「注入」。「由上而下」，則是從學校方面作起，學長強調學校一方面應該儘早成立中文系，另一方面則應重視大學課程中的國文課。學長更慨歎目前的大學生國學素養低落，寫起文章經常錯字、贅字太多，實為國內大學教育的缺憾。因此，若要期許交大學生能兼具良好的文理素養。重視國文課程及儘早成立中文系，實屬必須。長久以來，交大人期許交大為臺灣的麻省理工學院，身為麻省理工學院研究員一員的他，也強烈感受MIT 教授群認真、主動的求知及研究態度與精神。然而除了在專業領域的精益求精，美國的 MIT 更是相當重視人文課程。學長表示這或許是值得新竹交大借鑒之處。

多年來相繼在世界各地講學，臺灣、中國大陸、香港、新加坡、日本、德國、法國、美國、加拿大、南韓、義大利都有他的足跡。學長根據他講學經驗，提出對不同國家學生特質的觀察。一般來說，德國學生最聰明；平均素質最好的則是美國學生，他們不頂聰明，卻很活潑，敢說敢為，實事求是，較均衡爭展。相對的亞洲學生，尤其是中國學生一般都非常聰明，用功耐勞，卻較保守呆板，競爭起來往往較吃虧。不過中國人潛力非常大，一旦全部發揮出來，「二十一世紀定是中國人的世紀！」

訪談最後，學長則提出幾點建議供學弟妹參考。學長表示，現在的學弟妹很幸福，目前所享受到的軟硬體教學設備，是他們當年念書時「夢想不到」的，學弟妹們應該珍惜既有資源並充分利用，但不要以既有為滿足。另一方面，他期許學弟妹能均衡發展，不要只專注於本業，應該人文素養與專業素養並重，如此人格才能均衡發展。同時，求知的過程不要太功利導向，一定要堅持自己的理想，抱定目標。此外，學長也叮嚀身為中國人若能精通數國語言當然很好，但若不能得兼，寧可英文不好，母語中文一定要有扎實的底子。

此篇採訪系於去年下旬利用學長應資策會之邀，回臺進行「多媒體影像及人工智慧」方面的講學時，在臺三天短而緊湊的行程中，學長特別抽出晚上休息時間，讓筆者進行為時二個小時的電話訪談，暢談文學、音樂、在各地講學的觀察等，對話過程中，可以強烈感受學長的感性特質與人文情懷，配合本期友聲「人文藝術在交大」的主題，此番訪談更是別有意義。此外，學長還表示為配合母校「人文藝術」之推展，特在其網頁內加入「多媒體影像及音響」效果，包括中西古典名曲、交響樂、協奏曲，李白、杜甫、唐詩欣賞等，歡迎大學進網觀賞指教。

作者與吳妍華校長合影

作者與鄧啓福校長合影

作者與阮大年校長合影

作者與盛慶琜校長夫婦合影

作者與張懋忠校長合影

作者與吳重雨校長合影

作者與顧秉林校長（北京清華）合影

交大學弟劉安之校長（逢甲大學）合影

作者與張俊彥校長合影

作者與陳力俊校長（新竹清華）合影

作者與劉炯朗校長（新竹清華）合影

作者與楊振寧教授夫婦合影